深海大战

Abyssal Wars

第一部 | 中深层卷 |

[日] 藤崎慎吾 / 著　刘笑辉 周美童 / 译

哈尔滨工业大学出版社
HARBIN INSTITUTE OF TECHNOLOGY PRESS

图书在版编目 (CIP) 数据

深海大战.第一部,中深层卷/(日)藤崎慎吾著;刘笑辉,周美童译.— 哈尔滨:哈尔滨工业大学出版社,2022.7

ISBN 978-7-5603-9845-7

Ⅰ.①深… Ⅱ.①藤… ②刘… ③周… Ⅲ.①幻想小说—日本—现代 Ⅳ.① I313.45

中国版本图书馆 CIP 数据核字 (2021) 第 226290 号

HITPYWGZS@163.COM

艶|文|工|作|室 13936171227

深海大战.第一部.中深层卷

SHENHAI DAZHAN. DIYI BU. ZHONGSHENCENG JUAN

总 策 划	张 丽	
策划编辑	李艳文	范业婷
责任编辑	孙 迪	马 媛
装帧设计	平 平	
出版发行	哈尔滨工业大学出版社	
社 址	哈尔滨市南岗区复华四道街 10 号 邮编 150006	
传 真	0451-86414749	
网 址	http://hitpress.hit.edu.cn	
印 刷	天津市天玺印务有限公司	
开 本	880 毫米 ×1 230 毫米 1/32 印张 11 字数 285 千字	
版 次	2022 年 7 月第 1 版 2022 年 7 月第 1 次印刷	
书 号	ISBN 978-7-5603-9845-7	
定 价	48.00 元	

(如因印刷质量问题影响阅读,我社负责调换)

深蓝！深蓝！

——藤崎慎吾大作《深海大战》代序

吉林外国语大学国际传媒学院教授　博士生导师　孟庆枢

从21世纪初我就耳闻藤崎慎吾的大名，他属于新生代日本SF（科学幻想类）作家中的佼佼者。他的作品在中国译介得比较早，让人感到这位生于1962年的时俊在SF作品创作上有着广阔的空间，前途无量。他在《科幻世界》相继推出了几部作品，特别是颇有《聊斋》神韵的新作《萤女》，引起中国读者的广泛关注。作品写的是在东京近郊山中，杂志记者池泽亮突然听见一座废弃的木屋中传出电话铃声。在无数乱舞的萤火虫中，池泽亮拿起了电话，一个女人的声音传来，要求他阻止附近的度假酒店开发工程。与此同时，开发工地突然出现大规模的变形菌，工作人员也诡异失踪。调查随之展开，人们发现种种谜团都与当地流传的"萤女"之说密切相关。更恐怖的是，一场足以毁灭整个度假酒店的自然灾难正步步逼近。藤崎慎吾以敬畏之心观审自然寰宇，与人类的先祖接通经络，在技术"暴走"、享乐欲念横流的时代，"萤女"发出震撼灵魂的警告——住手！要呵护我们唯一的地球家园！文中透出一股刺入心脾的魔力！这是超越地域的思考，是SF作家的责任与担当！

我与藤崎慎吾初次见面，是在2017年成都的国际科幻大会上。我在宾馆见到了藤井太洋、藤崎慎吾、小川一水等，围绕各自的创作和日本科幻情况聊了两个多小时，我了解到藤崎慎吾有很多作品，尤

深蓝！深蓝！
——藤崎慎吾大作《深海大战》代序

其是有关海洋方面的科幻著作，我非常感兴趣。他的科幻作品与中国传统文化颇有渊源，虽然他认为自己是班门弄斧，但是从作品中引用的典故看，藤崎慎吾对中国文化倾慕已久，熟稔在心，所以对包括古代神话传说、民俗风情在内的中国文化的引用阐发，与科幻完美结合在一起，让他的科幻创作增添了历史的厚重感，这在科幻文学界是令人瞩目的，值得中国作家研究借鉴。

现在读者们看到的藤崎慎吾的力作《深海大战》是三卷本，对于精彩的情节，我在这里就不赘述了。这部作品，海洋学知识非常扎实（藤崎慎吾曾在美国马里兰大学攻读海洋入海口学部环保专业硕士课程），又通过人类与外星文明的交往，构建了恢宏壮丽又惊心动魄的科幻海洋史诗，具有高超的想象力和审美价值。结合中国科幻作品来看，我们的海洋题材科幻一直是弱项，《深海大战》在中国出版，是很有意义的。

最近几年，我们对小松左京的研究已经取得了非常多的成果，小松左京也非常关注海洋，尤其在他的代表作《日本沉没》中已经表现出对海洋与人类文明的思考，当前不少国家没有把海洋看作是培养人类的故乡，反而希望用海洋遏制其他民族国家的发展，这是一种不得人心的霸权行径。中国的海上丝绸之路是真正的和平通道，大海是人类的家园，海洋是所有人的海洋。小松左京在作品里通过海洋表达他尊重生命的理念，这与藤崎慎吾对万物有灵、大爱无疆的观点是一致的。海德格尔说："现代科技的本质其实是一种造业（Gestell）。这个造业不仅解释了为什么现代科技会失真，产生环保的问题，同时也指明一条道路，就是人仍然能返璞归真，只要他对此科技文明所造成的灾难不是以一种言听计从的方式。而是以一种顺其自然方式做自由抉择。"在对待人类未来发展上，具有深刻思想和使命感的人们都心灵相通。

人类文明的目标是星辰大海。海洋是人类的摇篮和未来发展的方向。小松左京曾经考察滋养文明的大河，在他看来，水是生命之源，人类奔向大河与海洋，是对生命束缚的挣脱。在这之中留下了无数的故事，藤崎慎吾的《深海大战》又为这些故事增加了一道新的光彩，让我们开始征程，探索大海，回到海洋的怀抱吧！

对于译本，刘金举教授等对出版此书倾注了许多心血，译者也是非常勤奋的译界新秀，期盼他们不断攀登新台阶。

本书所涉及人物及名词

宗像逍

仙境集团培养的青年才俊，拥有适合海洋环境的身体和精神，后担任最新型海洋生物形机动兵器——"主神"的操作员。在陆地上，他的反应迟钝，但一旦进入海洋之中，他就如同"龙归大海，虎进深山"。

安菲特里忒

原指希腊神话里的海洋仙女。本书中的安菲特里忒近乎于海洋精灵般的存在，拥有不可思议的"黑客"能力，能够侵入海洋生物形机动兵器"仿生机器人"的系统中，只有被称为"海洋之子"的人才能看到她。宗像逍视之为朋友，亲切地称之为"安菲"。

盐椎一真

仙境集团所属的海洋探测船"錾"上的研究型文职官员，生物学家，重任在肩，负责调查海洋环境、开发集团作战所需的器材等任务。是宗像逍最亲密的友人，两人年纪相仿。

安云蕾拉

宗像逍的女同事，混血儿，操作仿生机器人"赛德娜"，拥有适合海洋环境的身体和精神。她嗜武如命，是柔道三段、空手道二段、跆拳道初段。加入仙境的3年前丧失了记忆，之前的履历不明。

矶良幸彦

宗像道的发小、同事,仿生机器人"埃吉尔"号的操作员。在与形同海盗的海务集团提亚玛特的战斗中,牺牲于仿生机器人"达贡"之手。

盐椎真人

宗像道所在的半浮半没型水上移动基地"南马都尔"的司令员,独断专行。他也指挥整个仙境集团的行动,是盐椎一真的父亲。

罗伯托·贾鲁西亚

"南马都尔"的副司令员,仿生机器人的首席操作员,驾驶"奥克隆"号。他也是"水中合气柔术"的高手,经常指导部下练习水下博击术。

库托鲁夫

与仙境集团敌对的海务集团提亚玛特的首席操作员。曾自称是"阿列克谢·杜松",具体来历不明。其超群的机器人操作能力与神出鬼没的作战能力威震其他集团,是仿生机器人"达贡"的操作员。

科兹莫

与宗像道并称为"海洋之子",是守卫位于澎贝岛上的海上城市遗址"南马都尔"的酋长的儿子,与密克罗尼西亚联邦政府关系密切。他熟知岛上流传下来的各种传说和仪式,曾传授宗像道与精灵交流的方法。他是仙境集团首领之女——浦添美月的恋人。

仿生战斗机器人

载人型水下仿生机器人的一种。此类机器人大部分用于在海底承担土木作业、建筑、打捞、维护保养、采矿、警备等工作，动力多由混合燃料电池提供，与自动无人潜航器（AUV，也称无人水下机器人）等的区别主要在于航行能力的长短。其中，用于战斗的机器人，被称为"仿生战斗机器人"，基本上都是载人型的。

最先进的"仿生战斗机器人"裹护着用石墨烯和碳纳米管为原料混合生产的碳素材料做成的装甲，这种"石墨烯皮肤"非常结实，而且非常柔软，柔韧性接近无限。穿着这种装甲，操作员甚至可以像海豚和鲸鱼那样弯曲着身子游动。它们并没有安装螺旋桨之类的旋转式推进装备，而是大多依靠被称为"推进翼"的鳍来游动。有时候，也可以同时采用"喷水式推进"方式。为了提高运动性能和耐久性，它们的体内并没有"气体"，外面也没有装备"耐压壳"，驾驶员必须进入注满水的驾驶舱内进行操作。

在驾驶期间，驾驶员的肺部和气管内也注满了其他液体，因此并不能进行人类通常意义上的呼吸，而是借助连接在身体上的"体外废气交换装置(EGE)"，将氧气直接输入人体血液中，同时消除血液中的二氧化碳。

水下高频（HF）通信

虽然也是发射电波，但该通信技术并非借助光子的震动，而是借助水分子的震动来传递信息。与使用声波的传输方式相比，这种通信方式效率更高。但在现阶段，传输的信息量还很小，清晰度仅仅达到模拟电视的程度，而且，在障碍物较多的地方无法使用，性能不稳定。由于水下高频（HF）通信技术尚未达到可以准确无误、迅速及时地控制机器人的程度，因此，几乎所有的水中战斗机器人都是由人类直接操作的"载人（搭乘）型"。

海上漂民

在海上过着漂移生活、不拥有任何国籍的人。他们中的大部分人生活在被称为"多功能基板船（MPS）"的半潜型双体船上，穿行于世界各大洋中。这种船单艘的吨位只有数吨至数十吨，却可以采用"连船"的方式——最多时可以达到几十艘的规模——形成海上城市。城市里所需要的能源全部依靠太阳能、风能、潮汐能来解决，同时，由于拥有各种设备，漂民可以借助人工光合成来生产粮食、养殖鱼类和海藻，从而完全实现了自给自足。海上漂民不单给世界各地的海底资源开发工地提供了各种劳动力，还依靠高技术独自开发海洋资源，凭借机动灵活的运输网络活跃在全球市场上。

海上漂民中一些组织拥有载人水下战斗机器人（仿生机器人）、水下辅助战艇等，承包了海底资源采掘基地、运输船的警备和保卫工作等，从而获得了雄厚的经济实力。有些自身并不拥有军事能力的小国，甚至将自身的安全全部包给这些组织。当然，也有一些组织会走上邪路，采取一些无异于海盗的抢掠等行为，或者成为某些强国的雇佣兵，从事不法活动。

第一代海上漂民大部分出身于各国中层以下的阶层，最初服务于国家或者大企业，被派遣到外洋上长期从事热水矿床与高品位钴矿的开发、生产。随着生产规模的扩大，各种设施，尤其是海上浮体式居住设施的建设和健全，其规模不断扩大，居住在其中的人也不断增多。

尤其是随着 MPS 这种多功能、易移动的设备的普及，海上漂民可以在船上行走至各个地方。适应于这种形势，船上居民渴求以工程为单位，通过自由签订合同的方式来展开工作和生活，而不是隶属于特定的国家或者企业。而为了降低劳动力成本，各国政府和企业也推动了这种趋势的发展。

鱼人

用于统称拥有适于在海洋中生活的体质的人，有的场合也被视为新人类。大部分鱼人是通过转基因改造，增加了肌肉中的肌红蛋白含量，增大了脾脏的体积，从而能够长期潜伏在水中。同时，为了能够不戴潜水面罩也能在水中视物，他们的眼睛也做了改造。此外，为了防止水压对身体造成的伤害，他们的内耳、副鼻腔内注满了人工淋巴液；为了避免平衡感觉混乱，他们的三个半规管（内耳的组成部分，维持姿势和平衡有关的内耳感受装置）功能被弱化。其中的一部分人还安装了状如鱼鳍的假肢。主要武器为电磁脉冲鱼叉（EMP 鱼叉）和吸附式炸弹，还可以选用水中机关枪和小型鱼雷等。

DIY

DIY 是"Do It Yourself"的英文缩写，意思是自己动手制作。DIY 最初兴起于电脑的拼装，并逐渐演绎成为一种流行的生活方式。

伊势湾

位于日本本州太平洋一侧，爱知县和三重县之间。

三河湾

位于日本爱知县南部，被渥美半岛和知多半岛围绕。

渥美半岛

位于日本爱知县南部的细长半岛，风景优美，是著名的海滨旅游胜地。

澎贝岛

位于西太平洋密克罗尼西亚联邦的火山岛。岛上土地肥沃，森林茂密。岛上最著名的景观是一座称之为南马都尔 (Nan Madol) 的废城遗址。

愉快犯

犯罪行为本身不是他们的目的，而是通过犯罪引发人们或社会的骚乱、恐慌，然后于暗中观察这些反应并乐在其中的人。

密克罗尼西亚联邦

The Federated States of Micronesia，中部太平洋地区的岛国。

房总半岛

位于日本本州岛，关东地区东南部，隶属于千叶县管辖。

音响迷彩

一种新型消音技术，其原理是借助由纳米级别的分子组成的"超级音响材料"，将从外界传导过来的声波转换为"表面弹性波"，使之沿着物体表面迂回运动直至最终消失，彻底解决了日常生活中常见的声波遇到物体被反射，从而四散开去的问题。对于装备这种材料的潜艇和载人型水中机器人，"主动声波"的探测起不了任何作用。此外还有一种被称为"消音"的新技术，其做法是借助潜艇内部发出的声音，以及特意制造出来的"逆相位"声响，达到消除声波的效果。一旦同时采用上述两种技术，即使使用"被动声呐"也无法探测到潜艇的存在。由于该技术被广泛应用于军事领域，使用鱼雷对目标进行远距离打击的攻击方法已无法奏效。正是由于该原因，载人型水中战斗机器人和辅助战士型潜艇，也只能依靠激光扫描仪（有效探测距离仅为数百米）与光学相机（有效探测距离仅为数十米），进行近距离格斗。

千岛寒流

千岛寒流，又称亲潮。北太平洋西北部寒流。源于白令海区，在北纬40°附近，日本本州岛东北海域，与黑潮（又名日本暖流）相遇，并入东流的北太平洋暖流。

热膨胀系数

物体由于温度改变而有胀缩现象，其变化能力以等压下，单位温度变化所导致的体积变化，即热膨胀系数表示。

之间的空间

"南马都尔"原意指"之间的空间"，即意味着这座古城被一条条交叉往来的运河分割开来，其最初的名字为 Soun Nan-leng（礁之天堂）。

黑白反转加工

黑白胶片的反转加工工艺由首显—水洗—漂白—水洗—二次曝光（或灰化）—水洗—显影—定影—水洗—干燥等工序组成。胶片在首显后呈负像，即强光处生成银多，黑度大，而阴影部分则反之。二次曝光显影后黑度大，而原曝光量多的地方显影后则成亮部，影像与负像相反，即可得到与原景物明暗一致的画面。

小芥子

日本东北地区特产的乡土玩具木偶。早期为农暇之时制作给小孩的玩具，到了江户时代，制作木碗的工艺师将小芥子制作成温泉区贩卖的旅游纪念品。自从昭和时期受到日本总理大臣重视之后，至今已变成一项重要的日本工艺美术品。

斯库巴潜水

英文全称是"Self Contained Underwater Breathing Apparatus"，斯库巴潜水就是戴水肺潜水。SCUBA这个专业名字已经渐渐为人们所熟悉，在全世界都通用，专门代表水肺潜水。一般分为休闲潜水、技术潜水和工业潜水。休闲潜水泛指观赏娱乐性的潜水活动，通常深度不大于40米。技术潜水泛指具有挑战性的潜水活动，如大深度潜水、水底洞穴探险等潜水活动。工业潜水泛指含工业性质的潜水活动，如水下工程、船舶工业等。

浮式结构

用各种方式约束，漂浮于海面上的结构物。

排他性经济水域

也称海上专属经济区。

特异日

产生特别怪异的现象的时日，文中指机器代替人类采取行动的时间。

潜望深度

指潜艇在水下使用潜望镜观察海情和空情时所处的航行深度。主要用于升起和使用潜望镜及其他升降装置（如通气管、雷达天线、无线电天线等）。在潜望状态时，常规潜艇艇体离水面为7～10米，核潜艇为9～15米。因艇体距水面较近，升降装置露出水面易被敌方发现，且有与水面船只发生碰撞的危险。

海雪

随着近几十年海洋温度的不断上升，海洋内越来越频繁地形成大团的黏液物质，而且出现这种物质的区域越来越广，持续时间也更长。黏液物质始于"海雪"，海雪主要由微小的死亡有机物和活有机体结合而成，其中包括一些裸眼可见的甲壳动物。随着时间的推移，海雪不断聚拢其他微小物质，慢慢增大，形成黏液物质。

目录

A 是 Alfa 的 A	001
B 是 Bravo 的 B	004
C 是 Charlie 的 C	029
D 是 Delta 的 D	061
E 是 Echo 的 E	094
F 是 Foxtrot 的 F	116
G 是 Golf 的 G	151
H 是 Hotel 的 H	184
I 是 India 的 I	222
J 是 Juliett 的 J	255
K 是 Kilo 的 K	283
L 是 Lima 的 L	326

A 是 Alfa 的 A

1

好想到大海的最深处去看看，穿过一片片黑暗的水体，到达至今还无人涉足的海底的最幽深处——自从意识到自己是在一艘大船上生活的那一刻开始，这个念头在我脑海中就扎下了根。

几十艘甲板呈圆盘状的数十万吨级的巨大双体船组成了这支巨大的船队。当我摇摇晃晃地走在船间的踏板上时，总有一种无形的力量推动着我透过波浪向下窥探幽暗的海底。

大海的最深处是闻名遐迩的马里亚纳海沟的斐查兹海渊。虽说那里深至 11 000 米左右，但我相信一定还有更深的地方。之所以这么说，是因为我知道那个地方。

关于这一点，不得不提及最初踏勘海沟的瑞士工程师雅克·皮卡德和美国海军上尉唐·沃尔什。在距今 90 多年前的 1960 年，这两位勇士乘坐以汽油为燃料、形似氢气球的潜水艇，伴随潜艇最外层树脂玻璃舷窗的碎裂之声，直达满是泥浆的海底——这是人类迄今为止下潜的最深纪录。

但是，这应该不是大海的最深处。我想成为那个第一个到达真正的海底最深处的人。

那一天，我依旧在阳光照射不到的水下 1 000 米的深海层眺望着那个幻影。虽说是幻影，却如同呈现在我眼前的风景一样清晰。

奇妙的是，那时的我身处海中的湖畔。由于几乎没怎么看过陆地上的风景，我也不知该如何形容眼前出现的一切——当时的感觉就像是身处一座静谧森林深处的湖泊之畔。

直到鱼儿在眼前游动，才让我意识到自己是在海中。它们有着大大的眼睛，扭动着细长的尾鳍（可能是一种黑线银鲛鱼吧），从不泛起一丝涟漪的湖面上游过——不是在湖面下，而是在湖面上——因此也能看到它们仿佛在空中轻轻飘荡的样子——如同进入了镜中的世界，非常奇妙。

湖畔没有碎石而是铺满了贝壳，是类似深海云雀贝的一种贝类，食用的话可能会引起严重腹泻。半沉于黏稠、幽暗的湖水中的贝类也很多，仔细一看，会发现贝类身上附着了各种各样蠕动着的生物。有没长眼睛的虾和螃蟹，也有类似沙蚕的生物。纯白色的康吉鳗鱼在这些生物上方蜿蜒游过，湖畔边缘貌似杂草丛生，而那些并不是植物，倒像是无数细长的管子相互缠绕着，可能是羽织虫的同类吧。

湖面上方不时飘起雾状的白烟，也不知为何物。雾霭弥漫时，经常会发生这样的情景：平静的湖面上会泛起涟漪，波纹逐渐扩散，拍打到满是深海云雀贝的岸边，笨拙的虾被卷入波浪中，慌乱地游向水面。湖面突然隆起，浮现出许多大气泡，那些气泡没有炸裂，而是接连不断地脱离水面。这种生物光滑的圆形曲面只是其头部，下面长了很多根触角一样的东西。瞬间让人觉得像是章鱼或水母。不仅布满了触角，水面上还出现了长着尾鳍的躯体，似鱼非鱼。非要形容的话，像是海豚被章鱼皮盖住了头部似的。

这么奇怪的生物飘动在湖面上方，舞动着杂乱的触角，好像是要说点什么似的，用它深蓝色琉璃般的眼睛目不转睛地凝视着我。只是既不靠近我，也未发声发光，就这样游走了。它悠闲自得地拍打着尾鳍，消失在对面羽织虫"草丛"的黑暗处。

　　我感觉这并非是梦境，而是已经忘却的记忆片段在某一节点上的瞬间修复。可是，我真的不记得出生这十几年来有去过那样的地方——我一直生活在船上的幽闭空间里，而我身边的人对此也没有任何印象。可能是什么电视节目或是看过的录像带中出现的影像吧！总之，那样的幻影虽说出现的次数不多，却逐渐让我坚信海底之湖必然存在，而且湖底就是世界最深的海底。那个"章鱼海豚"必然会从那里出来。

　　这种莫名其妙的信念愈发强烈，虽毫无道理，却不容置疑，如同一种信仰一般。直到如今，我都憧憬着能有机会到达那神秘的"海底之湖"，让"章鱼海豚"带着我去探寻大海的最深处。

B 是 Bravo 的 B

1

"喂,宗像!你在听我说话吗?"被水下高频对讲机震耳欲聋的声音唤醒,我总算恢复了神志。

不好,是搭档樫村前辈。慌乱中,我对着耳麦回答道:"啊,是的,我听着呢。"

"你重复一下!"

"嗯!红艇,我是黄艇,我认真听着呢。"

"你是不是又走神儿了?"

"哪有。"

"那你有注意到声呐图像吗?"

"什么?图像?"

被他这么一提醒,我才把注意力放到了声呐显示器上。谈话间,注意力被吸引到了从漆黑窗外通过的不明发光生物上。

"真的有图像,啊,看到了,就要形成完整的声呐图像了。"

"看到了吧?先这样吧!等到完全显像了,就按照我教你的做就行！"

"好的！"我在椅子上调整了一下坐姿。

"方位 0-4-3，距离 370 米，暂定是生物反应，命名为 S1。"

"怎么就能断定是生物反应呢？"

"因为反射强度较弱。"

"也可能是贴了吸声材料的人工产物啊！"

"你是说它安装吸声材料了？"

"不是没有这种可能，我再确认一下！"

"知道了！"

我转动水平推进器的旋钮，将黄艇头部对准了 S1 靠近的方向，然后摆动潜艇尾部开始像蛇一样缓慢前行。我乘坐的警备用水下仿生机器人性能实在不敢恭维——外形看起来像是虾蛄。那种能做寿司主料的虾蛄，英文名字好像是叫 squilla 或者 mantis shrimp。这种潜艇当然可以在水下航行，因为它有六条腿，非常适合匍匐在海底。如果按照外形分类的话，算是所谓的甲壳类的吧？和虾蛄一样，这种潜艇的武器是它像螳螂一样的两个前爪，还有姑且算是武器的发声设备及水下机枪。

我猜测那个不明生物 S1 可能是头小抹香鲸，或者是头巨大的姥鲨。生活在水下 1 000 米深的海域，体长 10 米左右。我能想到的就是这些了。至于是否存在季节性变异就不得而知了。不管怎样，我在海中还是第一次见到这么大的生物，实在是令人兴奋不已啊。

S1 在悠闲自得地游动着。时速约为 3 节[①]，考虑到抹香鲸受潜水时间的制约，相比设定为巡航速度的黄艇，它的速度应该稍快些吧！总之不可能是人工产物。如果是类似于水下勘探潜艇或无人侦察机之

---

① 1 节 =1 海里 / 时。

类的机器的话，通常没必要隐身，更不会贴上吸音材料，因此会清楚地显示在声呐图像上。

小型潜艇、攻击型潜艇或者水下仿生战斗机器人，因为有攻击性，一被外物靠近，就会敏捷地开走。除非它是块废铁，没使用吸音材料，不然通过隐蔽声波及消音，一定会完美地躲过声呐的巡察。

隐蔽声波是通过具备纳米级别细微构造的"声波元素材质"不反射外来的声音，而使之成为在物体表面传播的弹性波的技术；而消音则是将内部产生的声波加上相位相反的声波使之产生干涉而抵消。使用以上两种技术的话，无论声呐的灵敏度多高，都很难探测到。

当然，如果系统性能不佳的话，对应声波的频率范围也会相应变窄。我这条黄艇上安装的系统虽不是顶级的，却也不差，应对一般状况还是绰绰有余的。要是真有危险的话，我这边也能及时发现采取应对措施。樫村前辈自然也是清楚这一点的，可能是想用这个貌似安全的 S1 来测试我这个新手吧！

激光扫描的确显示与 S1 的距离缩至 198 米，如果目标在 50 米以内，声呐显示器就会出现扫描图像的吧？声呐能够掌握前方出现的任何障碍物，从图形来看，还是更像姥鲨。

"红艇！我是黄艇。"我向位于水下 200 米左右的樫村前辈说道，"S1 的激光反应出来了，依然像是一种生物。我继续接近它，争取看清楚些。"

"红艇收到！"

在被激光扫描到之前，声呐是无法捕捉到物体靠近的信息的。在条件有利的情况下，即使用探照灯照射，深海中的可视距离最多不过几十米。因此，一般来说，水下战斗常常不得不演变成近距离战斗——用鱼雷之类的武器进行远程阻击的时代已经一去不复返了。打个比方来说，就如同由枪战倒退为刀战一样——至少无法远程操纵水下仿生机器人，无法用它进行警备或战斗。

通常，为了使水下仿生机器人具备能攻击或者躲避攻击的灵活性，必须保证大量信息的快速传递。空中能使用电波，但水下却无法像在空中那样又快又远地传递大量信息。水下 HF 虽使用电波进行通信，但不是借助光子，而是靠传导水分子的振动传递信息——这一点和利用微波使分子振动发热的微波炉的工作原理是一样的——这是现在水下最有效的通信手段了。但是，就如同以前用的模拟电视信号一样，会有不稳定的情况出现。技术人员也曾想过放弃无线改用有线设备，但是考虑到有时振动会过于激烈，还是难以实现——那样的话必须在现场进行人为操纵。

通过慢动作播放扫描图像，可以看到 S1 出现在显示器上了。像是从斜上方俯视一样，左右摆着尾巴游动着。由此可以判断它不是鲸。我把手指放到探照灯的按钮上，做好了近距离打光的准备。距离太远时打光的话，可能还没看清楚目标，对方就跑掉了。

还有 20 米……15 米……10 米……8 米……太棒啦，打光！前方的生物那稍微凸起的鼻尖和大大的嘴巴隐约出现在了画面中，没错，就是姥鲨！我不由得心潮澎湃起来。比想象的要大呀，要是没拍到的话，或许多少会感到遗憾呢。

但是，那头姥鲨根本无视我的存在，就那么悠闲自得地从我眼前游了过去。有点像座头鲸的胸鳍，从背部一直到腹部张开的鳃，像是能用作冲浪帆的背鳍，义子一样的尾鳍，相继从我眼前掠过。

"红艇！我是黄艇，刚刚确认过 S1 了，是姥鲨，体长 10 米多！"

"收到！是鲨鱼的话，就不用理会了。在原地待命！保持持续警备状态！"虽然樫村前辈这么说了，但我并没想过把头上的这头大家伙赶走，我已经被它吸引了。我原本就对这种奇怪的生物没有抵抗力的。由于人类在海上的活动范围不断扩大，最近关于亲眼目击到怪物或神奇生物的传闻越来越多。这与中世纪的大航海时代的情况十分相似。那时候，随着人们目睹巨鲸、巨鲨、大王乌贼以及奇怪的深海鱼的机会增多，产生了关于北海巨妖、海蛇等怪物的传说。

宅男们把在海中发现的那些未知的怪物或物体称为"未知水生物"（UAO）、"未知航行物"（UCO）等。据说其中也不乏很多或买或借潜水船去探寻 UAO 或者 UCO 的富人。

遗憾的是，姥鲨既不是 UAO 也不是 UCO，只不过是水中不常见的生物罢了。但是对我而言，它还是蒙着神秘面纱的。不过 S1 还是有点太无趣了。我暗地里把姥鲨叫成"利维坦"——一种传说中的海怪，在大航海时代一直被想象成像鲸鱼那样的庞然大物，也常被描绘成龙的形象。

我再次掉转船头，追寻利维坦的踪迹。仔细观察着周边，一心想着很快就能发现，这时的我早已把樫村前辈的"在原地待命"的提醒忘到了脑后。我并非故意反抗，也并非不认真，只是时常会出现专注到忘我的情况。从孩提开始就常常如此。

我稍稍提了提船速，正好插到了利维坦的斜后方，它既未逃走也未向我游来，还是按照自己的节奏悠闲自得地游着。

不一会儿，它就游到了从海底蔓延至海面上的金属油气管道汇集处——那些管子直径 50 厘米左右，数十根捆在一起，里面流动着天然气或二氧化碳气体。这里是从天然气水合物（即可燃冰）中提取天然气的海底生产现场，也是人类封存地面上排出的二氧化碳的垃圾处理厂，是碳元素可循环利用的"CR[①]田"，即将二氧化碳转变为天然气。这种情况由现有的海底油田及气田逐渐扩大到世界各地的大陆架。

---

① CR：碳再生。

利维坦和我附近的油气管道上方必然漂浮着海上作业平台，其任务是将生产出的天然气收集起来，临时储存在那里。这个海上钻井平台位于爱知县渥美半岛约 80 公里处的海面上。给人的大致印象是搭载了各种各样设备的甲板镶嵌在直径 40 米、长 200 米左右的巨大的圆柱体上，露出海面的只是甲板部分，圆柱体的大部分就浸在海面下。

以附近的伊势湾和三河湾为代表，来自全日本的穿梭游轮如约而至，系在平台的甲板上。这些船上装载的是从火电厂及其他工厂回收的二氧化碳水合物，在置换出天然气的同时，将它们通过油气管道输送至海底。油箱一空，就将钻井平台上储存的天然气再度转变为水合物，积存起来，装满后和其他货物一起运送至原来的港口——完全没有一点浪费。

天然气气体的一部分也通过管道输送至陆地，但是，由于这一带地形较复杂、地势崎岖且地震频发，管道破损的概率较大。以防万一，有时也通过穿梭游轮进行运送。利维坦在靠近距离油气管道 100 米左右时，稍微改变了前进方向。不一会儿，我靠近了它身后的管道中心地带，感觉它要转身掉头。

"难道它这是要游回我这边吗？"我不经意地自言自语道。它自然是听不到的，可樫村前辈那边来了指示："黄艇，我是红艇，你小子干什么呢？"

"啊，红艇，我是黄艇，我还在追踪那个 S1 呢。"

"我不是跟你说了吗，要是鲨鱼的话就不用管它，你怎么不听呢？"

"对不起，我想着还是再观察一下比较放心……"

"为什么？你小子真是一点儿都不让人省心啊。"

"哦，我马上停止追踪。"

"废话!就按我说的去做!"

"收到!"

没办法,我停止了追踪。利维坦的大尾巴从探照灯的边缘擦过,我恋恋不舍地用激光扫描为它送行。到了 50 米开外,我又开始用声呐追随它。它还是在油气管道周围游来游去,好像按照曾游过的路线游动着,接下来或是向某个方向游走,或在水中按照椭圆形轨迹又游回来也说不定——巨鲨或是鳐鱼时常这么做。

我满怀期待地将潜艇上浮至中层水域,憧憬着和它重逢。一关掉探照灯,我感觉自己仿佛孤零零地置身于空荡荡的宇宙之中,身旁冷冰冰的钢管发出莫名的低鸣。

水下作业机器人在 300 米左右的上方频繁转动着,之前从被动声呐传来的单调的声音现在已经消失。实际上,近半年来,在世界各地的 CR 田,油气管道破损事故时有发生,至今原因不明。好像不是折断、破损等问题,主要是金属的腐蚀问题。但是管道材质有很好的耐蚀性,在自然状态下不太可能快速生锈,所以比较像是人为因素造成的。

各 CR 田所属的相关能源公司认为这可能是来自过激的环保团体的恐怖事件,海盗或是私人武装的破坏,因此才会指派我和樫村前辈所属的海上警备公司来巡视。

在日本近海,同类事件还没发生过,但不能就此认为可以高枕无忧了,对此表示深感忧虑的呼声还是很高的。但日本因此就出动国防军的话有点小题大做了,也会引起邻国的恐慌。可是海岸警卫队人手不足,也不具备巡洋舰和机器人等。因此,才陷入企业让国家出资,雇用我们这些海上飘民处理这些问题的窘境。

我们执行任务也快一个月了,目前为止没遇到敌方战斗艇、水下仿生机器人什么的,基本上每天都过着波澜不惊又无聊透顶的日子。

2

利维坦的活动轨迹基本上和我预想的一样，一旦它要游出我预想的距离，就会回游。对此，我不禁沾沾自喜起来。而显示器上的影像提醒我又有了突发情况。画面上，利维坦的身后不止是一个，而是接二连三地又出现了许多和它相似的影像，而且逐渐排成了排。它们兵分两路，向我的左右包抄过来。

我记得曾经在哪里读到过：姥鲨和鲸鱼一样，是社会性动物，偶尔会有100头左右成群出现的时候。看来这是真的呀。那我的利维坦难道是首领不成？在确认前方安全之后，才带鱼群过来的吧？虽则如此，它们到底要来干什么呢？

真是难以想象啊——足有12米长的姥鲨张开血盆大口将海水一饮而尽的同时，将无数小的浮游生物和小鱼也吞入腹中。像鲨鱼这类生物，牙齿之所以长成米粒般大小，是因为真的不需要长那么大。

但浮游生物一般生活在海面附近，而且是在春夏两季才有。现在是水下1 000米，又是晚秋，不是姥鲨觅食的季节啊。据说，姥鲨是要在深海海底冬眠至春季来临的。但现在，无论如何，利维坦正带领它的同伴向我这边游来是千真万确的。声呐上的影像显示，姥鲨忽然间增至30头左右了。

"红艇！我是黄艇，声呐显示，S1和类似它同伴的多头生物正从左右两边成队向我靠近。方位是0-2-5和1-2-0，最近的距离是250米。由于数量实在太多无法掌握每个目标的动向，我给它们从S2开始依次编号。目标越来越多，能确认的大概可以排到32号了吧。"

"黄艇！红艇收到。我也在确认，继续监视！要是都确认是鲨鱼

的话，不就没问题了吗？"

"黄艇明白！"我目不转睛地盯着影像，心情变得复杂起来，可以说是平静中带着些许兴奋吧，还掺杂着些许紧张的情绪。对于即将发生的事情既满怀期待，又惴惴不安，终究是期待多于不安吧。

目标是比较没有攻击性的姥鲨。虽然坚信对方没有攻击性，但是万一它们同时张开血盆大口来进攻我们的话，要怎么办才好呢？一想到这些，我不由得害怕起来，忽然想起了以前那些可怕的经历：脑海中隐约浮现出无数排锋利的大白牙在混沌的血水中忽隐忽现的情景——虽然它们的大致身形和残暴的大白鲨或真鲨没什么不同，但是姥鲨是只吃浮游生物和小鱼的"草食系"鲨鱼这点是可以肯定的。

我一边努力说服自己，一边集中精力观察声呐。利维坦距离我不足15米，完全呈现在了激光扫描仪上。全波声呐影像反应变成40头左右了，好像就这么多了。通过前方障碍物，声呐对利维坦身后的S2、S3进行可视化，可以判断它们还是像一群鲨鱼。为了以防万一，我把黄艇尾部打了个弯儿，然后瞬间启动——船尾甩动时就可以获得像海豚那样高高跃起的加速度——虽然不能经常用这一绝招，还是可以临时保命的。

意想不到的事情还是发生了。声呐影像显示，姥鲨的队伍排列成括号的形状，构成鲨鱼群的每个影像个体突然开始膨胀起来。与此同时，受到反射强度的影响，原本就不太清晰的影像变得更加模糊了。在影像膨胀至两倍大小的时候，突然像是气泡破裂似的依次消失了。我下意识地"哎——"了一声，目不转睛地盯着显示器。我虽然反复眨眼，那些影像却再也没有出现。最后屏幕上就只剩下利维坦了，其他的目标全部消失了。姥鲨的动作没那么敏捷，即使是新型战斗艇也不太可能那么迅速。我开始怀疑声呐是不是出了问题，但激光扫描仪上利维坦的位置是有显现的，证明声呐没出故障。

"红艇！我是黄艇，S1以外其他目标的声呐反应突然都消失了！"

"黄艇！红艇收到。我这边也在监视呢，你就提高警惕吧！可能是声速伪装。"

"黄艇收到！"我一边回答，一边陷入了思考之中。如果真是采用声速伪装躲避声呐扫描的话，何必还故意让我们发现呢。为了不让我们发现，应该自始至终都使用声速伪装才对啊。为了确保万无一失，我又用激光扫描仪查看了四周，除了这头姥鲨并无其他收获。

"好像情况不妙啊。"耳畔忽然传来女子的声音，我将目光从声呐画面上收回。就在我头上的显示器的画面里，一个鸡蛋大的小脸儿正窥视我——她的身体卡在了半透明的深度计和高度计之间。

我下意识地喊道："安菲？"慌乱中开始确认水下HF对讲机的麦克是否开着。在意识到潜水录音机仍在正常工作后，我压低声音说道："好久不见啊！"

散发着朦胧的青白色光芒、像精灵一样的女子穿过操舵席的丙烯酸玻璃，降落到我握着操纵杆的手腕上，让人完全感觉不到她的重量。

也不知是不是我的幻觉，她时隐时现，是我儿时的伙伴。她是安菲特里忒，是古希腊神话里的海洋仙女。我嫌名字太长，一直叫她"安菲"。

安菲特里忒的肩膀上总是站着海豹或是海狮似的生物，可能是她的宠物吧。右肩上的叫"迪克斯坦"，左肩上的叫"西尼斯坦"。直到我懂事，我一直认为这种事情应该谁都能看到。但是每次和别人说起时都会受到嘲讽和愚弄，这才逐渐明白实际并非如此。所以，最近我也就不再和任何人谈论此事了。

"快！快！抓紧时间离开这里！"安菲特里忒说道。这次她的声音中充满了紧迫感，与往常不同，而且面无表情。小嘴几乎一动不动,比嘴巴还大的没有瞳孔的眼睛一眨不眨,脸庞仿若玩偶一样。但她的手势像西方人一样,幅度很大,很有说服力。

"你是说情况不妙?到底怎么了?"

"没时间跟你解释了,快跑!"

"可是我不能擅自离岗啊!我刚被怒斥了一通。"

"老实说要发生什么我也说不准,但是这一带海域可能要覆灭了。"

"哎!海域要覆灭?这是怎么回事儿?"

"以后你就明白了,相信我,求你啦!"安菲特忒第一次和我说这样的话,以前她只是我的玩伴,只是在我无装备潜水时才出现——我儿时常玩的游戏就是在水中追逐嬉戏,这也练就了我的泳技。

她总是带我去有珍奇海洋生物的地方,也告诉我哪些海洋生物是危险的……对我来说,她就是带我认识海洋世界的姐姐。虽说如此,我们之间却很少畅谈。即便是闲谈或是开玩笑,或是发牢骚,也多是我说她听,像这次忽然主动跟我说话的情形真的不多见,所以我总觉得事情没那么简单。

我立即接通了 HF 对讲机的麦克。

"红艇!红艇!我是黄艇,我想从当前位置稍微移动一点,请准许!"

"黄艇!我是红艇,你要去哪?"

"嗯……我想查看一下刚刚 S2 从声呐反应中消失的地方。"

"不可以!"

"可是——"

"在原地掉个头还行,但不准擅自移动!注意听被动声呐,仔细观察激光扫描反应,开探照灯了吗?"

"没开。"

"要是对方采用声速伪装,最终就只能用眼睛判断,明白吗?"

"我知道,那样的话,我们也启动干扰是不是就安全了?"

"那个——，我们的职责是保卫这里。要是大家都隐蔽起来，不就成了捉迷藏游戏了吗？先在油气管道那守着，不要恶作剧了，懂吗？"

"收到！"

关了耳麦，我向安菲特里忒摇了摇头。"毫无办法！"

话音未落，黄艇的油压系统突然提高了启动音量，船头的推进器自行运转起来。

"咦？"

我将手从操纵杆上移开，环视了一下环绕在我身边的控制台，我哪儿都没碰啊！

可黄艇依旧在掉转方向。我试图停止推进器，根本不起作用。

"见鬼了，这是怎么了？"

看着显示器的屏幕，我想找到原因。正在此时，推进器的旋转像它突然启动时一样，突然停了下来，一下子变得哑然无声了。

刚刚松了口气，启动音量又大了起来，这次不是推进器。下一秒，我一下子撞向了座椅的头枕上。潜艇尾部一个大摆尾，拨开水流，仅几秒就蹿出了二十几米远——这是黄艇能达到的极限速度了。

虽然这种紧急避难速度无法持续，但是通过快速摆动尾部，黄艇还是以最大航速前进着。我试图通过反复推拉操纵杆把潜艇停下来，根本不起作用，就连航向都改变不了。我又启动紧急制动按钮，系统完全没有反应。

"到底是怎么了？"我彻底无计可施了。我想，这并非是油压系统自身"暴走"，而是控制系统出了问题。

"黄艇！我是红艇，你小子在故意跟我对着干呢，是不是？"HF对讲机里传来了咆哮声。我脑中一片混乱，在环视操舵席时，目光和安菲特里忒的目光碰到了一起。于是，我的脑海中突然出现了一种不

太合理的推断,虽说不太现实,但最能直接诠释眼前的状况了。

"安菲,难道是你?"苍白之光笼罩下的小仙女面无表情,沉默不语,只是微微缩着肩膀。

"你骗我!这到底是怎么回事儿?"之前的疑问还是忍不住再次问了出来,"安菲,你到底是谁?从哪来?"但答案永远只有一个。"我是你的一部分。"就这一句话,不管我接不接受,她根本不会在意。时间一长,我也逐渐放弃继续提问了。

儿时,人常常会有"假想朋友"——就像是真实存在的友人一样,偶尔也能一起聊聊天,一起玩耍。一般到了8岁左右就不再有了,极个别的能一直共处到长大成人。可能是我得了解离性同一性人格障碍也说不定,只是至今没受到什么实质性的危害,也就一直没在意。难道,这种假想朋友会操控水下仿生机器人的控制系统吗?

"宗像,你说话啊!"

"我是黄艇,对不起,系统崩溃了。"

"你说什么?别开玩笑了!"

"是真的,我现在无法回答。"

我切断了通话。

我将安菲特里忒放到了侧腹部,我要弄清这种崩溃到底是怎么回事儿。即使不是现实存在的,好像也只能接受现状了。

"喂!安菲!"

我将脸庞靠近了坐在我手腕处的小仙女。"要是你搞的鬼,就把控制系统给我复位吧!你在这儿不太合适。我是相信你的,但我不能把樫村前辈扔在这儿,带着你跑掉啊。"

"没时间了。"

"不,也不是有没有时间的问题,我就这样弃之不管的话,随后还有更糟糕的事情跟着发生呢。就演变成了只顾自己不救助同伴的行为了,以后就没办法在海务圈里混了,你懂吗?"

"你要是明天还想坐好船的话,就要保护好现在这艘船。"我一直被灌输这种思想。反过来也是这个理儿,要是瞧不起眼下的船或同伴的话,明天也坐不上像样的船。于是,我说:"要是你不听话,就把你扔回陆地去。"

"那我要是在陆地上能生活下去呢?"

"讨厌!别胡说!哎呀,算我求你了!你放过我吧!"

安菲特里忒手腕交错,低着头,像是陷入了沉思中。此刻正是向她施加压力的好时候。

"就5分钟就行,帮我把艇开回去,一定来得及的。"

"这可不好说。"

"一半一半,刚刚你自己不是说过无法准确预测吗?"这些话好像起作用了。安菲特里忒什么也没说,松开了交叉着的双手,她沉默了几秒之后,在水中急速前行的黄艇大幅度摇动起来,操纵杆也对应着动作起来,保持着黄艇的平衡。安菲特里忒帮我恢复了控制系统,我不由得低声说道:"太棒啦!"

"就5分钟!得抓紧时间!"

"知道了!"我按照当前速度,一个急转弯,把艇开向了油气管道,向压舱水箱注水的同时,将船头向下,朝着水下200米处红艇所在的海底开始了潜航。

3

显示与海底距离的高度声呐有了反应,航行了一段时间,我发现了一件不可思议的事情。虽然还无法目测,但我能确定的是,再下潜

30 米左右就能到达海底了。但是深度计却显示 950 米。难道我是上浮了吗？这太不可思议了。可精度更高的 CTDV 测量仪显示的数值也是一样的。

以防万一，我又将高度声呐切换至深度声呐，测了一下到海面的距离，显示是不到 1 200 米左右。我偷瞄了一下安菲特里忒，觉得她好像没有在恶作剧——她到目前为止就不曾有过恶作剧或开过玩笑。

实在搞不清原因，我姑且继续前行了。探照灯照到的水域颜色已有了些许改变。之前是一片青黑色，现在是有些浑浊的白色，像是朦朦胧胧地向上冒着烟似的。很快海底就豁然出现在了眼前。其实哪儿都没有烟雾，能看到的发白物体是有很多裂缝的碳酸盐层——就是那些板状的柔软的岩石，它们相互咬合，像瓷砖一样排列，覆盖着下面软绵绵的灰色泥浆。

我展开了黄艇折叠着的腿，就像虾蛄一样，左右各 3 只，每条腿直径约为 15 厘米。有 3 个关节，前面像蟹爪一样尖锐，又下潜前行了一段距离才轻轻地着地。匆忙却不失稳健，几乎没卷起周边的泥浆。用全周扫描声呐确认一下，红艇当前处于两点钟方向，前方约 180 米处。我将纵倾调到了既不上浮也不下沉的中性浮力状态。在保持平衡的基础上尽量不让艇底刮擦到泥沙，让 6 条腿加快了前进的步伐。

探照灯下映射出的风景虽是一片荒凉，却非没有一丝情趣。大大小小的发白的雕像状物体不时地向黑暗处飘去。被称为"碳酸盐岩"的一种岩石屹立在海底的泥土中。大的岩石直径约 1 米，高约 3 米。应该是海水中的碳酸钙经过长期沉淀堆积形成的吧。这些岩石大体上呈现的都是圆锥形或圆柱形，有些位于顶点处的岩石则呈现出像开放着的花朵一样的形状。伴随角度的转换，呈现出的样貌也不相同。有的看上去就像张开臂膀的人，让人大吃一惊。

几乎看不到什么生物，只是好像有成群的白瓜贝。它们物如其名，形状像瓜，是白色文蛤的同类，密密麻麻地半埋在泥沙里。横卧在贝类生物中的绵鳚，因我们这只巨型"虾蛄"的出现而仓皇游了出来。这是些浅粉色的肉乎乎的小鱼，它们逃向了潜艇前进的方向，像是要给我带路似的。

果不其然，绵鳚前方浮现出了一个发黄的金属构造物。虽然看上去形状复杂，但整体上如大型巴士。大小接近红艇，却不是红艇，应该是从天然气水合物中提取天然气的生产设备的一部分吧！

海上平台上延长出来的油气管道深约1 200米，直达海底，那里是被称为第二渥美海山的浸在海底的平原部分。附近是熊野舟形海盆，与其说像舟，不如说像个细长的大盘子分布在海底。海山的山顶一侧刻着天龙海底山谷，可直达海洋中叫作南海沟的海沟。捆在一起的油气管道在海底按规定方向分开排列，被称为生产管道。各条管道经由将海底输送上来的液体和气体分离开来的海底分离器，到达被称为海底管道连接器的管道分支装置处，被称为跨接管的数十根变细的生产管道再从那里延伸至四面八方。

跨接管的根部是汇集了各种阀门的"海底之树"，不知为何也被叫成圣诞树。总之，它下方通往地下之门。被称为抽油泵的设备下方连着数百米深的油井，油井常常被挖掘得很深，也有时向横向或侧向挖掘，或者再出现多条分支，贯通着海底又薄又广阔的天然气水合物层。

从生产管道到坑井的一系列设备装置，就是海底生产系统。现在呈现在我眼前的好像是分离器和管道连接器组合，即井口底盘装置。红艇现在应该就位于这个装置的左侧深处，距离不到20米。很快，探照灯就能照到了。

"红艇！我是黄艇，我现在在三号井口底盘装置附近，正向你靠近。"

"黄艇！红艇收到。你为什么到我这儿来了？你到底是怎么想的？"樫村前辈的声音听起来很是愤怒，更多是惊愕。

"你是不是故意给我添乱，好让上面说我指挥不力？你是跟我有仇吗？"

"不，不，完全不是那个意思。相反，我觉得你平时对我非常照顾，我不能就这样弃你于不顾啊。"

"什么？弃我于不顾？你小子，完全没懂我的意思啊！"

"很快这片海域就要彻底毁灭了，我之所以没跟你解释原因是因为没时间了，赶紧逃命吧。不，不，我们一起逃！"

"你有病吧？之前就觉得你有点不对劲儿。"

"你这么说我也没办法，反正肯定是要发生致命危机的，求你了！就这一次，你相信我吧！"

"到交班还有 5 个小时左右。看来你是需要休息一下了，要不然找个人替你一下吧！"

"不，不用。"我下意识地敲了一下控制台，"情况真的不妙啊！"

"喂！拜托，别慌好不好？"

"哦，前辈，你看一下深度计，CTDV 也行，有什么异常没有？"

我的黄艇上显示的水深一度是水下 700 米，而在海底停留时显示的数字一直在变小。一直处于水底没动的樫村前辈应该一直没有注意到吧！

"咦？好奇怪啊。680 米？怎么回事儿？"

"奇怪吧！我这边也是，但是设备没有故障啊，这一带海域有点不对劲儿啊。"

"啊，这个……也可能是系统乱了也说不定呢。"

"咱俩的艇同时都乱了？不太可能，总之，情况不妙，我们赶紧离开吧，不然——"

"别慌！等等！我再查一下原因。"

"没时间啦！"

此时，安菲特里忒的声音压过了我的声音。"剩3秒就到5分钟了。"

"见鬼！"

原本就很难说服前辈的，又没有理论根据。没办法，更何况对于即将发生的危险我自己都持一定的怀疑态度呢。所以，与其说与他理论，不如先靠近他再说。

我猛地发动黄艇，向红艇冲了过去。探照灯照到红艇的底部，我已经看到了红艇侧面。从激光扫描仪上显示的整体画像来看，红艇的艇头应该是位于右手坐标区域。我将黄艇从左手坐标区域打转向，来到了红艇的后面。最后一个摆尾，艇身一下子蹿了起来。紧接着向上摆动左右机械手——"大镰刀"，来到红艇的背部，用"大镰刀"一下子抱住了红艇的腹部，而后用黄艇的腿缠住了红艇尾部。这样一来，红艇基本上就无法动作了。

如果红艇是敌人的话，我这时就可以用"大镰刀"的锯齿状刀片尽可能地切入它的身体，再通过高压电流重创它的控制系统，让它无法移动。有时也能根据情况用辅助机器手安装炸药，对目标进行破坏性攻击。

"宗像，住手！你疯了？"

对讲机那边传来了樫村前辈震耳欲聋的怒吼声。

诚然，即便是樫村前辈也没有水下实战的经验，遇到眼下这种情况不害怕才怪呢。

"对不起啦，我不是要撞击你，你别害怕。"

　　眼下，我也只能先这样安慰他了。当然，再怎么安慰也无济于事吧。红艇一心想摆脱黄艇，开始了挣扎。从艇身传来了刺耳的金属磨擦的嘎吱嘎吱声。我为了尽可能获得浮力，不断地给压舱水箱排水。虽然想到过水下1 200米的水压应是相当大的，但压缩空气以如此飞快的速度进入水箱还是大大超出了我的预想，应该还是哪里出问题了。顾不了那么多了，趁着艇身变轻，我加大了黄艇向上摆尾的幅度，同时竭尽全力地拍打海底。这样一来，我们两条艇真的同时向上浮了起来。

　　接下来，我只有拼命开艇前行了。黄艇的6条腿带着很大的负荷，可能是因为樫村前辈的红艇一直在摆动，试图摆脱我的黄艇吧。只有6条腿合力，艇尾才能获得最大的功率，真担心一不小心就抱不住红艇了。

　　"哎！放开我，宗像！别乱来！"
　　"对不起啦！请再忍耐一会儿。"
　　"忍什么？你小子，我要杀了你！"
　　前辈的怒吼声震得我脑袋都要炸裂了。我顺势关掉了对讲机。"安菲，真的要发生什么危险吗？"我带着一脸怨气猛地转向一旁淡定地守护着惊慌失措的我的小仙女喊道，"到头来什么都没发生的话，我就惨了，至少也得吓住院了。"

　　"你要是担心的话，就赶紧提速吧，这速度，怕是跑不掉了。"
　　"我也没办法呀，负重这么大。"但安菲特里忒自始至终也没说"重就扔下红艇吧"这句话。

　　即便如此，我也没办法提速，当然获得动力的最佳途径就是摆尾，但当前的速度都没有巡航速度快，要是现在身边有奥运游泳选手的话都可能比我快。速度上不去，也不只是因为重量、体积增大，水中阻力增大也是原因之一。打个比方，那感觉像是水变轻了，人在满是气泡、空荡荡的水中游泳一样。事实上，水中也是有气泡出现的。刚开始是三三两两的，在眼前掠过，现在已经是接连不断了。可能是从海底泄漏出的天然气吧。

我在思考的同时把探照灯照向了左舷下方，不由得"啊"的一声，从座位上弹了起来，将脸靠到丙烯酸树脂窗户旁。已经上浮有10米左右了，海底渐渐模糊起来，但眼前能看得清清楚楚，像洗澡时的泡泡浴似的，大量气泡喷涌在水中，仿佛在眼前形成了烟幕。不对，是气泡幕。

白色的气泡幕向上升起，像是要吞噬周围的一切。应该是那些最初沿着地层裂缝喷出的天然气向上喷涌形成的吧。此时，从舱体外传来了混沌的敲击声，声音不断扩散开来，看样子像是撞上了什么东西。大小不一的碎片和块状物接连不断地从海底喷出，掺杂在气泡中，运动轨迹杂乱无章，基本上都是上升到中途就沉了下去，也有个别穿过探照灯照射的水域飞向别处的——这些东西好像是碳酸盐块和碳酸盐的"烟囱体"。它们很柔软，即使撞上它们，艇体也不会受损。但是，海底有些地方的岩石很坚硬，也有可能是撞上它们了。

"难道是井喷了？"我喃喃着，好像以前培训时有讲过眼前的这个现象。是的，我依稀想起，CR田下方海底好像就进行着什么作业——脑海中浮现出项目作业时的立体影像、项目草图之类的。

水和天然气在一定的温度和压力下会自动形成天然气水合物，是一种天然气分子进入笼状水分子后形成的笼状结晶，看上去像发白的水，但是一点火就会噗噗地边熔化边燃烧。笼状结晶中的天然气吱吱地挤进笼中，待到它要出来时，会膨胀到原本水合物体积的170倍左右大小——相当于1立方米的水合物中能得到约170立方米的天然气气体——这个量够一般家庭使用五六个月了。

提取气体的方法很多，但最常见的是分解水合物。那就需要做到充分的升温降压。对于此种现象,我们立刻能想到的就是矿井中的浇灌热水。的确,这种状况下,水合物一熔化就会释放出气体来。受场地及条件限制,这种采气方法也是客观存在的。但是,在冰冷的深海底部采用这种方法效率并不高。

最简单且性价比高的是用泵将矿井的水抽上来。这样一来,矿井中的压力就会下降。因为和水合物层接触的矿井井壁上的很多孔都是打开的,会造成周围地层的压力随之下降。而后,水合物一分解,产生的气体就会流入矿井,只要把这些产生的气体抽出就可以了。

这种"减压法"还有安全性的优势。原本天然气水合物层就比较浅,受不了太大的压力。因此,在不改变温度条件的前提下,轻松提取燃气不太容易。这一点和通常在又深、压力又大的地层上钻个孔,燃气就自发喷出的油气田是不一样的。

减压法的做法是降低地层压力,强行将燃气吸上来。因此,即便是出现输油管道破损或是海上平台破坏的意外情况,也不会因此出现燃气井喷的现象。只不过是海水流回矿井,恢复压力,水合物不再分解了。而就算已提取的燃气从管道中泄漏,量也不大,可以进行再水合物化或者溶入海水。

实际上,就已发生过的管道破损事故而言,也就不到几十分钟泄漏就停止了,释放到大气中的燃气量微不足道。此外,由于海底表层松软,水合物消失的部分容易塌方,因此几乎所有的 CR 田平台都建在平坦的地方。

此外,向矿井周边注入的二氧化碳生成二氧化碳水合物,必然能取代减少的天然气水合物支撑海底表层。如果万一海底塌方表层露出来,由于温度及压力不变,还是能保证水合物的生成的,燃气就不会喷出。

记得负责培训的相关能源公司员工曾经那么自信满满地这样介绍

过:"CR田上一般从建设之初就配备故障保险装置。"可现在我眼前发生的这一切,又该如何解释呢?

我脚下传来了混沌的震动声,可能在艇外听的话应该是"咕咚—咕咚"声吧。很快,黄艇(红艇也一样)激烈地摇晃起来,像是被一股强海流卷起来了似的。从艇仓向外看,外面是一片雪白。我头上已满是卷起的大量气泡和泥沙的旋涡,此时的探照灯已经不起任何作用了。

原因终于弄清楚了,是海底喷发燃气造成的。可能是有大量的天然气水合物正在分解吧,那些被封存在海底表层的所谓的游离相天然气因此被释放了。

前方,障碍物声呐和激光扫描仪发出了警报,一些不明的粗桶状物体挡住了前进方向。为了躲避这些障碍物,我试图改变艇尾的方向,但是舵不起任何作用,也许是抱着红艇的原因。这样下去,即使不发生碰撞也得刮蹭,但我不能降速。我不停地转动水平推进器的旋钮,强行摇动艇头,但反应很迟钝。虽然我急得满头大汗,它却根本不听我指挥。我虽拼命用力握住倒下的操纵杆,发动机却没什么反应,我只能在心理暗暗祈祷——"求你了"。

几十秒过后,警报声消失了。也许黄艇通人性了吧,载着我到了障碍物的附近——距离障碍物不到1米的距离。不一会儿,在白色的雾霭中隐约可见桶状物的底部之间有狭窄的缝隙——那是些粘满泥浆的金属管,那些管子像是从接头处脱落了,或是被扭得粉碎了一样,在海底翘起。

管壁看起来异常厚实,不像是外套或生产线的一部分,可能是支撑井壁的套管。这东西要是崩裂了的话,那威力可是……想想都叫人不寒而栗。

海水的确已经在倾覆了。

要是现在我正下方的海域发生颠覆的话，会怎样呢？我可能会被弹飞吧。当然要马上离开这里，好像尽快上浮才是正确的选择。现在还是20米左右的距离，但是高度计的显示数值忽高忽低，就如同黄艇此时的"长吁短叹"一样。

"终究是不行啊，是太重了吧？"我在冥思苦想的同时低声自言自语着。好像又有什么东西敲打了艇体。我最初认为应该是和刚才一样，是碳酸盐的碎片碰到了艇身发出的声音，但不一会儿，那敲击声变得规律起来。

"啊！"我抬头仔细听了起来。没错，是摩尔斯求救信号——"我们要同归于尽了！讲话啊！"樫村前辈似乎正用铁锤一类的东西敲打操作舱内的某处。糟了，我慌乱中又接通了对讲机。"红艇，我是黄艇，你没事儿吧？"

"你个混账！"他的愤怒声简直震耳欲聋。"这样下去我们两个就死定了！快点放开我！"是啊，对于眼下的情景，他总算是明白了。"黄艇收到！"我立即松开了"大镰刀"和腿，艇身一下子变轻了许多，就像是坐升降电梯时忽地升上去的感觉一样。高度计的数值也随之增加了——"大镰刀"和腿一折叠收回，速度也提升了。我探了探身，透过操作舱向斜下方看了看，眼前依旧是白茫茫一片。

"红艇，我是黄艇，两艇已安全分离，你现在在哪？"

"黄艇，我是红艇，我可能在你正下方，正全力上升呢。不必担心！"

"太棒啦！"

"宗像，你看这样好不好？不要再担心我了。接下来，即使和我走散了，也不要找我啦。我去找你，所以不要掉头，向着海面开，明白不？"

"好的，可是——"

"你明白了没有？"

"嗯，好吧！"

"我在报答你这次的救命之恩之前一定会平安无事的。你赶紧上浮吧！"

"黄艇收到！"

关掉麦克，我忽然松了口气，仿佛误会就此解除了。我再次握紧操纵杆，才逐渐意识到安菲特里忒不在了。她本该是在我右手腕上的，不知道什么时候她消失的。我一边呼唤着她的名字，一边在操作舱找她，完全没人答应。她会不会又穿透丙烯酸树脂玻璃跑到艇外去了呢？

可她跑出去又能去哪呢？我透过渐渐不那么混沌的前方，继续寻找蓝色精灵的踪迹。黄艇外形是扁平状的，很像虾蛄，可以把浮力的一部分用作前进的动力，相当于水中的滑翔机。加足马力从深海斜穿到海面的前进速度和海豚不相上下。不知不觉我到达的漆黑的水域开始泛着青光，进入太阳光能照射到的有光层了。这一带是和深海的分水岭，一般来说水深在 200 米左右，果然深度计显示为 220 米，基本上和深度声呐的数值一致。可能是之前的奇妙现象平息了，或者我已经离开了异常海域吧。我关闭探照灯的同时，也放弃了对安菲特里忒的寻找。

转瞬间就来到了海面。途中许多水母因撞到了艇身而变得支离破碎，一条红色的大乌贼被吓得吐着墨汁狼狈而逃。在冲散了一群银色的鱼群后黄艇露出了海面。黄艇在海上飞跃了有四五十米吧，在越过浪头之后的空中，我看到了不可思议的一幕——前方几百米不断地起着气泡的海域，足有五十层楼高的海上钻井平台横卧在那里。平时沉在水下的圆柱体部分也被海浪冲刷着，甲板部分却是一大半沉入了水中。考虑到圆柱体形成了 V 字形的漂浮物，这样下去，可能会彻底倒立过来吧——无论如何我也不相信 80 多名工作人员还活着。

圆柱体下方伸向海底的输油管道也露出了海面，就像是大章鱼或是克拉肯①的触角一样。可能是因为燃气井喷，系留索的锚脱落了吧。我彻底惊呆了，甚至没有觉察到黄艇出水的冲击，大脑一片空白，从操作舱仰望天空也是一片白色的朦胧。哎呀！应该是雾霭，是雾霭隐约笼罩在我头上。

是温度较低的天然气使空气中的水分凝结而形成的吗？这样的话海面上应该飘着很多天然气吧。我隐隐约约想到，不一会儿，突然感到供血不足。"糟了！"

当我正准备从座位直起腰的时候，像是从黄艇腹部传来了响声，艇身也摇晃起来。

海面上的那座即将沉没的钻井平台居然蹿起了巨大的火柱，一瞬间，眼前如同晚霞一样被火光映得一片通红，而后淡紫色水气摇曳着覆盖了海面。眼前的情景虽让人感到模糊不清，但爆炸后产生的天然气的火苗却快速蔓延成火海——火海中迸发的亮光宛若极光。

我被眼前的情景吸引，手抖动中不小心打开了压舱水箱的流通阀门，瞬间，从我的左右后方升起了鲸鱼一样的喷气。

黄艇又开始了潜航。熊熊燃烧的热风吹跑了雾霭，完全笼罩在我的周围和头上，光亮实在是太刺眼了，什么也看不清，那感觉就像是被放到篝火中炙烤。我几乎是屏住呼吸盯着在缓慢增加的深度计的数字，在丙烯酸树脂玻璃熔化之前，尽可能地让艇身沉入了海水中。

---

① 北欧神话传说中一种被描述为章鱼或乌贼模样的巨型海怪。

C 是 Charlie 的 C

1

海面上掀起层层波浪,初冬的冷风迎面吹来。我用手拢了拢夹克的衣襟,登上了作业船。

白钢船身在眼前高高耸立。这是黄艇和红艇的母舰,约有 6 000 吨重。备用舵从船身的一侧被打捞了起来——刚刚,依靠这只舵,我换乘到了这艘船上。

渥美半岛海面 CR 田的井喷事故已经过去 3 周了。沉船里的海上平台作业队成员中有 58 人死亡、23 人失踪。当时途经此处的渔船上也有不幸死伤的船员。此外,还观测到了高达 30 米的海啸。

估计有近 500 吨的甲烷被排放到大气中,但自次日起并未观测到沼气云等现象,而积蓄在海底的硫化氢在这 3 天里不断上浮。为此,半径约 50 公里的海域被紧急封锁,远州滩及熊野滩沿岸的居民也被劝告去别处避难。

因为此次事故,渥美半岛海面 CR 田隶属的燃气公司股价极速下跌,其他与石油燃气有关的企业股价也受到了波及。经由输油管道直

接供给的发电所陆续停业，电力公司的股价也随之下跌。从事海底勘探及相关设备生产的企业，其股价也瞬间跌落至最低点。

这块油田开采中止以及开发计划的叫停，在世界范围引起了不小的骚动——不只日本国内，其他石油出口国的国债价格也受到了影响。

结果，我被海洋安保公司解雇了。黄艇的行动以及与红艇的通信过程也都被完整地记录了下来。司令部以此为凭证，经研讨后认定我作为一名警备员是不合格的。

毕竟，我没有听从现场负责人樫村前辈的指挥。虽说最后两个人都活了下来，两艘潜艇也平安无事，但这样的结果于事无补。从长远考虑，这样的做法违反了相关规定，可谓罪无可恕。

我本人也默认了这样的处理结果。樫村前辈却拼尽全力为我出头——他说如果我被解雇他也不干了。公司当然不想失去一位如此出色的驾驶员，只好做出了让步，承诺会帮我安排新的工作岗位。

所谓的新岗位，是在一艘叫作"錾"的海洋探测船上。它就停泊在距离这艘船四五百米远的海面上，我的职位似乎是船上的观测员。

对于工作的具体内容我毫不知情，如今也就不好挑肥拣瘦了，只要有个容身之所就行。

从一艘船到另一艘船——这是海员的宿命，所以也不算是什么倒霉的事。

抬头望去，一起共事了将近一年的船员们在甲板上排成一列。他们脸上多少带着一点愧疚之色，向我挥着手，其中当然也包括樫村前辈。

大家说要一起送我到"錾"上面。"要是那样的话我肯定会哭出来的。"我拒绝道。

同乘一艘船，彼此便成为家人。一旦下了船，又马上变回陌路。

这是从小就在金井海务集团打拼的海员们耳熟能详的一句话。

并不是说人情多么冷漠，而是身若浮萍无处可依。有了这样的思想觉悟，到了分别的时候就不会那么痛苦。

船默默地开始加速，银白色的船身逐渐消失在送行的人们的视野里。我面带微笑，大力挥着手。樫村前辈朝我点了点头，脸上写满了担忧。

作为新的工作地点，"鳘"是一艘当下流行的中型三舱船，浑身闪耀着银色的光辉，让人联想到未来的宇宙飞船。

中央船体前部的飞行甲板映射在操控室的玻璃上，后面竖着6根船桅，上面系着细长的三角形风帆——将它们折叠起来，就会变成太阳能电池板。

位于船体后部的工作甲板并不算宽敞，船尾还配置了A字形起重机。中央舱体和左右舱体中间还隐约可见放置无人侦察机等物品的仓库，说不定甲板下面还有月亮池。

据说这艘船总重一万吨以上，总长度接近100米，宽度约为30米，从上方俯视，可以看见其整体呈现出细长的五角星形状。船的主要的动力来源是电池，辅助动力来源是波浪的动能和太阳能帆。

我所乘坐的接送小船靠近了"鳘"的船尾处。工作甲板上能看见好几个人影，他们穿着日常制服夹克，戴着头盔，一边用手指向我，一边大声地打着招呼。

最后，我被带到船的左舷一侧，从上面放下来一个船舵。因为它随海浪不断起伏，一时间我无法抓住。我背着巨大的背包耐心等待着时机，终于抓紧了船舵。唉，职业习惯。

我向之前开船送我来的同伴微微抬了抬手，算是告别，他也向我挥了挥手。小船转回头，快速转了个U形弯儿，掀起了白色的浪花。

这时，甲板上有几个船员迎了过来。但彼此间也只是简单地握了握手，他们给我指明了进船舱的入口，就各自忙自己的活儿去了。

几乎所有在甲板上工作的船员在刚接触时都有点冷漠，且不容易亲近，对此我不甚在意。快速钻进了船舱入口，我走进了狭窄的过道。

走到 T 字路口的尽头，我停下了脚步，犹豫着该向左还是向右走。

应该先去一下通信部长的办公室，我看了一下船上的路线指南，但没有找到。于是我左右张望，想找路过的人打听一下。

就在此时，从右手边走来一个身着工作服的男人，他看起来十分年轻，应该跟我的年纪差不多吧。

"你好。"我伸出右手。"我叫宗像道，刚调到这艘船上工作。现在是个观测员，以后还请多多关照。"

"哎呀，是你呀！"年轻的船员握住了我的手，"我叫盐椎一真，一直在等你。"

"盐椎先生，请多关照。"

"先生就免了。我好像只比你大一岁，咱俩算同龄人，不用这么客气，平时咱们就互相称呼对方名字吧！"

"嗯，好的。"

我点了点头，莫名觉得有些奇怪。可能是嗅到了不同寻常的气味，抑或只是一种直觉，总觉得对方和自己不是一个世界的人，但与此同时又觉得彼此间有些相似的地方。

"那个……一真，你是联络员吗？看起来不像普通员工。"

"不，我并不是船员。"他摇了摇头，"我是研究员，一个小角色。"

我恍然大悟。之前从来没跟科学家这个群体接触过，现在才觉得他确实一身书卷气，习惯用审视的目光观察周围的一切。看来，我也成了他观察的对象。

"那咱们走吧。"

他抬手向右指了指，带着我走过去。

"你是特意到这里来接我的吗？"

"是啊，你暂时被安排到我的部门。观测员也不算船员，主要任务是配合研究官员或其他技术人员工作。"

"哦，这样啊。"

"你来过像这样的勘探船吗？"

"没有，观测员的工作也是第一次。说实话，连自己该干什么我都不太清楚。"

"唉，你的情况比较特殊。其实，你像客人一样什么都不做都行，但是你之前的老板说要是没有具体工作，就不能把人交给我们，所以就麻烦你暂时做观测员吧。"

"暂时？"

他点了点头。

"到了澎贝岛，应该还有其他工作在等着你。"

"那观测员的工作，只是在船上的这段期间吗？"

"是的。"

"我有点不明白你的意思。"

"慢慢你就明白了。不用担心，反正不会让你吃不上饭的——我保证。"

据说，这艘船的根据地在密克罗尼西亚的澎贝岛，船籍归密克罗尼西亚联邦所有，但真正的拥有者是一家叫"仙境"的海务集团巨头。

一真，还有"螯"这艘船上的其他成员，几乎都隶属于这家仙境集团，而且它和培养了我的金井曾同属于一家日本海务集团。这么看来一真跟我有些渊源也说不定。

这样照顾我这个初出茅庐的海员，又是刚被革职的毛头小子，也

可能是出于某种同胞情谊。对于这些，我事先毫不知情。

在通信部长的办公室办好了上船手续，再去观测员办公室（其实就是值班室）和负责人打过招呼，我就被带到了自己的房间。这是一个三人间，另外两个室友碰巧出去了。

把行李放到分给我的床铺上，一真一边用余光打量我，一边简略地给我介绍了一下船内的构造，也说明了吃饭和洗澡时间等生活作息安排及其他注意事项。至于详细的规定，可能要等一等船员或是通信部长亲自告诉我吧。

"对了，逍……"一真若有所思地转换了话题，"你在金井待过对吧？"

"嗯，是的。"

"那你……是鱼人吗？"

"嗯？"

我打开狭小的衣柜，将自己的夹克外套挂到衣架上。听到这儿，不由停下了动作。

"不，我没有什么特殊的意思。"一真摆了摆手说道，"我只是有点好奇……"

我关上了柜门，耸了耸肩。

"虽然我也不是很清楚，但也许是吧。不过，我没法亲口说出'我是鱼人'这句话。"

"啊，这样啊！"他点了点头，"确实如此。"

"鱼人"这个词是最近开始流行起来的。但是，究竟是从何处开始传播的，已经无从查考。

把新人类叫作"鱼人"，可能因为"新"的复数形式在拉丁语中的读法就变成了"鱼"。而"人类"本身就是"人"的意思吧。最重要的是，这个词主要指经过身体改造之后，比普通人类更能适应海洋环境的人种。

从金井出来的人基本都是鱼人，但每个人改造的程度又各有不同。

"变动相当大吧？"

一真把指尖朝向自己，画了一个圈儿。

"确实。你可能已经知道了，眼睛呈现蓝色，是因为戴了在陆地上使用的隐形眼镜，一旦摘掉视力就会变得模糊。但是，到了水中，即使不戴面罩也能看得清清楚楚。杆状细胞数量增多，能提升对光的敏感度，尤其是在水中极易衰减的红光。"

"也就是说，这个隐形眼镜能够改变空气的折射率，减光，还能够调整色温对吧？"

我点了点头。

"那你耳朵后面戴着的是骨传导助听器吗？"

"你眼神真好。它跟皮肤颜色接近，所以很多人都没注意到。"

"这也是在陆地上用的吗？"

"嗯。在水里为了避免气压带来的损害，会向中耳注入淋巴液——就像慢性渗出性中耳炎的症状。这样的话，在空气中会听不见声音。"

"那在水里就没关系了吧？"

"是的。鼓膜内外的压力相同，比戴着耳塞潜水听得更清楚。在水里，骨传导助听器能更有效地发挥作用。"

"在空中戴着助听器也有这种效果吧。"

"是的。如果是长时间在陆地生活，可以把耳机里的人工淋巴液排掉。我刚离开金井的时候，还不知道以后会待在哪儿，所以就先这么放着没管。"

"嗯……其他还有什么特别的地方吗？"

我不由一声苦笑。

"你关心的问题还真不少。"

"没有没有,可能是职业病吧,我毕竟是个海洋生物学者。"

"哦,原来如此。"

"所以,遇到水生生物学方面的问题,我就特别感兴趣。要是冒犯了,你别介意啊。"

"没关系,我不介意。"我摇头,"再就是……半规管的功能,比正常人要少一些毛细胞,所以不那么敏感。在水中进行激烈运动的时候,不会丧失平衡感。虽然通过独木桥的时候很麻烦,但是不会晕船。"

"那你很适合在船上工作呀。"

"这是因为我被改进了肺部功能,减少了呼吸次数。更为重要的是,因为增加了肌肉中的肌红蛋白,脾脏也比普通人大一圈儿。"

"这是为了储备氧气吗?"

"没错。我可以一口气轻松地潜水 40 分钟左右——我是指在水中保持静止的情况下。偶尔还可以在水里打个盹儿。"

"真了不起啊,眼睛、耳朵、肺部都跟鲸鱼和海豚的很接近了。"

"是啊,我们简直就像同一个族类。"

其实我的身体还有一个被改造过的部位,对此我只字未提。也许对方早已清楚,但我还是讨厌这种刨根问底的问询,索性就保持缄默。

"接下来——"他抬头看了一眼房间里的时钟说道,"马上就是午饭时间了。正好,咱们一起去食堂吧。"

"哦,好。"

其实我还不饿,但对船上的情况还不了解,一会儿自己去找也够麻烦的,索性这次就跟他去吧。

这艘船的食堂比我之前工作的地方大了不少。中厅相当于两个房间大小，中间被拉起的横栏分成里外两个部分。里面的桌子是给职员和副主席以上职位的研究官员使用的，前面的桌子是给部员和普通研究员使用的——一真解释道。

内侧的桌子上摆放着琳琅满目的菜肴。外侧的桌子上则是自助模式的简餐。这方面似乎所有的船上都差不多。

我跟一真取完餐刚坐下，就有一两个办公人员陆续走进了食堂。他们穿着水手的衣服，旁若无人地经过我们身边。

不久，船长等高层也陆续现身了。他们也穿着工作制服，让人感受不到太大的阶级差别，真是一幕温馨的食堂风景。

但是，随着最后一个人的到来，这里的平和气氛瞬间终结。

也许这只是我个人的感觉，一真和其他人似乎已经习惯了这种改变，依然默默地用筷子和餐刀吃饭。

那个男人50岁上下，身材消瘦。头发乱糟糟的，好像睡醒后没梳理过。五官端正，但脸色很差。

最让人吃惊的是，他穿着一双高跟的单齿木屐，拿着复古的长烟袋（当然没有点燃），一副歌舞伎演员的装扮。只是裤子上破破烂烂的全是窟窿，上身披着一件开衫。

在摇摇晃晃的船上，他摇摇晃晃地走着。他路过船长等人，猛地坐到自己的位置上。后厨人员马上走过来，给他的酒杯里倒入透明的液体。

"那位是首席研究官员长池豪博士。"

看我目瞪口呆的样子，一真压低声音跟我说道。

"什么？首席研究官？"

"是啊。他既是我的上级，也是我的老师。"

"看着有点怪。"

"哈哈。"

"虽然穿着木屐,却听不到脚步声。"

"那是因为贴近地面的单齿贴了橡胶——是我弄的。"一真说道。

"你?"

"嗯。之前一直咯噔咯噔响个不停,听着让人头疼,我就趁他睡着的时候偷偷改造了一下。"

"然后呢?"

"一切如旧——他什么也没说,就这么穿着了——说不定他原来也没注意到木屐发出的声音。"

我缓缓点了点头。

"船上原本就不让穿木屐吧?船长他们没有意见吗?"

"之前有人提醒过他,但被彻底无视了。都知道他是个怪人,大家也就懒得管了。"

"虽然是个怪人,但也是个杰出的人才吧?"

"是,称之为天才也不为过。"

"我不太了解科学界的人,他很有名吧?"

"超级有名啊!"一真嘿嘿一笑,"毕竟是个怪咖。"

"那他平时在哪家大学或研究机构上班?"

"之前好像上过班,但很快就跟同事闹掰了,之后就一直没有固定工作了。就在自家的地下室或是车库里搞研究,算是 DIY 科学家,或者说开拓者,抑或是自由的草根专家吧。他目前受雇于仙境集团,但要是遇上什么不顺心的事,也许很快就不干了吧。"

"仙境集团似乎负责的都是海上工作,他具体都负责哪些内容呢?"

"之前是合成生物学,也就是创造生命的研究。他是世界上第一个从有机物中提炼出细胞的人——还是在他自己家的车库实验室里。"

我轻轻拍了下膝盖。

"啊，这事儿我听说过。前几年还上了新闻。我想起来了，说是人最终成了神——原来就是这位老师的成果啊！"

"就是他。"

"哎——，那位老师——是神吗？"

一真扑哧一笑说："我并不想这样认为。"

"不想——"

"发表研究成果的时候，他本人也说过'大家看看我，像神吗？这样一个脏兮兮的来历不明的人。当然不是了。一切最终还要归结为生命本身的神秘'这样的话。"

"哦——确实有些道理。"我不由感叹。

"不过，说不定神灵就是那副尊容也未可知。"

"毕竟是传说中的弗兰肯斯坦博士①。"

"被这样叫他肯定会很高兴，"一真点头，"他也说过自己是生命黑客。"

"生命黑客？听起来有点儿帅啊——那他现在在这里研究什么呢？"

"最主要的课题是生命起源，以及外星球的生命探测。这两者其实是紧密相关的，其实都包含在宇宙生物学的范畴里。"

"说到生命的起源，不是已经有定论了吗？"

"不，并没有。他正在做的是基因翻转工程。就是研究现存的生物材料及其形成过程，将其在试管中用人为的方式加以重现，从有机物中提取氨基酸，再选取 L 型氨基酸制成蛋白质。再利用蛋白质制成细胞质和细胞核，将之放入脂质双层膜中。另一方面，从糖和核酸盐基中提取出核苷，再加入磷酸制成核苷酸，再制成 DNA 注射进核

---

① 英国小说家玛丽·雪莱于 1818 年创作的长篇小说《科学怪人》中的主人公。

质中，这样就形成了活的细胞。简单说来，就是这么回事。光是这项工程就已经很了不起了，但自然界中每个生命是如何形成的还有很多是未知的。"

"你是指在大约 40 亿年前，有机物如何形成氨基酸，氨基酸又是如何形成蛋白质的这个过程？"

"是啊。"

"是不是有某个像长池老师一样的人已经做了这些？"

"老师自己好像也没有排除这种可能，但这么想并不能从根本上解决问题。就算有这么一个人创造了生命，那这个人本身又是从哪儿来的呢？这不过是问题的传导罢了。"

"真是没有止境啊。即使如此，研究这种问题对现实生活没有任何意义吧？虽说很有情趣，但是像仙境这样的集团怎么会支持这样的研究呢，还造了一艘如此气派的考察船。"

"这艘原本是海洋资源探测船，除了在海里，在进行三次元探测和海底钻探时也能胜任。虽说科研并不是其最主要的目的，但对于长池老师来说，用它来进行非陆地环境生物研究再合适不过了。他可以提供资源探测过程中所需的生物学情报，同时进行自己的宇宙生物学研究。"

"哦，原来如此。"

"资源探测暂且不提，仙境肯定能获得巨大利益。"说到这，一真压低了声音，"毕竟是创造了生命的人。只要应用这方面的技术，肯定能更有效地利用各种生命现象。就算想创造一只能下金蛋的鸡，有老师在也未必做不到。想要只有特定人群会感染的细菌和病毒什么的，更是小菜一碟。"

我又看了一眼长池先生那蓬乱的头发。

"他的大脑，贵如珍宝，更是最强大的武器。"

"是啊。"一真放下了筷子，戳了下我的肩膀，"正好借这个机会把你介绍给这些高层。跟我来！"

虽然还没吃完，我还是跟他离开了座位走向里面的座位。先跟船长、厨师和部门负责人寒暄了一通，然后来到了这位首席研究员的身后。

"老师您好！这是新来的观测员宗像逍。"虽然觉得他已经听见了，一真还是又介绍了一遍，"他刚刚来咱们这艘船。"

"请您多多关照。"

我低头问候。

"哦，彼此彼此。"

一人之隔的长池老师用微红的眼睛看了我一眼，一只手握着酒杯向我轻轻点了点头，算是打过招呼了。

一阵酒味儿扑面而来，他手中拿着的好像是清酒。

"你原来在水下仿生机器人上工作？"

他用质问学生的语气对我说。

"哎？啊，对，是的。"

"是什么样的机器人？"

"是负责安保的。虾蛄形，有螳螂一样的前臂和6条腿用来行走。"

"动力来自哪里？"

"靠燃料电池。"

"座舱是抗压材质吗？"

"是的，一个人乘坐可以潜至2 000米的深海。"

"好像是老式的。"

"不，没那么老，不过也不是最新款。"

"到了澎贝，就能用上更先进的设备了。"说完这句，他喝了一小口酒，"总之，加油干吧！"

"那个——"

我不太明白他的意思,正打算追问下去,但他已经转过身去开始吃饭了。

真是彻彻底底的个人主义者。

在一真的催促下,我们回到了自己的座位上。

"果然,还是不怎么像神啊——"

我用叉子戳着盘子里的剩菜,小声嘀咕着。

"唉,如果再威严一点,再高雅一些……"

一真不由得笑了出来。"你对别人的要求也太苛刻了。"

"不过,大白天就喝酒是不是有点过分了?"

"多愁善感型的,在这艘船上——晚上的工作很不容易。海务工作就是这样啊。"

"确实。"

"最重要的是,在这个时间能喝酒的,只有老师一个人。其他人是不允许的。"一真解释道。

"这就是天才的特权吗?"

"他说酒是大脑的润滑剂,真拿这人没办法。"

"老师说到了澎贝就能换成更好的仿生机器人,是真的吗?"

"这个啊——"一真用纸巾擦了擦嘴角,"我还不太清楚,等到了那儿就知道了。"

"嗯。"

"我先回研究室了。你可以先去房间休息一会儿,30分钟后我去找你。"

"嗯,好。"

2

回到房间后,我在床上翻来覆去,难以入眠,索性拿出了好久没用的文件夹。

那是一个 1.5 厘米宽、13 厘米长、5 毫米厚的四角棒,将其竖立起来向左右铺开,就变成了一个长方形框,之后在长方形框里浮现出了一个小圆球,圆球不断游动,逐渐呈现出绿蜥龟的样貌。

"嗨,荷助。"

我一边打招呼,一边将食指伸进长方形框里,这只龟高兴地游了过来。我一动手指,它就马上随之游动,长方形框内瞬间形成了一个双向的三次元空间。

"有新的消息吗?"

过了一会儿,我问道。荷助摇了摇头。

来这艘船之前,我已经确认过一遍,应该还是之前的那些事吧。

"帮我把写生簿拿过来。"

听到这句话,刚刚还趴卧着的荷助点了点头从长方形框中游了出来,还拽出一本用铁环装订的破旧的素描本,正是我经常用的那本。

翻开封面,里面是纯白的纸张。我把页面扩大,将食指变成 4B 铅笔,拇指则成了橡皮擦。然后凭着记忆里的影像开始画长池老师的素描。

虽说他性格有点怪异,但那张脸本身平淡无奇,所以画起来有点吃力。改了好几稿,我才画出自己满意的一幅。刚停笔,就响起了敲门声,应该是一真来找我了。

我将文件夹折叠起来,恢复成一根棒子的形状,然后放进胸前的

口袋里,起身相迎。

一真花了一个小时的时间带我参观了整艘船,又带我去他的研究室一起商量工作的事。

办公室在位于主船舱的靠近底部的第三层甲板上,没有窗户。这里遍布着写字台和监视器,看起来跟普通的办公室无异——这就是传说中枯燥无味的办公地点。

采集来的生物样本在这里被解剖,或是放在显微镜下面观察,或是被冷冻后保存起来,就放在工作甲板附近。刚刚参观的时候曾经路过这里,我瞥了一眼,感觉自己跟这里的气场不太合。

这个办公室应该是多人共用的,但现在空荡荡的不见人影。一真把我领到了内侧的墙边,那里有一块监控显示屏覆盖了一整面墙。

"解锁!"

一真说完,之前全黑的屏幕一下子浮现出立体的影像来——这是电脑绘制的海底地形鸟瞰图。深海地区用蓝色标注,上面没有显示地名或范例。

但是几秒之后,我忍不住喊了一声:"哎呀!"

"难道这个是——"

"没错,这就是第二渥美海丘的周边海域。"

这样回答着,一真将一只手伸向了大屏幕。他的手指触碰到屏幕中央的海丘时,影像瞬间被放大了。随之呈现出更详细的画面,海底的地貌也变得清晰可鉴。这时,画面中出现了人工产物——被毁灭之前的 CR 田。

靠近海平面的地方,是海上作业平台,从上面垂下的海底油气管道构成了海底的系统图。随后映入眼帘的是第二渥美海丘的原野。

"我们大概两周后能到达澎贝岛。"一真说道,"在此之前,你的主要工作就是回顾、总结一下之前的井喷事故。说起这个,可能你的心情会有点沉重吧。"

"怎么又要弄这个?"

"长池老师对此很感兴趣。所以,必须按照时间轴把详细情况汇报一下,丰富我们目前能看到的视频。"

"是长池老师啊——"

我歪着头说道。

"在事故发生之前,世界各地的海底 CR 田和天然气田都屡次发生油气管道破损事故。这件事你知道吧?"

"嗯,知道。"

"其实,针对这样的事故,我们之前一直在追踪调查。这次的事故不过是之前问题的延伸罢了。"

"有什么共同点吗?"我问道。

"虽然不知道是不是真正的原因,但多少都跟海水中和海底的微生物有关,老师是这么认为的。仙境没有直接从事与能源开发生产相关的产业,但和你之前所属的公司一样,承包过 CR 田和天然气田,也参与过油田的警戒工作。从这个角度来讲,我们不能对这种事袖手旁观。"

"哦,是这样。"我打了下响指,"原来是这么回事。"

"怎么了?"

"没什么。原来这才是这艘船,或者说仙境集团收留我的理由——原来是为了获得事故的相关情报啊。"

"哈哈,虽然有这方面的关系,但这并不是最主要的原因。"

"没关系,不论什么原因我都能接受。反正天然气公司和日本政府已经公布了调研报告,我没有什么要补充的。那时,我被路线事故防御机构,还有什么调查委员会的人找去,仔仔细细地询问了一番。我所知道的情报都已经被榨干了。"

"这我知道。不过,有时候随着视角的切换,人看到的景色也会

发生变化,而当时亲临事故现场的人是不会有这种问题的。"

"也许吧。"

"我们要做的,除了收集公开发表的那些情报,还要尽可能地获取其他信息。不过,总觉得还有所欠缺。原本这次井喷事故的起因就没有结论,众说纷纭却没有定论,究其根本还是情报不够详细。"

"话虽如此,但就算在现场,不清楚的依然不清楚啊。"

"反正只有两星期,咱们就试着合作一下呗。当然被刨根问底地问询肯定会觉得厌烦的,不过这次你要面对的只有我一个人——不会像之前那样接受拷问似的。在轻松的气氛中,你肯定能再回忆起新的线索。"

"不,我没打算拒绝。毕竟,这是我的工作。让我为难的是不知道该说些什么,也不知道会不会辜负你们的期待。"

"不用担心。那咱们这就开始?"

说完一真又把手伸向了显示屏,我拉住了他。

"在此之前,我能不能再问一个问题?"

"请说。"

"那位——长池老师,还有你,对事故的原因怎么看?那究竟是人为的原因,还是只是正常的自然现象?"

"要想弄清楚这个,必须仰仗你的帮忙啊。"一真抱着胳膊说,"现在看来,把所有的问题都用自然现象来解释,未免有点牵强。"

"那么,就是说有一部分责任在人类。"

"也许吧。"

"那究竟是谁做的呢?事故调查组和天然气公司的报告里都指出,很可能是遭受了环境保护组织的恐怖行动,也可能是受到了海盗或私人军队的袭击。媒体也普遍持相同看法——这就跟油气管道的破损事件'异曲同工'。但是,却没有指明具体的人物、组织或国家。"

"是不能明说吧。毕竟，目前还没有证据，这方面的情况我们也一无所知。"

"那么，动机又是什么呢？从动机应该能推测出一些情报吧。"

"也有不少人支持这种意见，很多有识之士和媒体正致力于此。不过，这只能作为参考吧？"

"是啊，从专家到外行的民众全员参与，网上的猜测成千上万。众说纷纭，更难下定论。"

"我们也差不多啊。"

"但我还是想先听听你的看法。比起那些有识之士或专家，还是自己认识的人的话更容易接受。"

"说到专家，长池老师和我是科研人员。但意识形态方面的事，我们也跟你一样丝毫不了解。"

"这也没关系，请从科学的角度告诉我你们的想法。在自己信口胡说之前，我想整体地把握一下和自己有关的这次事故。"

"科学的看法嘛——"一真挠了挠头，"要说动机，对地球环境造成直接影响的这种可能性是非常低的。确实有大量的甲烷被释放到大气中，不过其中绝大部分都会经过燃烧消耗掉，在大气中存留的时间非常短暂。所以不用担心这次的井喷会带来全球气候的变化。就算全球的 CR 田同时发生同等规模的井喷事故，带来的影响也是微不足道的。不过如果大规模的井喷持续几个月或几年就另当别论了。"

"哦，如果海底油气管道的破损是人为造成的，也只是为了造成一点骚乱吧。"

"应该是。但影响在逐步升级，主要是因为有人在向相关产业和其背后的支持力量施压。这样的话，不管是环境保护组织、海盗或是私人军队，采取怎样的应对措施都不为过了。"

"不好说啊。"

"以环境保护组织为例，越采取过激反应就越会遭到不顾一切的反对，导致人类对自然采取的一切行为都成为罪恶。之前矛头主要是指向原子能和页岩气，现在则涉及风能、波能、海流、地热、太阳能等。无论如何清洁，如何可持续，归根结底也是人在起作用。所以，想在鸡蛋里挑骨头肯定能找到。不过，其中最容易招来非议的是不可再生资源，比如化石燃料的开采和使用。而事实上，这样的能源支撑了人类的大多数活动。"

"CR 田不是一直在标榜可以再生吗？"

"这正好是我研究的范畴，以后可以跟你好好探讨一下。一般的看法是：并不能证明这是可再生能源，其负面影响也尚未明确。不过以'寻找幕后黑手'这个词来形容，我倒是觉得有件事很有意思。"

"什么事？"

"从环境问题的角度来批判 CR 田，一般会拿开发及生产行为对环境的影响以及燃烧沼气带来的问题开刀吧？就和其他的天然气田和油田一样。"

"确实。"

"不过说到 CR 田特有的问题，有人会觉得是二氧化碳的海底残留问题吧？"

"是啊，应该会给海底生态及地下的环境带来恶劣的影响。"

"这一点毋庸置疑。如果不把二氧化碳排放到空气中，如何对其回收掩埋就成了要解决的难题。"

"嗯——这个嘛——"

"原本，科学家们打算将二氧化碳储存在海底，这被认为是防止地球变暖的手段之一。"

"嗯，不过地球正在急剧变冷，这是不是与二氧化碳的含量变少有关？"

一真点了点头。

"地球变暖现象在30年前就停止了。在此之前已经发现太阳活动减弱，地球呈现变冷的趋势，只是在6·11事件之后骤然进入了冰河期。虽说如此，至今还有很多人认为二氧化碳的排放是禁忌。"

这里提及的6·11事件，是指在2024年6月11日，地球的公转轨道发生了倾斜，原有的运转周期急速改变，原因至今不明。此后的多年间，地震火山活动频发，全球年平均气温持续明显下降。

"二氧化碳的消减产业、碳排放权的交易现在已经形成了产业链，不能简单地破坏或者被破坏。此外，在中纬度到低纬度的海域进行资源开发的企业和国家，海平面如果降低的话，会更容易接触资源，沿海地区扩大也更有利于物流和存储产业的发展。"一真说。

"地球变暖引起的海平面上升即将淹没部分岛屿，所以像密克罗尼西亚联邦这样的岛国更希望地球变冷——人们不想再看到温室效应使地球温度上升了。此外，还有一些国家因为地球变暖加快了沙漠化的进程。"

"居住在中纬度发达国家的人们，也都希望地球能适度地变冷。一旦变暖，气候会急剧变化，台风等自然灾害频繁发生，一些热带病也容易流行起来。像这样的事，在近十年中几乎没有再发生。"

"是因为地球变冷了吧。"

"是的。不过另一方面，像加拿大、俄罗斯、北欧诸国等处于高纬度地区的国家，人们的生活大都在地球变暖后变得比原来舒适了一些，经济实力也有所增强。所以，很多人并不想再重返寒冬了吧。由于拥有逐渐融化的永冻层和北极海域丰富的海底资源，想从中获得巨大利益的国家也肯定认为全球变冷是一种莫大的威胁。总之，各种利害关系错综复杂，彼此冲突。在这种情况下，井喷事故发生了。"

"趁此混乱之际，海盗们有可能会勒索天然气公司。而位于高纬度地区的企业和国家也说不定会秘密雇佣私人军队，牵制中低纬度的居民。"

"又或者，这是低纬度的居民自导自演的一出戏，让已经招致不满的高纬度居住者充当坏人的角色，这种可能性也存在。"一真说道，"也许是过度臆测吧，恐怖主义者往往隐藏在最深不可测处。"

"不论谁，都容易疑神疑鬼。"

"说不定幕后主导者正是以此为目的，甚至乐在其中。"

"不会吧——"

"就算'愉快犯'的存在只是笑话，也不能否定把造成人类社会秩序混乱当成目的的恐怖组织的存在啊。"

"是啊。"

"其实这种怀疑是有依据的。你提供的情报，也许能给我们带来有力的证据。"

"知道了。虽然不知道能不能帮上忙，但咱们还是开始吧。"我摊开双手，"你究竟想问些什么呢？"

3

融入新职场10余天后，我们行驶到了北马里亚纳群岛。这里距离渥美半岛已经2 000多公里了。

穿过塞班岛和提尼安岛的西部，天空一下子变换了颜色。我们停泊在关岛海域，"鳌"的工作甲板一时沐浴在梦幻般的亚热带暮色中。

天空呈现出红酒般的紫红色，暖风吹送着甜腻的香气，微微透着金黄。这种朦胧感就像摘掉了校正视力的隐形眼镜，我不由得反复眨着眼睛。

明天，终于要抵达密克罗尼西亚联邦海域了，而到澎贝岛还需要3天的行程。虽然没有登上过陆地，但之前已经数次驶入过这座岛屿周边的海域了。

我之前在金井海务集团的时候，在大海上基本都是随着太平洋的亚热带洋流漂移。也就是从菲律宾东部北上至黑潮流域，途经台湾岛、冲绳到达房总半岛，再继续沿北太平洋海流向东前进。到达与加利福尼亚洋流汇合处继续南下，转到夏威夷东侧汇入北赤道暖流。这样就自动经过密克罗尼西亚海域——此处为热带，穿过此处再返回菲律宾东部。

这样循环一周，要花费一年半到两年的时间。所以，从数字上来看，我大概已经拜访过密克罗尼西亚海域十来次了。

不过，我童年时期的记忆非常模糊。很多时候，视野所及就只有大海，根本不知道自己身处何地。即使后来掌握了地图和GPS的使用方法，也并没有什么让我特别感兴趣的海域。

这个世界于我而言，只有自己所在的船和视野内金井集团的其他船只，能注意到的只有其中的增减和替换。而对于维护保养之类的工作，如果不是自己喜欢的船，做起来会特别无聊。不过，与此同时，有时到了不熟悉的船上，好奇心也会被唤醒。

有时，航线会途经日本海域，忽近忽远的岛屿对我来说也仅仅是一种记号罢了。

不过，在金井的最后3年里，我上岸的机会多了起来，还有幸接受了船员的专业教育，眼界开阔了不少，对亚热带海流的规模以及太平洋的壮阔也逐渐有了具体的印象。而驶进密克罗尼西亚、波利尼西亚及美拉尼西亚等大洋洲地区，还是最近数年的事。

与此同时，我知道了——曾以为恒久不变的海洋也正经历着岁月的洗礼。

刚才说过亚热带海流循环一周需要一年半到两年时间，但最近10年里，几乎没有过花费两年的时候。虽然船只在航行，但主要还是依赖风力和海浪的漂流，按理说这个速度不会有太大的变化。

也许是洋流的路线有了变化，通过比较历年的航迹图可以看出洋流圈在逐渐缩小。其主要原因应归结为日本暖流的存在。

在地球的寒冷化日益显著的30年前，日本暖流大致从九州到四国，流经本州岛沿岸后北上，穿过三宅岛附近后离开房总海岸向东流去，之后逐渐南下。从大约10年前开始，从远州滩或者纪伊半岛海域离岸的情况多了起来，随后穿过八丈岛的北部或南部离开。

此中原因尚不明确。有人说是因为伴随着地球变冷，千岛寒流的势力逐渐增强；也有人说是因为偏西风等风系发生了变化；还有人说是因为海平面降低了。目前，比较有说服力的是将第二和第三种原因结合起来的复合原因说。

就这样，在这几十年里，海洋出人意料地发生了变化。

此外，在这30年里，平均海平面下降了将近25厘米。也就是说，每年急剧下降8毫米以上。从1900年开始上升的部分，至此已经完全回落了。

而且，近年来回落的速度还在加快。这样下去的话，到2100年说不定就会呈现出以米为单位的下降趋势，主要原因要归结于热膨胀系数的减少以及冰量的增加。居住在高纬度地区的人们的利益因而受到了极大影响，他们开始惊慌无措也可以理解。

当然，对身处中低纬度地区的人们来说，地球变冷也不是绝对的好消息。当真正的冰河期到来时，整个世界都将面临新的问题和恐慌，说不定会有连学者和专家都不曾预料到的事情发生。

望向逐渐模糊的地平线，我开始数起天上闪烁的星星，不知何时，一真站到了我身旁。天暗了下来，他脸上的阴影也变得浓重，看起来有点憔悴。确实，这段时间他一直在实验室里埋头工作。

"嗨，感觉怎么样？"

我向他打招呼。

"唉，还行吧。"他回答道，"多亏了你，井喷事故的详情逐渐弄清了，没搞清的点也汇总好了。看来，在抵达澎贝岛之前，我应该能写出让长池老师满意的报告。"

"太好了。"

"不过，不清楚的地方依然不清楚，好像不可思议的地方越来越多了。"

"比如呢？"

"最大的谜团是那么多的沼气是怎么一下子分解的。众所周知，CR田天然气的生产和二氧化碳的储存应该不会引起地层的变形。另一件奇怪的事就是喷出的天然气的量。经过反复计算，沼气分解后不可能在海面上形成如此多的天然气，沼气层下面的游离相天然气同时喷出倒是有可能。不过，我们查阅了CR田开采前的数据，那片海域的游离相天然气非常稀薄，也不具备喷发的动力。还有一件百思不得其解的事，就是硫化氢的喷出量。这也和开发前的资料不符，按理说这些硫化氢只够在海底养养白瓜贝什么的。"

"白瓜贝到处都是，是开发油田后才增多的吧？"

"是啊，只能这样认为了。究竟是怎么增多的呢？"

"海底的温度也完全没有上升对吧？"

"确实，只要持续监视就能弄明白。CR田的作业井周围温度有所下降，这是因为沼气的分解会发生吸热反应。"

"嗯……看来还是二氧化碳的问题。"我沉思着。

"这是原因之一。不仅仅是CR田的作业井周围，略深一些的夹炭岩内也注入了二氧化碳气体。希望细菌能以此和海底或夹炭岩提供的有机物为材料制成沼气，并以此补充甲烷水合物的损失部分。"

"也就是碳的再循环。"

一真点头。

"就算这种设想进展得异常顺利，最后获得了比预想更多的沼气天然气。但如果超过了天然气水合物的生成速度，游离相天然气就会增多，带来压力的增大。同时，这些沼气和海水中的硫酸根离子结合，会生成大量的硫化氢。表面上说得通，但其实这里有个大漏洞。"

"哦？"

"无论是生成沼气的沼气菌，还是生成硫化氢的硫酸盐还原菌或是产甲烷的古细菌，代谢速度都很缓慢，需要花费大量的时间。无论哪种情况，都发生在阳光照射不到的深海，即压强巨大的冰冷地带。100年里也只能分解一次，绝不会像我们一样整天忙碌个不停——无论供给多么丰富的材料，也不会一直发生化学反应的。那块CR田开始作业也不过短短几十年吧？应该不会这么快就生成这么多的甲烷和硫化氢吧？"

"但事实就是如此啊。"

"是啊。如果二氧化碳不是唯一的原因，还会是什么呢？"

"是有人刻意散布了大量的细菌？"我问道。

"有可能。即使速度慢，但如果基数够大，也能产生足够的沼气。其实目前残留的二氧化碳中说不定也被混进了细菌，我们正在观测之中。但是，像在夹炭岩这样的海底，当二氧化碳的数量达到超临界状态时就难以留存了。不过，要是采取某些手段的话，也说不定能做到。"

"如果放入的是在超临界状态下也能存活的细菌呢？"

"这个嘛——"

"在此之前，把能生产出大量甲烷的细菌散播在海底的话，那就很容易了。如果是长池老师的话，应该能很轻松地做到吧？"

一真得意地一笑。

"真犀利呀。说不定幕后黑手真就是他呢。"

"也许听起来像玩笑话，但我并不认为这是不可能的事。"

"要是真的就不好办了。"一真抬头望向漆黑的天空，笑了，"我觉得事情不像你以为的那么简单。这样的细菌培养起来是可行的，但有件事我很困惑。也许是长池老师做的，但世界上像他这样的怪咖也有不少啊。"

"那不妨重返现场，去调查一下海底的水质和泥土怎么样？"

"我正打算向长池老师提出这项申请。只是这是隶属日本的排他性经济专属区，要想光明正大地去调研就要申请许可，手续可能会非常烦琐。如果是冲绳这样的地方，和仙境有合作关系的海务集团应该有管理 CR 田的权力，但渥美半岛海岸是归日本企业管理的。"

"要是偷偷地去呢？"

"那就容易多了。其实我们已经怀疑海底油气管道的破损事故跟某种特殊的细菌有关，正在全世界的 CR 田收集样本。这次的航海活动有一半正是为了这个。"

"这样啊。那沿途就可以收集了，不需要为这个烦心了。"

"关于甲烷和硫化氢的产生的问题应该可以查明。不过，这其中还有一个最大的谜团。"

"嗯？是天然气水合物的分解吗？"

一真点了点头。

"这个问题好像已经超出了我能力的范围。就像那次的 6·11 事件一样，不可思议的事就这样真实地发生在了眼前。"

"确实，在井喷事件之前，发生了很多奇怪的事儿。"

"嗯，事故调查报告和天然气公司的公开报告中几乎没有提及你

所说的'奇怪的事'。也许,大家不知道该如何对待这些异常现象吧。但说不定揭开谜团的钥匙就在于此。"

"能这样说的,只有你了啊。"

"嗯,如果不想得那么复杂,这也不是什么理解不了的问题。分解天然气水合物的时候,只要离开安全地带就行了。但是监控记录显示,地下和海水温度并没有上升,这就证明压力下降了——即使用了促进分解的试剂也做不到这一点。因为压力减小就说明水压减小,可稍后又复原了,这并不符合常理,而你所说的话也刚好印证了这一点。还有那个被放置在海底的海啸测量仪,相关的数据也没有出现在报告中……"

"附近有海啸测量仪?"我吃了一惊。

"当然。这里可是东南海地震的震源地带啊。测量仪的观测网显示,和CR田几乎重叠的约5平方公里的正方形海域,水压瞬间下降,这并不是正常现象,最多的时候下降了30个气压。"

"水深变化大概是300米对吗?"

"是的。1 200米的海洋深处,在数十分钟内上升了约四分之一的高度,就算是海啸的冲击也无法做到。退一万步说,如果真是海啸,那现在远州滩沿岸地带早已造成毁灭性的后果了。"

"现实中的海啸的影响能达到30厘米左右吧?"

"海平面基本不会有明显的下降,海底更不可能会有隆起的地方。就连你船上的潜艇探测器,都不会显示出潜艇和海平面距离的变化,说不定数据还会上升,而深度计的数值却在下降。"

"这样啊。这到底是怎么回事呢?"

一真摇头。

"不知道。只是根据现象简单推测罢了,说不定是海水瞬间变轻了。"

"海水……变轻了？"

"这不是我能解决的问题，懂吗？"

"如果瞬间产生了大量的泡沫，倒不是完全不可能……"

"是啊，但是是在水压下降、沼气从海底喷发之前发生的。你卷入泡沫中是在喷发之后吧？"

"嗯，在那之前好像看见有微小的泡沫涌出来，这应该和整个事件没关系吧？"

"应该没有吧。"

"海水变轻了……这是人为的干扰吧。"

"水深1 000米就有5立方千米的水，那就是250亿吨。将它们瞬间减轻60亿吨的技术到底是否存在，我不清楚。毕竟，我不是这方面的专家。"

"那还是归结于某种自然现象？"

"那这种现象前所未闻。"

"游离相天然气和硫化氢的增加有可能是人为的作用，但是水压的减小，也许跟人无关。"

我歪头思考。

"原因弄不清，那就是死胡同一条。"

"不，也许不是人类，而是某些生物做的。"

望着在一旁嘀嘀咕咕的我，一真的反应很强烈。

"那是谁呢？到底是谁？"

"呃……这个嘛……"我露出笑容，"我只是随便说说，最近一些不明水生物呀，不明飞行物什么的经常被人们谈论。"

一真用犀利的目光打量了我一眼。

"听说井喷之前，你在油气管道的附近遇到了一只很大的姥鲨？"

"啊？嗯，对。"

"而且原本是一大群，大约有40头。它们怎么一下子消失了？"

"是啊。就留下了一头，其他的都不见了。"

"这也是件不可思议的事。作为你的同伴，另一位操作员樫村先生也做了类似的陈述，应该不会有错。你怎么看这件事？"

"什么？呃……我不太清楚。如果姥鲨也是潜水艇或水下仿生机器人的一种的话，倒是可以借助声音干扰消失不见。"

"但这是姥鲨对吧？"

"看起来是，但我并没有近距离地确认过到底是不是真的姥鲨。只能根据图、照片，还有录像中的影像来判断。说不定是跟实物非常相似的机器人呢，我没有能辨别的自信。"

"好吧，姑且把它当成是人工制造的机器吧。但是，让我不能理解的是此后你的行动——你擅离职守，离开了CR田所在的海域，之后为什么又重返现场去喊樫村先生逃生？到底发生了什么事？"

"这个……就像报告里所写的一样。"

"就是说你看到姥鲨群消失，担心会有海盗来袭，于是陷入恐慌，打算逃离CR田。关键时刻，你又担心樫村先生，所以回头找他，在途中看到了从海底翻涌而上的泡沫，意识到可能会发生井喷，又去提醒他。是这样吗？"

"对，就是这么回事。"

"其实，我们还弄到了你们船上的监控录像的一部分，船舱里出现了你的身影和声音。通过画面，可以看出你从CR田逃离的时候脸上未见丝毫恐慌。也许刚开始的时候有一点紧张，但很快就恢复了平静，而且好像嘴里还念念有词。虽然几乎没有发出声音，不知道你到底在说什么，但可以看出你是在跟别人说着什么。"

"这就是我害怕的证据啊。报告里有针对这件事的分析吧，遇到自己弄不清楚的事，我就爱自己嘀咕。"

"是这样吗？"

"是啊。"

我点头，回避着他的目光。

夕阳西沉，气温微微下降，海风逐渐变凉了。

工作甲板上出现了几个船员，在船尾处开始垂钓。被船尾的灯光吸引过来的乌贼和鱼类，估计要成为今晚的宵夜了吧。

"我说，逍……"耳边突然传来了一真的声音，"你听过幻想中的朋友吗？"

"什么？"

我一下子睁开眼睛，身体僵硬起来。

"听过？"

"不，没有。"

"你从小就经常跟某个看不见的对象聊天对吧？当周围的大人流露出不可思议的表情时，你就会详细地描述出对方的名字和样子。"

我微微皱眉。

"你是向金井调查过吗？"

"不是我亲自问的。在雇佣一个职员之前调查一下他的人品，这不是应该的嘛。"

我沉默不语。

"那么，那个人叫什么名字呢？你那个幻想中的朋友。"

"——安菲特里忒。"

"是女神的名字啊。"一真点头道，"你在座舱里的时候还在嘴里嘟囔着安菲呢。"

我斜眼看他。

"刚才你还说弄不清我在嘟囔什么呢。"

"基本上吧。不过经过对音频的精细处理，只能听懂这个人名。

你自己也可以再确认一下。"

"算了吧。"

"没有什么特别的打算，只是想弄清事情的真相。就算你和那个幻想中的朋友真的在交往，我也不会笑话你的。真的不会，也许更多的是羡慕吧。如果地球上的人类都消失了，只剩下你自己，也不会觉得孤独。而且……说不定……"

说到这儿，一真别有用意地停顿了一下。我有些不耐烦，就粗暴地问道："说不定，会怎样？"

"说不定，那只是你自己的想象罢了。"

"为什么？"

"你先告诉我，那个时候，你和安菲特里忒都说了些什么？"

"你不是问过了，我说了你又不信。"

"不不，我相信。虽然这么说有点唐突，但咱俩确实有一些契合的地方，刚见面的时候我就有这种感觉了。虽然我是科学研究人员，有时候直觉也是很重要的。只要是你说的，我就相信。"

一真的目光十分真诚。

这真是一个奇怪的家伙，比我聪明得多，性格也很阳光，从这一点来看是个不能小觑的对手。不过，他也不是什么坏人。而且，莫名地，我也觉得自己跟他有一些默契。

这时，耳边传来一阵欢呼声。船员们迎来了最初的战利品，某个浑身散发蓝光的东西在甲板上跳个不停。应该是乌贼吧，看到它，我惊讶地张大了嘴巴。

"安菲特里忒的身体，好像也散发着这样的蓝光。"

D 是 Delta 的 D

1

澎贝岛的人们经常说"雨是欢迎的信使"。这无关信仰，只是对远道而来的客人们的一种贴心问候。

据说还有这样的玩笑话："在澎贝岛的传说里，如果远处的岛屿烟雾朦胧，就说明此刻正在下雨；如果远处的岛屿清晰可见，就说明马上就要下雨。"

总之，澎贝岛终年细雨霏霏，是世界上最多雨的地带之一，有些地方一年中甚至有 300 天以上都在下雨。

我搭乘"鳌"抵达澎贝海域的时候，头顶上也满布着黑压压的乌云。好像整个密克罗尼西亚上空的云层都堆积于此了，才会如此密集厚重，几乎垂至海面。

而澎贝岛的全貌，也几乎都隐藏在了这浓重的云雾中。就连岛上两座海拔接近 800 米的山峰，此刻也消失不见了。而视野中可见的陆地，都被绿色的热带丛林覆盖着。

仙境集团的船只汇集于澎贝岛及其西南部海域的珊瑚礁附近。从珊瑚礁的边缘到环礁内缘的最短距离为 10 公里，而在环形的正中央部位，船锚被抛入了四五十米深的海底。

岸边当然有港口，但大部分船只都像"鳌"一样由于太过巨大而无法驶入，而且数目也过于庞大了。视线所及处，差不多有 100 艘吧，而实际上的数目大约是这个数字的 1.5 倍。

作为海上漂民，即使到了港口也很少上岸。我虽然不能马上踏上这片土地，却也没有太多的沮丧。

比起接触陆地，我更渴望拥抱大海。算上来到"鳌"之前的日子，我已经在船上憋了一个多月，身体简直快要干涸了。

虽说如此，现在海潮汹涌，似乎并不适合来一场悠闲的海中漫步。而且，据说一到目的地，我们就得快速转移到另一艘船上。

我收拾完行李，又把床上的毛毯和床单都整理好。就在此时，一真过来和我道别。

"是不是太匆忙了？"

"没有，不会。"我背上包又环顾了一下房间说道，"唉，就算我继续留下来，估计也帮不上什么忙。"

"怎么会？虽然咱们相处时间不长，但你给了我们很大帮助，真是万分感谢。"

"快别肉麻了，说不定咱们很快就会再见面的。"

一真微笑着说："也许吧。现在你也是仙境的成员了，而我也会留在这里，直到'鳌'去执行下一次航海调研任务。"

"是不是偶尔也该到外面喘口气呀？身为海员，如果总是憋在实验室里，会失去活力的。"

"确实，那有时间咱们就去透透气吧。不过，我担心你短期内很难有这样的空闲了。"

"是吗？"

"嗯，到时候就知道了。"

我和一真走出房间，走向位于中央船体和右侧船体间的飞机库。一起经过走廊的时候，我稍稍靠近他小声说道：

"那个……之前提到的……"

"什么？"

"我之前说过，据说鱼人中有很多人和我一样，拥有幻想中的朋友。那个，该怎么称呼来着？"

"啊，你是说 Serimadau 吗？"

"对，就是这个——是澎贝语'海洋之子'的意思吧？"

"是的。"

"我即将要去的船上，也有这种人对吧？"

缓慢前行中，一真瞥了我一眼。

"就算有，也不奇怪吧？"

"没人知道这件事吗？"

"就算知道，也不会说的。如果是你的话，也会尽量隐藏吧？"

"嗯，确实如此。"

"'南马都尔'是一艘巨大的船，上面的船员众多，形形色色。缘分来了，就算不想也会遇到吧。"

"你真是一如既往地话里有话啊。"我苦笑道。

"哪里，没有的事。"一真摇头，"有一点小麻烦罢了。你在'南马都尔'的那位上司是个神秘主义者。要是我一通乱说，肯定会被埋怨的，'海洋之子'的事也是其中之一。哎呀，我好像已经对你说得太多了！"

"呵呵。"

"唉，要是被人埋怨的话——算了，你就随便听听吧。"

据一真讲，"海洋之子"和澎贝岛的起源有关。

很久以前，有16个男女搭乘巨大的独木舟，为了寻找新的大陆漂流至此。有一天，他们邂逅了一只叫"利塔吉卡"的章鱼，被告知新大陆在有珊瑚礁和小岛的地方。后来，以此为落脚点，他们建造了澎贝岛。

按理说，故事到这里就该结束了。但是，有些人还听说了后续的发展。

雄伟气派的海岛完工之日，利塔吉卡不请自来，向这16个人索要回报。彼此约定，从岛上繁衍的子孙后代中选取16个人送给利塔吉卡作为自己的孩子抚养。得到人们的许诺后，利塔吉卡转身回到了大海中。

此后，有些在岛上出生的孩子会看到和利塔吉卡极为相似的精灵。他们在成年之前，甚至成年之后都会跟精灵一起聊天嬉戏。岛上的人把这样的孩子称为"海洋之子"。

当然，这不过是传说而已，最近却在与仙境有关的海务集团之间广为流传。经过身体改造、能充分适应海洋环境的这些孩子，被称为鱼人。他们好像更容易拥有幻想中的朋友，有的甚至能持续到成年之后。

虽然没有经过精确的统计，现阶段还只是单纯的臆测而已，但是，以长池博士为首的仙境集团的科研人员们认为这与医学和生物学的某些要素有关，并开始着手调研。为了称呼他们的研究对象，就从澎贝传说中借用了"海洋之子"这个名字。

也许，这也是他们雇佣我的原因之一吧。大概这就是答案，我肯定也是海洋之子的一员了，不过安菲特里忒跟章鱼倒是截然不同。

飞机库就像一个纵向切开后平放的橄榄球，在那里，已经有一辆"车"在等着我们了。那是一辆两座的水陆两用车，因为座舱是封闭式的，好像也可以潜航。

"哇，真帅，"我惊奇地张大了嘴巴，"像赛车一样。"

"好像很满意啊。"

一真朝飞机库里的员工使了个眼色，然后，水陆两用车的门打开了。里面是双人位，但此刻空无一人。

我把背包放到副驾驶位，回头说道："那个——难道就我一个人去？"

"是的。"一真点头。"是自动驾驶的，不用担心。"

"呵，你越这么说，我越想碰碰看呢。"

我刚系好安全带，舱门就自动关闭了。

"再见了。"

我透过车窗向一真挥手，他也点点头，挥了挥手。

伴随着轻微的晃动，承载着水陆两用车的船板开始下沉——这是一种类似入水电梯的装置。

过了一会儿，我抬头看去，飞机库的船板开启了一个正方形的入口，里面露出一个船员的身影，应该是在确认安全性能。然后，视野就被左边的中央船体和右边的右侧船体占据了。

也许是因为周围光线幽暗吧，船头处的方形出口变得格外明亮。这时，我感觉自己好像置身于短短的隧道之中。

两个船体被波浪覆盖，水面光滑如镜。如果此时再有月亮的倒影，就会变成月亮池了。车子降落到水面的时候如此平稳，几乎让人感觉不到入水的瞬间。

解除固定装置后，这辆水陆两用车缓慢前行。不知为何，我心中隐隐有些忐忑。

一出隧道，车速骤然加快，"鳌"的船身逐渐消失在视野的左后方。穿过停泊在附近的几艘船只后，前方视野一片空旷，船速又提升了一些。

不需要指南针，我就能判断出水陆两用车正在向正南方向行驶。

地平线前方，一个黑色物体闯入了视野。它整体呈现细长的三角形，好像是巨大的逆戟鲸的背鳍，只是高度已超过了 30 米。

车子朝那个奇怪的塔状物直冲了过去。也许，那就是"南马都尔"吧。

因为它整体都很平整光滑，所以靠近后总体印象也没什么变化。唯一的突起物，就是靠近顶端的地方有几根桅杆状的正在旋转的涡轮，应该是用来进行风力发电的装置。

在其下方不远处有一排细长的窗户，大概是瞭望台，也可能是舰桥。

如果不是耸立在海底之物，作为一艘船来看，平衡性未免欠佳，特别是从正面看好像无法漂浮在水面上。就算作为潜水艇的帆来使用，这种巨大的体积和诡异的形状也太过奇怪。

也许是在回答我内心的疑惑，水陆两用车突然开始减速。黑色的高塔就巍然矗立在我面前约 100 米的地方，如同刀尖的塔顶似乎要穿破云层。

伴随着巨大的声响，船舱后方喷出了气体，应该是船的压载舱打开了吧。果然可以潜航。

相当于发动机罩的部分开始滑入水中。车窗被波涛覆盖了，我的视野被无数的泡沫染成了白色，但很快又有一片湛蓝的世界呈现于眼前。

我不由发出一声惊呼。眼前是怪物的脊背，好像是金属材质的，但是由于身型太过巨大，判断不出它整体的形状。

潜入水中的水陆两用车拐了个 U 形弯，离开了怪物的身体。也许是因为离得太近，想要拉开些距离吧。得益于此，这回我能够逐渐看清它的形状了。

果然很像是逆戟鲸，但却有正常逆戟鲸的 20 倍大小。而且看起来有些胖，腹部是扁平状的，身体的正中央微微前凸。

这座三角形的塔位于水面下的底部非常巨大，向左右膨胀着。它位于逆戟鲸的后背上，也就是说鲸鱼的"背鳍"有近40米长。

怪物的头很小，扫描仪代替了眼睛的功能，尾鳍承担着X形尾舵的功能，前面是侧位光栅，推进器似乎是水气喷射吧，目前还不太清楚。

也许是为了提高稳定性，或是为了更好地将巨大的背鳍当作帆来获得推动力，腹部还延伸着长长的龙骨，大概也有几十米吧。

这是一艘前所未见的船，说不定是参照过去的宇宙空间站修建的。

我忽然想起来，之前一真曾经把"南马都尔"归为SSO[①]的一种。也就是说，它是适合远距离航行的大型潜水船。这样看来，虽然它可以潜航，但下潜的深度应该比较有限。

水陆两用车一直在水下30米附近的深度航行，缓慢地靠近那个巨大的"逆戟鲸"的船弦。那里有四扇长方形的门排成一列，其中的一扇门打开了，露出一个高3米、宽5米的洞口。

"什么？不会吧？"

我下意识地嘀咕道。不过跟我预料的一样，水陆两用车被洞口吸了过去。

正担心会受到碰撞，但车身却意外地被水流控制得很好。等我反应过来，车子已经进入到"鲸鱼"的腹部了。

不论是船还是潜水艇，入库的时候都是用起重机从海面吊起，再用传送带送回母舰中。像这样被吸回的方式还是第一次遇到，我感到了一丝兴奋，也许这就是未来宇宙空间站的模式吧。

---

① Sub-Surface Orbiter，即地下轨道飞行器。

左右的墙壁中伸出 4 根机械手臂，将水陆两用车固定住。这时，后面的门自动关闭，将内部的水排空。随着舱内水面的下降，机械手臂将车从船板上卸下来。

"这就到了？真棒啊。"

水已经排空了，却不见舱门打开。我困惑地等待着，突然四周喷出了水流，船舱的窗户再次被水浸泡，大概是在用淡水洗车吧。

"居然还有自动刷车装置。"我惊讶不已，"还真是应有尽有啊！"

伴随着清洗和烘干的结束，车门缓缓打开了。我把背包扛在右肩上，深吸一口气走了出去，嗅到了空气里浓浓的氯气味儿。

正前方的墙壁上有个圆形的舵轮在转动，很快就响起了金属的声音，厚厚的舱门随之开启，好像是有人从外面帮我打开了门。

"您好。"

我一边跟操控舵轮的人打招呼，一边向他走去。他的面容笼罩在舱门的阴影里，模糊不清。但是，当我听到他用低沉的声音回应时，我不由停住了脚步。

"哟，好久不见。"

声音非常耳熟。我很快就回忆起了声音主人的长相和姓名，但是，接受他此刻就站在自己面前这件事却让我花了好几秒。

"——幸彦？"

听到我的小声嘀咕，他一下子从舵轮那儿抬起了头。这次我看清了，那确实是我儿时的玩伴矶良幸彦。

"快出来！"

看我还呆呆地站着，他苦笑着招了招手。他并没有穿着朴素的工作服，而是身着得体的夹克衫和西裤，这应该是他的制服吧。

"啊，太意外了……"

我感叹着，走出了舱门。

外面好像是一座仓库，并排立着好几个架子，上面放着维修工具，还挂着几件潜水时穿的速干衣。

"咱们好像……有3年没见了吧？"舱门关闭时，幸彦开口道。

"好像……是吧。"

幸彦比我大两岁，我们在金井的同一艘船上一起度过了少年时代。虽然彼此没有血缘关系，却情同手足。

但是，大约3年前，这缘分戛然而止。金井有这样一个规定：一旦到了18岁，就必须离开这里，去加入其他的海务集团，或是去陆地上生活，又或者一个人到处流浪。5年之后，可以回到金井再续前缘，也可以一去不返。

所以，幸彦理所当然地比我早两年离开金井，之后音信全无。

"那之后你一直都在仙境工作吗？"

"没有，跟你一样。"幸彦回复道，带我朝前走去，"最开始的一年，我在日系的海洋安保公司里实习。在那期间我曾经帮忙处理过仙境集团的外包工作，就这样我就被挖到这边了。"

"是因为你能干吧？"

"谁知道呢。好像是有人觉得我能胜任操控水下仿生机器人的工作吧。"

"嗯。那你一直在上面吗？"

"你是说仿生机器人？是的。"

"它究竟是什么样的啊？"

幸彦看向我，嘴角微微翘起。

"很快就让你亲自看看。"

在我的视野中，他的后背呈现完美的倒三角形，手臂和肩膀的肌肉线条也非常漂亮。他原来就是身材很好的男孩，现在简直和摔跤运动员一样健美。和3年前相比，他整个人似乎都大了一号。

而我呢，属于身材瘦小的类型，从小就是如此。现在这样并肩站在一起，幸彦比我高了一头，体重也差不多是我的 1.5 倍。

我们的性格也截然不同。幸彦的性格就像他的外表一样，属于孩子王型，而我属于沉默内向型。再加上他比我大两岁，总觉得我们俩的关系就像兄弟，甚至是父子。

我们两个相处异常融洽，至少在幸彦 12 岁、我 10 岁之前……

"'南马都尔'的事，你知道吗？"

走到小路尽头的楼梯，沉默了一阵后幸彦开口问道。我知道他的视线正越过肩膀若无其事地落在了我的脚上——他知道我的这个部位和其他人不太一样。

"啊，你说的是这艘船的名字吧？"

"是的，我指的是它的由来。"

"这个啊，是来自澎贝岛的海上城市遗迹吧？"

幸彦点了点头。

"你见过吗？"

"没有。我连澎贝岛的陆地都没上去过……如此近距离地看这座岛也是第一次。"

"这样啊，那有机会的话咱们去看看吧，确实有值得一看的地方。"

"我在网上看过照片，巨大的石柱排列成井字形，外城墙看着就像冲绳的堡垒。

"确实。石柱使用的材料是玄武岩，十分厚重。大约有 5 吨重，里面还有约 15 吨重的石柱。公元 500～1500 年间，逐渐建造完工，总面积跟整个西表岛差不多，当时这里的人口还不到 500 人吧。像这么沉重的石柱有 50 多万根，要从山上凿取下来再搬运到海中，究竟是怎么做到的呢？历来众说纷纭，但事情的真相至今还是个谜。"

"啊？"

"'南马都尔'这个名字的含义,你知道吗?"

"不太清楚。"

"在澎贝语中是'之间的空间'的意思。到底是什么之间还不得而知,有人说是天地之间,也有人说是海陆之间,但无论哪一种都意味着和某两种事物之间的空间有关。你可以先记住这点。"

幸彦走上了楼梯。如果我的感觉没错的话,此处是船的正中央。也许,正上方就是像背鳍一样耸立着的船帆吧。

本以为我们要经过一个像天桥一样的地方,幸彦却只上到了二楼,然后走进了通道。这里没有窗子,光线昏暗,说不定是在海面以下,没准就是船帆的底部。

在这里,我们遇到了其他的船员,有男有女,大家都穿着整洁的制服,并不是像"鳌"上面那种轻松随意的气氛。又或许,今天有什么特别的事情吧。

我很想向幸彦打听一下,却不知该如何开口。

弄清这个毕竟不是迫在眉睫的事,而且早晚会知道的。如果对方是陌生人的话,这不失为打破尴尬局面的话题,但幸彦是我从小就相识的伙伴,就没有这种必要了。我的心中,莫名地涌起这样的想法。

2

上楼之后,我们很快就来到了宽敞的中央过道,这里已经聚集了好几个船员。在此处左转,很快就看到了一扇巨大的门。

幸彦刚一靠近,门就自动开启了——这应该是某种生物体认证装置正在进行安保检查。

里面一片漆黑。在我身后,那扇门再次关闭,而眼前又有一扇门开启了，感觉像到了剧场的入口处。

里面其实很宽敞，光线很微弱，六角形的墙壁几乎被巨大的显示屏覆盖，就像是电影院或者游乐场的附加项目。

不过这里没有观众，只有很多操控台排成了同心圆的形状。大致有 3 个区域，各自有 4 排，而同心圆的中心处，被一个巨大的操控台占据。

对面站着两个人，身上的制服和其他人不同。虽然此刻只能看见他们的背影，但肯定是重要的大人物吧。

这里像是火箭或卫星的追踪管理室。换成海洋环境的话，应该是无人侦察机或水下作业机器人的远程操控室。即使如此，也未免过于夸张了。

这里的氛围，简直就像水上战舰的战斗指挥中心或是潜水艇的控制室。

"呃……这艘船……"

"嘘！"

我正要开口，旁边的幸彦把食指压到了嘴唇上。然后，他又用手指了指前面的屏幕。

"——操作员，进入座舱完毕。"

屋子里的扬声器发出了声响。不知道这声音来自何处、来自谁，但能听出是英语。"錾"这艘船上的第一官方语言是英语，第二语言是日语。"南马都尔"应该也是一样的吧。

"登船完毕确认，开始向舱内注水。"

又传出了另一个声音，来自位于中央操控台的两人中的一个。

"开始注水。"

刚才第一次出现的声音又重复了一遍。

这时，大屏幕中出现了一个人的身影，穿着类似宇航员的服装。

看不清是站着还是躺着，隐约可见其后背和手臂都被专用的架子支撑着。

那件衣服的材质并不是柔软的布料，而是类似金属和塑料的硬质材料，可能是比较罕见的气压潜水服吧。

总之，它可以和人体贴合，就像外壳一样，内部充满了一个大气压的空气，这样水压就不会直接作用于人体。而且手脚的关节也可以稍微活动，看起来就像机器人穿上了衣服。

但是刚才广播中提到了向舱内注水。

有一块屏幕放大了头盔的位置，可以看到眼睛周围有像潜水镜一样的视窗，里面露出的双眼正紧张地眨个不停。

那深蓝色的眼珠肯定不属于日本人，睫毛很长，看起来像是女性。

很快，视窗内出现了水，脸也逐渐被水覆盖了，她好像处于仰躺的姿势。上升的水面和弯曲的视窗之间出现了气泡，又转眼变小，接着消失不见了。

"舱内注水完毕。"

"注水完毕确认，开始进行体外气体交换准备。"

我不由皱眉。眼前发生的场景究竟是怎么一回事，我毫无头绪。

带着头盔的人的眼珠在水中左右转动，但是眨眼的次数逐渐减少。在我的印象中，这是能够看清物体的状态。或许，她也是鱼人吧。

"体外气体交换准备完毕。"

"准备完毕确认。安云，这里是指挥中心，你还好吗？"

"指挥中心，我是安云。我没问题。"

一个年轻女性的声音从广播中传来——那个戴着头盔的人应该就是安云吧。

"指挥中心收到。接下来，请停止肺部呼吸。"

这时，一种难言的窒息感弥漫了整个房间，人们纷纷把视线投向显示屏中的图像上。

"指挥中心,这里是医疗部。脑波和心电图均未见异常,血液中的氧和二氧化碳的分压也正常。"

"指挥中心收到。安云,请确认人工语音功能。"

"指挥中心,我是安云……Alfa、Bravo、Charlie、Delta、Echo……1、2、3、4、5……"

"人工语音功能确认完毕。医疗部,这里是指挥中心,请开始向面罩和呼吸机内输液。"

我不由瞪大了眼睛看向幸彦。也许是感应到了我的目光,他稍稍弯腰靠近我的耳边说道:"只是将类似林格氏液的液体注满气管和肺部。"

"用液体呼吸吗?"

"不是,是向体外的气体交换装置灌注血液,所以就不需要用肺部呼吸了。"

戴着头盔的人轻轻眨了眨眼睛,睫毛微微颤动了几下。

之所以会觉得呼吸困难,是因为末梢神经的化学接受体察觉到了血液中二氧化碳分压的上升,向延髓呼吸中枢发送了危险信号。所以,为了保证氧和二氧化碳的含量,人会持续数小时"停止呼吸"。

理论上可以这样解释,但是,当我试想了一下液体流进肺部的感觉,还是涌起了一种恐惧感。就算我可以裸潜(不借助任何工具潜水)40分钟以上,但还是有溺水的可能。

"这是在干吗?进行人体实验吗?"

我莫名有些反感。听到我的小声抱怨,幸彦挑了挑眉说道:

"实验?算是吧,只不过这是实况直播。"

"面罩和体内的输液已经完成。"

"输液完成确认。"位于巨大操控台的两个人一直盯着显示图像的屏幕看。"安云，这里是指挥中心。你还好吗？"

"指挥中心，我是安云。我没事。"

传来了语调平淡的女性声音，这大概是通过计算机读取喉部肌电——即肌肉的活动电位，再经过合成发出的声音。

"指挥中心、医疗部，一切准备完毕。"

"收到。作战室，这里是指挥中心，请关闭船舱。"

"指挥中心，这里是作战室，即将关闭船舱。"

显示头盔部位的屏幕由上至下变暗了，也许是光线被遮挡的原因。通过显示全身影像的屏幕可以看到，厚重的金属盖渐渐覆盖了身着气压潜水服的人。

"舱门已关闭。"

"关闭完成确认，开始向舱内注水。"

我在脑海中想象了一下舱内的构造。这里说的船舱，应该是指某种操控室吧，没准是一个水下仿生机器人。

这时，舱内已经注满了水，里面的操作员身着类似赛艇服的服装，里面也注满了水。她的口鼻都带着面罩，面罩内和呼吸机里充满了类似林格氏液的液体。

也就是说，里面并没有气体。如果叫安云的女性也是鱼人的话，应该和我一样，中耳以及副鼻腔内都是人工淋巴液。

因为不需要保持气压的稳定，就和几乎所有的无人侦察机一样不必采用耐压结构，这样自重就能减轻。此外也不需要浮力材料，整体重量也大幅变小了，船身变得又窄又轻。

甚至，也不需要调整负重。无论多么深的海底都可以轻装潜航，上浮时的程序也简单得多。

此刻，在我眼前的似乎是最先进的载人航海装置。我不由得感到背后一阵发凉。

"向舱内注水完毕。"

"注水完毕确认。各部门，这里是指挥中心，请进行最终检查。"

房间内的空气一下子紧张起来。隐隐有一种热情和斗志在流动，这算是一种令人愉快的紧张感吧。

"指挥中心，医疗部未发现异常。"

"指挥中心，作战室未发现异常。"

"指挥中心，'赛德娜'未发现异常。"

"很好。作战室，这里是指挥中心，开始向二号发射仓注水。"

"指挥中心，这里是作战室，即将向二号发射仓注水。"

这时，传来了细微的"咻"的一声。发射仓应该在距离指挥中心非常近的地方，应该就在桅杆底部那个凸起的位置吧。

"二号发射仓注水完毕。"

"注水完毕确认，请打开发射仓的仓口。准备发射。"

"即将打开仓门，仓门已打开，发射准备完毕。"

"好的，请发射'赛德娜'。"

"即将发射'赛德娜'。"

伴随着又一个"咻"的一声，地板微微震动。封闭的船舱不知何时已离开了大屏幕的监控范围，画面里只剩下满屏白色的气泡。而一直显示航海服头盔部分的屏幕变成了蓝色，应该是已经切换成了海景。

右前方有一个黑影，好像是"南马都尔"的船身。而在画面中央，一个由白色气泡构成的水柱横穿了过去。

"'赛德娜'发射完毕。"

"发射完毕确认，显示光学影像和语音画像。"

左右排列的两个大型显示屏瞬间变暗了，紧接着左边的屏幕显示出海面下数十米的明亮景色。然后，右边的屏幕上呈现出了黑白反转加工后的画面。就在此时，两块屏幕中都能看见有一个物体正悠闲地横渡过去。

我不由眯起了眼睛。

"是海龟。"

幸彦小声说道。周围一下子响起了轻笑声。指挥中心的紧张气氛瞬间缓和了不少。

海龟经过后，有一个体积几乎是它5倍大的物体追赶了过来，整体呈现出扁平的三角形，我还以为是双吻前口蝠鲼，但其实是自动无人潜航器（AUV）。海龟的身影从屏幕里消失后，AUV停在了画面的右下角处。

"指挥中心，这里是作战室，已经确认了护卫舰的行动。未发现异常。"

"很好。请在现在的位置待命。"

我又一次望向幸彦。

"这是协助水下仿生机器人的无人潜水器，"幸彦回答道，"总是停留在水下仿生机器人的附近，用影像记录它的状态，主要任务就是中转信号和确认标记位置等。有时也会用声呐或激光扫描仪进行周边的警戒工作，或是搬运一些水下仿生机器人无法携带的道具和武器，非常值得信赖。"

"是百分百的辅助角色，对吧？那护卫舰能单独直接参与作业或战斗吗？"

"可以通过定制安装机械手臂或水下机枪。但是，这样的情况十分罕见，更不用说让其参与战斗行为。毕竟，让人工智能的产物参与战斗还是有很多安全隐患的。"

"不能进行远程操控吗？"

"可以倒是可以，例如可以通过水中高频进行通信。但是，一些

延迟或失误始终不能避免,还是不太稳定。"

这时,在两块显示屏的下方,有一个巨大的物体开始上浮,而停在它前面的护卫舰此刻看起来就像一只小小的鸢虹。

这个物体升至画面中心位置时忽然停止了,应该是在海面下十几米的位置吧。

看到它我的脑海中瞬间浮现出了克里奥(裸龟贝)这种软体动物的样子。

裸龟贝过着和其他贝类不同的浮游生活。其身体呈半透明状,看起来像是玩偶"小芥子娃娃"的头上长出了小小的角,又生出三角形的翅膀。只不过,其身体不是圆柱形的,而是水滴倒置再稍微延伸后的形状。

身高有二三厘米,根据这副楚楚可怜的外表和栖息地点,人们称其为"流冰天使"或"冰海精灵",还有着"海中安琪儿"的美称。克里奥是它的属名,也是希腊神话中文艺女神的名字。

出现在面前屏幕里的,确实是一只巨大的裸龟贝。通过跟护卫舰的比较可以大致推测出,它体长 15 米左右,两翼向左右舒展开的距离为 8 米左右,整个身体呈现出不透明的白色。

"这个是……仿生机器人?"我小声问道。

幸彦点了点头。

"是的,它就是'赛德娜'。在'南马都尔'这艘船上,像这样的机器人还有两艘。"

"没想到外表看起来像腹足纲的软体动物。"

"哈,你觉得它像一只裸龟贝啊。勉强这样分类也不是不行,但实际上略有不同。它的内部,你知道吗——"

"是用来打仗的吧?"

"名义上是用来安保的,但一旦了解它的真实性能后,就没有人会这样认为了。"

"'赛德娜',这里是指挥中心,请开始检查各部位功能。"

随即这个看起来像裸龟贝的水下仿生机器人开始用三角形的翅膀拍打波浪。紧接着,它突然翻转,露出了脊背,又伴随着拍打的动作翻回了正面。

随着双翼的上下拍动,整个机身轻快地上升。就在快要浮出水面的时候,它又再次挥动翅膀,这次机身开始下降了——完全没有调整压载(为使潜水艇上浮、下潜而装进去的水和沙袋等重物)的步骤。

大概,这双翅膀就是主推进器吧,也可以用作水中滑翔。其动作非常流畅,也不知道究竟用了什么材质。

水下仿生机器人的肩部稍稍隆起,之前缩进脖子下方的肩关节缓缓地伸了出来。紧接着,船体的两侧向左右展开,好像长出了胸鳍,尖端内侧还长出了5根指头。看来,这个鳍还兼具了手臂的功能。

很难看出它的材质,虽然没有肘关节,但整个手臂都能弯曲。手指一根一根分开延展,这个兼具鱼鳍、手臂还有翅膀功能的部位,似乎可以做出非常复杂的动作。

最后,其尾部也发生了变化,出现了一根类似肌肉的东西,然后两边向左右裂开。现在我可以断定,它的材质既不是金属也不是塑料。

裂缝逐渐扩大,之前折叠在内部的"腿"伸了出来。不,先伸出来的好像是"膝盖",随着关节的伸展,两条完美的"腿"才出现在人们面前。

"哎?"

我不由惊呼一声。此刻,出现在大屏幕里的"人形"仿生机器人,我生平第一次看见。或者换个角度来说,这可以算是"海洋生物"的拟人化产物。

虽然之前略有耳闻，但没想到它竟真的存在！陆上的机器人还好，对于在水中使用的机器人，我认为没有必要非要设计成人类的样态。

人的身体曲线复杂，也不适合在水中行动。据说，像鲸鱼和海豚这样的生物，其祖先也是像狼一样的拥有四肢的动物，就连它们都进化成了如今这样线条简单的模样，这当中一定有某种必然性。

像"赛德娜"这样的潜艇，其胳膊和腿完全可以和水滴状的船体融为一体，以减少航行时的阻碍。为什么非要设计成如此复杂的构造，使其拥有四肢呢？我百思不得其解。

无论如何，外表像软体动物的水下仿生机器人能变化成人形，这大大超出了我的认知范畴，可以说是闻所未闻。

"指挥中心，这里是'赛德娜'，各部位检查完毕，未发现异常。"

"好的，请进行声速伪装。"

"收到，即将进行声速伪装。"

两块大型显示屏中，显示光学影像的一侧没有变化。但是，语音画面的一方几乎全黑了——这是一项我很熟悉的技术——"赛德娜"已经不会出现在声呐图像里了。

不过，"进行"声速伪装这个动词，仔细想想真是微妙。实际上，一直到刚才，声音纳米材料的细微结构已经因为细微的震动而扭曲变形，要是非要解除伪装效果的话，这种状态就会消失。

也就是说，就算什么都不做，"赛德娜"对声音系统来说也是完全"透明"的——这一点跟黄艇是完全一致的。

"'赛德娜'，这里是指挥中心，声速伪装确认完毕，请开始进行澎贝岛周边海域的海洋警戒训练。"

"收到。即将进行澎贝岛周边海域的海洋警戒训练。"

四肢又收缩回船体内，"赛德娜"恢复成了一只裸龟贝的样态。然后翅膀轻拍了一下，开始潜航，很快消失在了画面下方。护卫舰也追随着它远去了。

"海洋警戒训练是什么？"

我眺望着屏幕里荡漾的蔚蓝水波，向幸彦打听。

"这个啊，说训练也好，演习也罢，其实就是军事性的巡逻活动。对外宣称只是警戒，并不是军队行为。我之前一直参与这项任务，现在已经和其他船上的团队合作，一共6个人，每8小时换一班岗。"

"是什么样的警戒呢？"

"监视澎贝岛以及周边海域的状况吧。我所说的训练，是以防止他国潜水艇和舰艇的入侵为目标的。水下仿生机器人在整个海域巡回，当然不仅仅是为了警戒。划定好各自领域后，中心就会派出无数无人潜水器和潜艇。像开采钴元素的地区，还会有特派的专门部队看守。"

"那空域呢？"

"岛屿和海域上空的区间，有无人战斗机和直升机巡视。"

"我是自己在网上看到的，仙境集团负责整个密克罗尼西亚联邦的国防和安保工作，报酬是领海和排他性经济水域内的海底矿物资源的使用权，我这么理解对吧？"

"基本上是正确的。在2023年之前，一直由美国负责这项工作。在此之后，美国、澳大利亚和日本一直持续对此区间进行军事支援。不过，对于密克罗尼西亚联邦来说，这种程度是远远不够的。所以，到了2043年，又雇佣了私人武装——仙境集团。只不过，密克罗尼西亚和仙境的关系并不是单纯的雇主和雇员的关系。对密克罗尼西亚联邦的总统来说，仙境集团的掌舵人不仅是亲密的老友，还是一位值得托付的顾问。而仙境集团虽说担任国防工作，但是在资源开发和交换上挥金如土。总之，就是一副作为良朋益友为密克罗尼西亚的和平发展助力的架势。"

"这样说——是不是有点太过美化了？"

幸彦耸了耸肩。

"确实干得不错。当然,作为一桩生意肯定是盈利的,但也不算是牟取暴利。"

"仙境的经济规模到底有多大?"

"这个啊,我也不是很清楚,也许没人知道吧。仙境原本只是一个海务公司,是所谓的全球化地下经济和草根市场的产物。随着资产的日积月累,最终在20世纪20年代,其规模超越了美国。你也可以说它是非法经济圈,其实就是隐藏的超级经济大国。甚至,如今已经超过了印度和日本的经济总和。其中大半要归功于海务集团的生意,也许仙境的生产总值已经可以跟韩国或是墨西哥比肩了。"

"这么厉害?"

"当然,我们的生意遍布全球,最基层的情况不容易全面掌握,但大致可以推断出这样的数目。包括密克罗尼西亚在内的大西洋海域是仙境集团的核心据点,这里的经济情况相对公开。"

"这比密克罗尼西亚联邦的数目还大啊。"

"当然了,根本不能相提并论。所以说对于仙境集团来说,密克罗尼西亚不过是重要的顾客之一,也许算得上是一位特殊顾客吧。他们拥有一样仙境没有的东西,那就是它是被联合国承认的国家实体。也许,对于一个海务集团来说这并不是必备的要素,但有时也能提供一些方便。如此互通有无,可以形成更亲密融洽的关系,彼此算是利益伙伴吧。"

"那么,这艘'南马都尔'的主要身份,就是仙境的军舰吧。"

"嗯,是的。我们叫它"Sub-Surface Orbiter"(地下轨道飞行器)或者'SSO',主要在可以航行的半入水式海上基地上工作。这样的船仙境一共有9艘,各自都配备了辅助战斗机、战斗型水下仿生机器人,或是无人攻击机和巡航导弹等。'南马都尔'是其中功能最强大的终极武器。"幸彦一边回答一边快速地伸了下腰,"还有,现在正看着我们的,就是密克罗尼西亚安保部队的最高指挥官,也是这艘船的最高司令官,也可以算是舰长吧。我们都叫他'司令'。"

我不由调整了一下站姿。

站在巨大操作台前面的两个人向我们走来。两位都是男性,我先注意到的那位看起来像是日本人,另一位似乎是拉丁人种。

"司令,这位是宗像逍先生,他刚刚来到咱们船上。"

"您好,请多关照。"

因为被幸彦用日语介绍,我鞠了一个日本味儿十足的躬。

当我抬起头,看到了一双相机透镜般的眼眸。有一瞬间,我甚至怀疑对面站着一个机器人,整张脸都像是用塑料之类的材质做成的,完全看不出喜怒哀乐。

"我是盐椎真人。"

几秒钟后,他朝我伸出了手。让我吃惊的是,他的表情竟有了些许变化。

这次威严中透出了一丝温和,带着父亲般的感觉,就连目光里都流露出几分亲切。我的眼前好像换成了另外一个人。

尽管有些困惑不解,我还是回握住了他的手——是一双有温度的手,看来不是机器人。

紧接着,我的注意力回到了他的姓氏上。

"盐椎……您是不是……"

"噢,我是一真的父亲。谢谢你在'鳘'上对我儿子的照顾。"

"啊?原来如此。"

这时,一真说过的话重现在我的脑海中。

"你在'南马都尔'的那位上司是个神秘主义者。要是我一通乱说,肯定会被埋怨的。"

他当时提及的"那位",原来指的是自己的父亲。我不由忍俊不禁,但是刚咧开嘴就忍住了。

"这位是副司令罗伯托·贾鲁西亚。"

盐椎司令放开了我的手,开始介绍身边的小个子男人。这个人看起来很和善,头发很短,发色浓黑,有一点自然卷,脸上带一点胡须。

他的身高和我相仿,又或是比我略高。年龄看起来比盐椎司令小一些,40岁出头。

"你好。明天早上,我会和矶良一起来道场。"

贾鲁西亚副司令用流畅的日语对我说。

"道场?"

"是的。"

这位副司令笑着点头,轻轻地拍了拍我的肩膀,然后跟司令一起离开了指挥中心。

3

虽说不是真正的海上大都市,但"南马都尔"可以算是一座迷你版的繁华城市了,其规模巨大,和那种能容纳几十艘舰载机的航母相比都毫不逊色。只不过,它主要的动力来源是钍燃料。

这里有巨大的商业步行街和类似火车终点站的水下车站,无法逐一记住。不过像步行街和车站这样的地方却没有明显的线路指南或标记,或者说几乎看不到。也许是为了防御外敌的入侵吧。

不过,"南马都尔"专用的 App 工具——iFRAME 非常方便。这个软件不仅能用来导航,连各部门船员的值班表、餐厅的菜单乃至娱乐设施的节目单，各种信息都可以轻松查阅。此外，还能用它来接收各个岗位的通知，或和其他成员联络。

登船的第二天，就剩下我一个人活动了。我用 iFRAME 确认了一下早餐的时间，跟随着导航来到了食堂。为此，我还从 App 上学习了一些食堂的规定和礼仪。

吃完早饭，我按照贾鲁西亚副司令说的那样——走向"道场"。此处和娱乐室、剧场以及健身房相邻，通过公用的更衣室可以分别走到道场和健身房。

我在换衣服之前匆匆向道场里看了一眼，里面的环境我不太熟悉，只觉得十分宽敞。

在进去之前，我又站在门口打开了 iFRAME，通过透明的显示框阅读里面的内容，确实显示着"道场"的字样。我用手向下滑，但页面里什么都没写——这应该是必须通过增强现实技术（AR）才能获取信息。

除了飞机库和食堂，我还是第一次在船上看到如此宽敞的房间，而且还铺着榻榻米。不，好像只是榻榻米的仿制品。一共 72 张，铺满了整个房间，此外空无一物。真是一个气派的空间。

好像还没人来，我决定先去更衣室把衣服换了。

道服是昨晚从幸彦那里拿到的，不过，他并没有说这是做什么用的。

单看质地厚重的上衣，这像是练习柔道的时候用的，肯定不是剑道服，也比一般的空手道服要厚一些。

我穿上了衣服，还是没有头绪。细筒裤的穿法我大致清楚，但上衣衣襟的叠法和腰带的系法难住了我。

正当我一筹莫展的时候，有人推开了更衣室的门，是幸彦。这下问题迎刃而解了，毕竟，我还没有一个人系好腰带的自信。

"这件衣服是柔道服吧?"我拽着衣袖的部位,问了个昨晚就提及过的问题。"仿生机器人的操作员,为什么要穿柔道服呢?"

"会有老师给示范的。"幸彦脱下了制服,像是驱赶小猫小狗一样挥了挥手。

"你先过去吧。"

我一个人不情不愿地走进了道场。刚刚还空荡荡的像仓库一样的房间,此刻矗立着一个人影,从背后看去非常瘦小,刚开始我还以为是贾鲁西亚副司令,但仔细看的话身影要更纤细一些。

似乎察觉到了我的靠近,那个人转过身来。果然是个女人,我的视线瞬间被她的美貌吸引了,她的五官非常动人,简直没有缺陷。

太过完美的事物总是显得不真实,我的脑海里瞬间浮现出"整形美人"这个词。

"啊,对不起……"

好像是读到了我的内心世界,她的表情变得有点危险。我有点不好意思,垂下了眼睛,而她却慢慢靠近了我。

她洁白的脚上没穿鞋袜,在榻榻米上滑行过来。虽然也穿着道服,却气场十足,衣带是茶色的。

她停在我前方一米处。我抬起头,看到了一张素颜。即使如此,也分外美丽动人。

她的眼部轮廓深邃,鼻子高挺,看起来像欧美人。但是那细腻的肌肤却是东方人特有的。看样子,她的年龄应该在20岁左右吧。

两个人挨得这样近,我甚至可以看见她两颊散落的雀斑——这多少令她那过于完美的脸多了几分真实。

"呃……早安……不对,应该说'Good morning!'吧。"

她没有回应,只是伸出了自己的右手。我以为她想跟我握手,就下意识地也伸出了右手。

下一秒，天旋地转。我一时弄不清到底发生了什么，内耳的三个半规管功能受限，让我不能马上调整自己的姿势。

但是，对于自己的身体被抛出去这件事，我是非常清楚的。奇怪的是，这感觉居然不错——挣脱了重力的束缚，沉浸在中性浮力中，是件很愉悦的事。

当然，这种愉悦只是昙花一现。

伴随着舒适的，往往是痛苦。紧接着，我的腰和背部受到了强烈撞击，整个人被摔到了榻榻米上。

不能反抗的我维持着仰躺在榻榻米上的姿势，一时动弹不得。这应该是柔道中的"背摔"式，刚才伸手的动作真是一个巧妙的圈套。

疼痛并不那么明显，榻榻米垫子虽然有些硬，却能很好地缓解撞击的痛感。之所以动弹不得，应该归结为精神方面的原因。

毕竟，这副躯体，有生以来还不曾被人投掷出去过，一时间让我难以置信。更何况，把我扔出去的人竟然是一个美得不真实的女人。

我躺着呆望着天花板时，视线里出现了一个女人的鼻尖和下巴。这两个部位都很精致，鼻孔小而细长，长长的睫毛下，是一双湛蓝色的眼眸。

"你是谁？"

她微动的唇宛若达·芬奇笔下的艺术品，说的是日语，但声音我好像在哪儿听过。再加上眼睛的颜色，可以肯定，她就是那艘叫"赛德娜"的水下仿生机器人的操作员。

"呃……我是宗像逍。"

"果然。"她双手叉腰，叹了一口气，"你是新来的吧？"

语气听起来有点失望。

"我是安云蕾拉。"

她一边弯腰一边再次伸出了右手，我也下意识地伸出了手，又

临时改变主意缩回了榻榻米上。她提起我的后颈，用力把我拽了起来——这女人力气可真够大的。

"啊，谢谢。"

"你学过格斗或是武术吗？"

"没，完全没有。"我摇头，"你好像很厉害的样子。"

"我是柔道三段、空手道两段、跆拳道初段，还有这里的合气柔术黑带。"

"哇——"

"作为战斗型仿生机器人的候补操作员，我以为你多少会有点基础。"

"候补操作员？我怎么不知道？"

"这个——应该很快会通知你的。你还能站起来吗？腰是不是扭到了？"

"可以，没问题。"

我尝试着用手撑在榻榻米上站起来，但情况好像不太妙，只要蹲下来就会重重地摔在地上。

"哎？怎么了？"安云蕾拉用手捂着嘴，退后了两三步，"你的脚怎么了？"

听到这句话，我很快意识到了自己身上发生了怎样的变化——脚踝以下的部位已经由陆地状态转换成了在海中的样态——五根脚趾呈放射状向外伸展，延伸至20厘米左右；趾间的皮肤也延展开，变成了蛙蹼的样子，看起来就像潜水的时候穿的脚蹼。

"又变成这样了……"

我暗自咂舌，凝视着脚尖，在心中回忆它原本的样子。然后，脚趾逐渐缩短，皮肤也变回了原貌。

"这是人工假肢吗？"

她对此充满了好奇，一直盯着我的脚看。

"算是吧。"

"是硅胶的吗？还是某种生物材料？"

"该怎么说呢……不需要充电，还会随着身体的成长改变尺寸，所以不算是机器。但是，当我昏迷或是意识不清的时候，也会不受控制地变形，就像刚才那样。所以，肯定是便宜货。"

终于变成了陆地上的形态，我也能站稳了。膝盖微微向前晃动，好像没什么问题。

"在鱼人里，你的身体算是改动多的吧？"

"也不是。像你的话，眼睛和耳朵都被改造过吧？"

"仅此而已，真没想到有人还能长出脚蹼。"

"并不是我想变成这样的啊。"

"真的吗？"

"都怪我。"

这时，突然传来了幸彦的声音，他从更衣室走了出来，也穿着道服，系着茶色的腰带，跟蕾拉一样。

"逍之所以会装着这样的假肢，都是我的责任。"

他一边说，一边走向我们。

"喂，怎么又说起这个？"

"因为我一直耿耿于怀，这双假肢好像不是很好用的样子。"

"啊，只是偶尔会这样，并不会经常失控，而且在海里还是很方便的。"

"但是，这只是金井的庸医从巴布亚新几内亚的黑市买回来的代替品。估计是没有经营许可的非法商贩从某个狂热的生物黑客手里购买的产品吧，这 3 年里我攒了些钱，想帮你换一个正规的产品。"

"不用。说真的，我很喜欢这个，舍不得换。"

"但是——"

就在这时候,更衣室的门被用力推开了。单手握着木刀的贾鲁西亚副司令大步走了过来,他也穿着道服,但还罩着一件藏青色的裤裙。要是忽略他那张拉丁人种的脸,看起来就像日本古代的武士。

"抱歉了各位,我来晚了。"

这样说着,他站在了更衣室对面墙的前面。幸彦和蕾拉急忙走了过去,我也跟过去站在了幸彦的右边,却被调整到了蕾拉的左边。看来是按照某种顺序排列的。

副司令跟我们 3 个面对面正襟危坐。在 10 秒的安静对坐过后,他向后转了 180 度。

伴随着幸彦的口令,我们行了"正面礼",然后又面对面行了"尊师礼"。把手撑在榻榻米上低头行礼,仔细想想,我这还是第一次。

向墙壁的上方望去,那里摆放着类似神龛的东西——那就是"正面"吧,简直像穿越回了明治时代。

"宗像君。"副司令缓缓开口。

"在。"

"你之前学过武术吗?"

"没有。"

"那么,刚开始的时候可能会不太适应,这里是水中合气柔术的道场。"

"什么?在水里?"

"当然了,但并不是说要往这里注水,也许以后会去海里练习吧,但咱们会先在空气中进行基本功的修炼。水中合气柔术是从大东流合气柔术发展来的水中武术之一,由一个叫作天野正道的武术家创立的。你认识这个人吗?"

"没,完全没听过。"

我摇头。别说大东流和天野正道了，就连世界上有水中武术这件事我都没听说过。

到底是为了什么创立的呢？应该是专门为了某些国家的特种部队研发的吧。

"不知道也没关系，不用放在心上。所有的合气道都是从大东流衍生来的，最开始多少都有点相似。它跟柔道和空手道不同，从动作上来说更接近剑术，所以练习的时候会使用木刀或者木杖之类的道具。"

"合气道啊……为什么我要练习这个呢？"

"你驾驶的水下仿生机器人主要是人在里面操控，对吧？也可以算是给载人潜水艇装上了手脚，对吧？"

"嗯。"

"不过，你之前看到的'赛德娜'这样的机器人，更像是'钢铁侠'。而操作员操控的时候会有'穿在身上'的感觉。实际上，'赛德娜'是通过读取安云的脑电波和肌电来行动的，而通过相机影像和声呐获取的信息也可以直接传送到安云的视网膜和虹膜上。水的阻力和摩擦等力学信息则会通过手脚来感知。人习惯了之后，就像穿着巨大的潜水衣在进行斯库巴潜水（即戴水肺潜水）。"

"这真是……太了不起了。"

我一边回答，一边思索"赛德娜"拟人化的必然性。

既然是和人融为一体，那就必须拥有人类的外形。如果是以鲸鱼或是虾蛄的形状操作，肯定会混乱吧。虽然通过训练可以适应，但人的精神上会有巨大的压力。

"你有没有在水里跟别人打过架？"

我认真回想了一下。

"小时候跟幸彦在海里嬉闹过，但打架的话——"

"那请你试想一下,如果在海中跟别人打斗的话,能采用跟陆地上相同的方式吗?"

"不,不行。"我脱口而出。

不能像在陆地上那样双脚站稳的话,无论打或是踹的动作都发挥不了效果。而且,由于受到海水阻力的影响,速度也会减半。

就算是用背摔式将对手抛出去,因为没有撞击身体的所在,因此也毫无用处。而且,应该也抛不出去,因为自己也会随着一起旋转的,这个画面很容易想象。

"是的,跟陆地上一样是不行的。"副司令点头道,"所以,必须掌握不同的格斗方法。咱们即将在这里学习水中作战的技巧,这对操控战斗型仿生机器人也很有帮助。"

确实,随着声速伪装技术的发展,大型鱼雷失去了用武之地。水中作战采用的激光扫描仪只能辐射到数百米的范围,必须采取近距离作战。

驾驶黄艇的时候,我也以此为前提进行过训练,但是战斗方式非常有限,仅限于用长钳和足部捕获对方再进行物理攻击,然后进行释放高压电流,再放置炸药这样的操作。

而像"赛德娜"这样的仿生机器人,因为不需要担心调整浮力和平衡的问题,操控起来应该会更加方便。而用脑电波和肌电来操作,反应速度也会大大加快,可以像格斗或武术那样使用各种花样和技巧。

但是,能否掌握这样的技巧,就另当别论了。

"那个……我听说自己是候补操作员……"

"虽然不是最终的决定,但我们有这方面的打算,想通过像今天这样的练习和各种训练来考察你的潜质。"

"这样啊。"我摸着脖子,低下了头,"说实话,在陆地上我不太灵活。也许是三个半规管受到抑制的原因吧,从小就经常被别人嘲笑。在水中我确实比别人行动迅速,但是肌肉没什么力量,应该不适合练武术或是格斗吧。"

"没力气不要紧，没准肌肉的力量还会起反作用。合气柔术最重要的是身体的有效使用和力量的传导，能够判断出对方的攻击意图，再对其力量加以利用。本来就是和水下仿生机器人合为一体的，你跟矶良间的力量差距就可以忽略不计了。"

"哦，是这样啊。"

"笨拙仅限于在陆地上，不要在意。反正在水中的练习是主要的，实战也是在水中。"

"知道了。"

"那么，咱们开始训练吧。"

站起身的时候，我偷看了蕾拉一眼。恐怕以后会经常被这个女人抛出去吧，我恹恹地想，但是也没有从这里逃离的办法。

在海里游泳的时候最先学习的是观察洋流，万一被海浪卷走也不能徒劳抵抗，因为会消耗大量的体力，还不如先随波而行，再慢慢找回自己最初想去的方向。

这也正是我的处世之道。

E 是 Echo 的 E

1

安菲特里忒的出现总是毫无征兆。孩童时代，我几乎每天都和她见面，所以不曾察觉。但是，到了十几岁以后，有时会间隔几周，甚至几个月才能见一面。

这次也是一样。CR 田喷发事件已经过去一个半月了，在我毫无准备的时候，她翩然而至。

那天是我久违的休假的日子。在"鳌"上面的时候，我原本有半天的休息日，却因为种种原因没能如愿。像这样休闲自在地度过一整天，是我加入仙境集团以来的第一次。

算上之前的工作，我几乎有两个月没能好好地休息一下了。我擅长忍耐，一如从前。

刚刚进入新年的前 3 天里，也许世界各地都在欢庆新年吧，仙境和澎贝岛都举办了很多活动。

不过这些对我的吸引力不大，我最想做的是跃入大海，游个尽兴——仅此而已。可惜，珊瑚礁虽然美丽，却并不适合游泳。

矶良和安云最近都有任务，十分忙碌。再说，他们俩圣诞节的时候已经休过假了。我又试着约盐椎一真出来，不过他正被长池老师折腾得团团转，也不能来陪我了。

于是，我向贾鲁西亚副司令申请一个人去澎贝岛上转转。让我惊喜的是，他还批准了让我使用那辆水陆两用车。就这样，我第一次从澎贝岛登陆，先是开车兜了兜风，又向南马都尔遗迹驶去。

虽然这辆车可以在陆地上行驶，但遗迹这里似乎不允许驾车，只能从海上靠近。可是，遗迹四周的水很浅，不是满潮的时候很容易触礁。我决定先去位于首府科洛尼亚的海港和遗迹中间的潟湖，上午就尽情地欣赏水上的风光，顺便打发时间。

到了下午，等海潮上涨的时候再靠近遗迹的外墙。虽说是外墙，其实已经残缺破损到几乎看不出原貌了。穿过一扇叫作"南沃鲁赛"的狭窄石门，就抵达了位于正中央的人工岛南特瓦西。我将水陆两用车停在栈桥上。

岛的名字翻译过来是"酋长的口中"。这里有过去国王和酋长的陵园，能用来作为宗教仪式的场所，还能作为避难所和交通枢纽使用。

眼前的石垣吸引了我的目光，这里和冲绳的古城十分相似。高度约8米，上窄下宽的形状，确实很像城墙。尽管之前已在照片里看过很多次，却没想到真实的景象是如此磅礴，令人震撼。

这里使用的是五边形或六边形断面的石柱，按照玄武岩原本的柱状条纹切割而成，所以加工起来应该不是很费力气。

不过，这些石柱仅仅在南特瓦西就有几万根，被拼成井字形。在没有起重机等机械的年代，当时的人是如何建成如此复杂而精致的人工岛的，简直叫人难以想象。

南马都尔遗迹的总面积为70万～75万平方米，和中国的故宫大小相仿。在由东北向西南延展而成的矩形里，一共修建了 92 个大大小小的人工岛，彼此间由运河连接，也有人称它为"太平洋上的威尼斯"。

而在这些人工岛中，南特瓦西是造型最为奇特、保存最为完好的一个。大约 10 年前开始，人们对这座岛进行了修复，维护工作也十分周到，这里已经成为观光的热门景点之一。和仙境集团共同进行海底资源的开发之后，应该赚了不少外汇吧。

然而，其他的人工岛状况堪忧，几乎所有的建筑都毁坏了，成了一片废墟。它们逐渐被浓密的热带植物覆盖，几乎重现了 1 500 年以前的原始森林的景象。

沿着从栈桥延伸出来的小路，我走进了城墙里面。有一只茶色的小鸟张开了扇子般的尾羽，似乎在欢迎我。虽然不起眼，却非常可爱，说不定是精灵的化身。

被城墙环绕着的是由石柱组成的建筑物，在椰子林中若隐若现。整体呈现边长六七米的方形，高度为一米左右——上半部被砍断了，看起来有点像金字塔。

从栈桥下来的小路，一直延伸到了入口处。里面是四方的屋子，地面被向下挖了一些，铺满了暗绿色的青苔，像绒毯一样。

这里没有屋顶，只有 10 根左右的石柱平行排列在一起，阳光从石柱间的缝隙里洒落下来。这里虽然是陵园，气氛却并不那么沉重。我鼓足勇气走进去，才发现并没那么可怕。

到处都是爬满青苔的石头，好像已经在这里堆积了几百年、几千年。而从天空中散落下来的日光与星光，似乎也变成了透明的沙砾汇聚于此。

这里真的是坟墓吗？我暗自怀疑。气氛未免也太恬静了。沉浸在这片静谧的天地里，几乎忍不住要冥想片刻。

就在此时,一个小精灵翩然而至——回头望向墓地的入口处,一个熟悉的小身影正在那里向我挥手。

是安菲特里忒,她肩上的两个小精灵还是一如既往地抱紧她。

"哟,真是奇遇呀。"我不无讽刺地说道。

"算吗?这里又不是 1 000 米深的海里。"她回道。

"在那样的状况下只能匆忙告别——多亏了你,我才躲开了那次井喷,不过那之后的燃气爆炸差点要了我的命。"

"像那种程度的爆炸应该不会把船舱弄坏吧?"

"嗯,倒是没有,不过我有很多事想问你。"

"那咱们先出去吧,从这个墓地离开,去一些让人开心的地方吧。"

这样说着,安菲特里忒很快转过了身。

"什么?让人开心的地方?"我跟了上去。

"这个嘛,无论去哪儿都应该比墓地有意思吧。"

我们走回了栈桥。她站到了一块特殊的石头上,看起来像是扁平的踏脚石,上面有两个圆形的坑洼,中间刻着一道细长的沟痕。这明显是人工雕刻的东西,用途却不清楚。

有一种说法是,上面雕刻着一种叫作"卡瓦胡椒"的饮品——以胡椒科植物的根为原料,有轻微的镇静作用。现在澎贝岛上的人们也经常饮用,更是祭祀活动和典礼中的必备之物。

一抬头,看见面包树上停着一只深红色的小鸟,眼睛周围和翅膀、尾羽都是黑色的,应该是蜂鸟的同类。

像是在回应它翅膀的挥动,安菲特里忒也轻盈地飞向了空中。

"喂,你稍等一下。"

我一只手伸向斜前方,沿着运河跑了起来。周围没有其他人在,真是万幸。估计在别人眼里,我是个一边追赶蜂鸟一边和它说话的精神失常的男人吧。

下一个停留的地方是城墙最高处的一隅,这是拍摄南特瓦西,甚至是整个南马都尔的照片中的热门景点。从这里眺望过去,能够看到南沃鲁赛的一部分。

破败的外墙的另一侧是大海,据说里面还有其他遗迹,也就是海底都市。

那是被叫作"卡尼姆韦索"的圣地,由两只鲨鱼负责看守,大概是在海平面比现在低的时代建造的海上都市的遗址。

"看那边!"安菲特里忒指着海面的方向。远远望去能看到一道白边,那附近应该是珊瑚礁的边缘。更靠近里面的地方有一艘白色的摩托艇在飞驰。

"看什么呢,那个小船吗?"

"嗯,对。没准会朝着这边开过来。"

正说着,摩托艇一下子放慢了速度,然后从珊瑚礁的边缘处驶进潟湖中,停在了一个叫作纳加布的小岛跟前。这是一个覆盖着红树林和椰子树的小岛。

地图上显示,从南特瓦西陵园沿着小路朝海面前行800米就能到达纳加布。中间遍布着珊瑚,所以水面并不是祖母绿色,而是呈现出和外海一样更为浓稠的深蓝色。

船刚好在这条延长线上停下。上面好像有两个人,不过由于距离太远,看不清他们的长相和年龄。

"他们之后肯定要用携带呼吸器潜水。"

"是啊,我也这么觉得。不像是去海钓的样子,出现在那样的地方,又不是什么午餐时间。"

"在他们入水前,咱们必须靠近他们,悄悄跟上去。"

我听了不由微微皱眉。

"你要干什么?"

"他们说不定能带咱们去个有趣的地方。"

"仅仅是这样吗?"我哭笑不得,"我说安菲,你到底有什么企图?"

"以后再说这个行吗?不快点的话他们就溜掉了。"

"有趣的地方……到底是哪儿啊?"

"是卡尼姆韦索啊。"

"哦,那个神圣的海底都市吗?我听说过。"我故意语气平淡地说道,"它真的存在吗?"

"应该吧……至少他们知道遗址的一部分。"

"这样啊。我虽然也有些兴趣……不过这些消息你都是从何处得来的呢?那两个人又是什么人,考古学家吗?"

"说来话长。总之,咱们现在赶紧去海里吧。"安菲特里忒在空中画了一个圈,"咱们好久没一起去海底探险了,快别磨蹭了。"

"要一直游到那边吗?直线距离也至少有 500 米呢。"

"这有什么,你是不是在陆地上待久了,肌肉都萎缩了啊?"

"瞎说什么,我就是觉得有点麻烦。"我一边说,一边开始脱衣服,"真拿你没办法。"

"快点儿,快点儿!"

我脱下了 T 恤和短裤,卷起来塞进城墙的缝隙里,下身就剩下一条游泳裤。把 iFRAME 和隐形眼镜放入防水盒绑在手腕上,骨传导装置就这么保持原样就行。

在入水前,我脱掉了拖鞋,光脚走在了坚硬的岩石上。因为看不清周围的环境,每一步我都走得小心翼翼。

走到南沃鲁赛的时候,水面已经漫到了腰部。身体在一片涟漪中微微浮动。

视野逐渐变得清晰起来,假肢开始变化,我感受到了脚趾的伸长

和脚蹼的舒展，这个瞬间真是令人愉悦，好像这一刻才变成了真正的自己。

我平躺下来。已经和蔚蓝的天空融为一色的精灵此刻从正上方俯视着我。我做了几次深呼吸，默默在血液中储备氧气。

"走吧，安菲。"

"OK！"

我没有将胸腔吸满气，而是吸入了一半就停止了——肺部的浮力过大的话，潜入水中会消耗过多的肌肉力量。

这时，传来了安菲特里忒跳入水中的声音，我也翻身追随着那个声音游去。

2

水中的景观除了植物的种类外，和陆地上基本相同。大量的岩块和石柱四处散落，彼此堆叠，那些缝隙被白色的沙砾和泥土覆盖着，几乎看不到珊瑚的影子。

我在这样水深只有五六米的浅滩游了一会儿。这里的石柱究竟是海上都市坍塌陷落的，还是最开始就修建在此处的，不得而知。

算不上下坠，但是游了六七十米之后，海水骤然变深了。因为透明度较低，无法估算水深，但是至少有十几米了。

到了这里，岩块和石柱不再随处滚动。白色的沙砾铺满了海底。

不过，这里意外地立着一根塔状的石柱。上面吸附着很多珊瑚和海绵动物，看不出来是不是人工产物，最粗的地方直径约有一米，高度有四五米。

再往前游了一会儿，又看到了好几根相同的塔状石柱。大小参差不齐，形状各异，但像是没完全长开的松茸那种一头大一头小的占大多数。有的立在海中，有的倒在海底。

这里就是遗迹吧，建造南马都尔的时代，海面应该不会比现在低十几米。我想象不出这样的石柱是如何自然形成的。

潜游了 10 分钟左右后，我不知道该朝哪个方向继续前进，于是浮到水面上确认方向。摩托艇大约在我们前方 100 米处。

那对情侣换上了连体潜水衣，分别坐在摩托艇的两边，各自带着面罩和呼吸管，好像马上就要开始潜水了。

两个人都没有背氧气桶。我正在想他们可能是打算裸潜吧，就看到他们朝脖子上套了一个粗粗的颈环，好像是简易的循环呼吸装置。看来他们没打算在水中停留太长时间。

我逐渐向他们靠近。在距离摩托艇还有 50 米左右的时候，坐在船身右侧的男人一下跃进了水中。紧接着，坐在左边的女人也以后背式入水了。两个人在船尾处汇合，一起潜进了大海。

"他们好像还没注意到我们。"我对坐在我肩头的安菲特里忒说道，"咱们就这样继续到水中追踪他们吗？"

"对。咱们在略浅一些的地方跟着他们游，应该不会被发现。正好，海水也有点浑浊。"

在血液和肺部储存完氧气后，我和安菲再次潜入水中。我用最快速度一下子下潜了 5 米，眼前模模糊糊地出现了两个人穿着脚蹼的背影。

为了防止他们抬头的时候注意到我，我一直停留在他们的斜后方。那个女孩的潜水衣是抢眼的橘黄色，就算保持一段距离也不容易跟丢。

两个人的速度格外缓慢。我时不时就要停下来，才能跟他们保持安全的距离。好在，这段路并没有那么长。

在距离入水位置几十米的地方，两个人的动作停了下来。好像膝盖已经触碰到了海底，开始用四肢着地爬行。我也在他们的身后潜到了海底，在沙地上匍匐着靠近他们。

隔着一层白色的混浊物，隐约能看到那两个人的身影又逐渐变回了人的姿态。左右并排跪在地上，好像在祈祷。

他们两侧是黑黝黝的阴影，好像是刚才见到的塔状石柱。因为上面有很多的附着物，所以看起来凹凸不平。

然而，此刻隔着一段距离眺望整体的轮廓，好像能够看到有一只巨大的鲨鱼正面朝海面张开了嘴。

两个人又有了动作。他们各自摘下了脚蹼挂到了手腕上，又向前走了两三步，面对面同时坐了下去。

横在两个人中间的，好像是和南特瓦西城墙材质相同的石柱，直径有二三十厘米，长度接近两米。两个人各抱着一端。

稍微估算一下就能得知，这个石柱差不多有几百公斤重。就算有浮力存在，仅凭他们应该也很难抬起来——我的腹部与海底紧紧相贴，可以感觉到有沙粒浮了起来，而我的身体微微下沉。

其实，两个人刚开始抬的时候看起来也十分吃力。那个男人先抬起来一厘米，然后又五厘米，直到把石柱抬起到和地面呈 30 度角的位置。然后，那个女人也缓缓站了起来。

最后，他们把石柱抱起到膝盖附近的高度，又往前挪动了一米，然后又把它放回了海底。这一连串动作看起来非常轻松，虽然也不是轻而易举，但能明显感觉到在这个过程中石柱所受的浮力变大了。

就像这样，两个人又搬动了两根类似的石柱。紧接着，海底出现了一个细长的菱形裂缝。

因为沙粒到处飘动，视野变得模糊不清。转瞬间那两个人就爬到了一个巨大的岩盘之上，或者说是几块岩石堆叠而成的地方。

在那里，有一个勉强能让单人进入的裂缝。要是背着呼吸机的话，应该会被卡住吧。这里应该就是卡尼姆韦索的入口了。

缝隙里漆黑一团。两个人将自己的面罩拿在手里，黑暗处突然出现了白色的光圈，看起来就像车的探照灯。他们果然是打算进到里面去。

那个男人先钻进了缝隙里，然后女人也跟了进去。好像这两个人已经来过无数次了，动作完全没有半点迟疑。

我靠近了那道裂缝，朝里面看去。洞穴深不可测，他们短时间内应该不会出来从这里上浮到海面。

"再往前就不能跟上去了吧？"

我呼了一口气，对飞舞在波浪间的安菲特里忒说道。

"为什么？有意思的才刚开始呢。"

"唉，这个洞穴到底有多深，咱们也不知道。要是中途走错了岔路，很容易迷路。再说，咱们又没有呼吸机什么的，万一——"

"没事的。你看到刚才那两个人的呼吸机了吧？也就能坚持40分钟，非常简易。已经过去了10分钟，就算接下来还需要10分钟，也能得知那个洞穴肯定是10分钟左右就能往返的深度。"

我一时哑然。用这种方法推定洞穴的深度，已经超出了我的认知范围。

"呃……也许是这样，但是，咱们也没准备探照灯什么的啊。"

"不用担心。我没有灯也能看清，快跟上。"

说完，安菲特里忒就潜回了海里。

"喂，怎么又这么随意就——"我叹了口气，"最近总是强人所难。"

不过，我并不觉得安菲是一时冲动。这个把我从沼气爆炸中救出的精灵一定不会让我身处险地，我一直这样认为。

"往返路程10分钟——但愿吧。"

调整了一下呼吸，我再一次潜入海底。安菲特里忒已经等在裂缝的入口处了，一看到我就马上钻了进去。我只好跟上她。

入口十分狭窄，但进到里面却别有洞天。可以游泳，暂时不用爬行了。

隔绝了外面的光线，里面一片漆黑。此时，浑身散发着朦胧蓝光的安菲特里忒格外醒目。不过神奇的是，她的蓝光并不能把周围照亮。

有时我会伸出手来，确认石壁和地面的距离。至于辨别方向只能依靠安菲特里忒了。

随着精灵的指引，去探访那传说中的海底都市——仔细想想，这实在是一次奇幻之旅，而这一片黑暗的水域也恍如梦境。说不定，我此刻正靠在南特瓦西的城墙上打盹儿。

好像被蒙着眼睛在狭窄的小路上前行了四五十米。这是我的猜想，实际上的距离说不定要短一些。

对时间的估算也并不准确，好在我戴着潜水手表，可以修正感觉上的误差。从进入裂缝到现在只有 3 分钟，却觉得已经过了几十分钟。

水温逐渐变凉了。也许是因为太阳光照射不到，或是有海水涌入，又或者仅仅源自深度的变化。潜水手表附带的深度计显示，我们确实已经下潜到海底 5 米以下了。

让我吃惊的是，前面隐约有了一些光亮。这并不是安菲特里忒的光芒，而是更明亮的白光。看到这一幕的瞬间简直就像从梦里醒了过来。

不，不对，应该是到了出口。洞穴的尽头并不是终点，而是通往其他的地方。传说眼看就要变成现实。

头上可见黑黝黝的水面微微晃动，有白光闪耀。

这当然不是我入水前深吸了一口气的海面。这应该是封存了一部分空气的海底空间。这样的地方，在自然界中真的存在吗？

比如在陆地上有顶棚被挖凿成半圆形的洞窟，如果被海水浸没，空气就会变形。但是，这些空气最终会溶解在水里，维持着空间与时间的平衡。

安菲特里忒已经从水里飞到了空气中。我抓紧了洞穴的墙壁，慢慢上浮，然后屏住呼吸从水面抬起了头。

先谨慎地闻了闻空气的味道——我担心会有硫化氢或者一氧化碳的残留，但是没有闻到异常的味道。

我又吸了一口气。也不能算是新鲜好闻，只是普通的空气而已。

我用手扶着洞穴的边缘，胸部以下依然泡在水里，打量着周围的环境。

白光由头上 3 米处靠近顶部的地方倾泻而下。景色很模糊，不知道光源是什么。我从防水箱里取出了隐形眼镜，戴了上去。

这次能够看清，那是人工照明。

有一个边长 50 厘米的四方形，看起来像是控电板。上面镶嵌着两盏灯，应该是有机 EL（利用有机化合物发光）照明，里面还配有蓄电池。

柔和的光线弥漫着整个空间，这里比我预想的要宽敞。视线所及的范围，大致和水陆两用车的车库相仿。而光线没有照及的地方，应该还会延续到更远处吧。这里就像是钟乳石洞的一部分。

在洞穴出口前方 5 米左右的地方，能看到两处光亮，是那对青年男女。两个人手拉着手彼此靠近，望向比自己略高的地方。他们已经摘下了面罩和呼吸机，而那两对脚蹼此刻就在我的手边。

他们此刻凝视的，是漂浮在空中的一大一小两块玉。大的直径约 40 厘米，小的约 30 厘米。

刚开始，我还以为他们捧着沙滩排球之类的东西，但仔细观察才发现他们的手还放在腰部以下。这么看，那两块玉石应该是吊在天花板上的。然而，从我的位置看过去，没发现有绳索或威亚之类的东西。

这时，两个人松开了彼此紧握的手，互相对望，然后一起轻轻地点了点头，男方朝着那块稍大的玉石，女方朝着那块稍小的玉石，各自伸出了一只手。两个人像抱着婴儿一样，小心地将玉石拥在怀中，谨慎地向下牵引。

他们像操控沙滩排球一样轻松地把玉石拽到了胸前，但到了腹部肩膀和手臂就开始用力了，等玉石到了膝盖处，两个人就坐了下来，重新用力抱着玉石。

两个人的脚下有两个研钵状的坑洞。不知道是天然形成的还是人为制造的，总之是直接凿在岩石上的。

两块玉石被放置到了两个坑洞里，手放开后依然纹丝不动，似乎颇有些重量。

两个人站起身来，后退一步又重新坐下了。他们一直朝地面看着，似乎在确认玉石的情况，又或者是在低头祈祷。

此时，恍如古老的教堂中的静谧气氛弥漫在钟乳石的下方。我也一时间忘记了海水的冰冷，默默屏住了呼吸。

过了一会儿，两个人再次手拉手离开了放置玉石的地方。我蹲下身子，只露出鼻子以上的部分，但并不打算回到洞穴里去。我还是更想去看看那没有被光线照射到的更深处。

3

随着他们的身影渐渐消失在黑暗中，两道白光也在远处交错然后熄灭了。应该是两个人戴着的面罩上的探照灯走进了我的视线盲区。

我将手肘撑在洞穴的边缘，在起身的时候尽量不弄出声响。从水里出来以后，空气温暖了一些。当然这里并没有风，湿度也比较高。

安菲特里忒坐在石笋（钟乳石的一种）上和我对望了一眼，然后我们慢慢走近了放置玉石的地方。

刚才视线被那对男女的后背挡上了看不清楚，此刻可以发现他们对坐的墙壁前面有一件神奇的艺术品。高度大概位于腰部的位置，整体呈现不规则的圆锥形。由透明的玻璃碎片或是结晶体聚在一起，偶尔会闪耀出彩虹般的七彩光芒。

无法分辨这是自然抑或人工的产物。如果是大自然中形成的，那应该算是石笋的一种吧，然而周围并没有发现其他类似的物体。

又或者，这是祭坛之类的地方。

这件艺术品的根部依然是两排玻璃片或者结晶体之类的东西，上面有类似月球表面的坑坑洼洼。而镇守着这里的两块玉石，此刻看起来像是硬硬的石块。

小的那块被打磨得很光滑，而大的那块却坑洼不平。我蹲下身子仔细观察，很快意识到它象征着地球——坑洼不平的石块象征着大陆部分，比象征着海洋的平滑石块略高一些。

也就是说，这是用石头做成的地球仪；而且，无论是大陆的位置还是形状，都十分精准。

这个东西到底是什么时候被制造出来的呢？如果是跟南马都尔同时代的产物，恐怕会让很多人大吃一惊吧。麦哲伦通过航海证实地球是圆的，是进入16世纪以后的事儿了。

我把手放到地球仪上方，左右划动了几次，但没有被卡住——果然并没有绳索或者威亚。这么看来，也许有细细的金属轴从下面支撑着它们。

"我可以碰一下吗？"

我小声问站在坑洞边上的安菲特里忒。

"这个嘛——"精灵耸了耸肩,"应该没事吧?要是不弄坏的话。"

"嗯,对。"

我实在难以抑制自己的好奇心,情不自禁地伸出了手。地球仪的表面冰冷坚硬,果然是有人将石块雕琢成了大陆的形状。

稍稍用力碰触,地球仪滚动了起来。如果有中轴的话,应该不会这样转。

"真奇怪啊,它们到底是怎么漂浮在空中的呢?"

我忍不住问安菲,她却只是沉默地摇了摇头。我站起身来绕着坑洞转了一圈,依然毫无线索。要想弄清楚的话,就只能亲自拿在手里了。

如果真的是用石头做成的,那就算失手掉在了地上,应该也不会损坏吧,我这样安慰自己。于是,我把它从地面上拿起了几厘米。

我双脚站在坑洞的两侧,坐了下来。然后,从正上方将石头做的地球仪抱在了怀里。感觉沉甸甸的,光靠手臂的力量很难把它抱起来。

我双手抱紧了地球仪,腰部和大腿开始用力。

我咬紧了牙关,才抱起来几厘米而已。但奇怪的是,抬起约10厘米之后,肌肉明显觉得轻松了,就像有人在下面帮我一起托着似的。

我把石头放到膝盖上,一直用力的肘关节也得到了暂时的缓解。也就是说,光是靠手臂的力量就能拿动了。再把它从腰部抬到胸部的位置时,地球仪一下子变轻了。

当我终于把它抬到了眼睛前方能够认真凝视的位置,那股支撑的力量一下子消失了。比起沙滩排球,此刻它更像是一个气球。

我继续抬高手臂,把它举到了之前那对男女抬头仰望的位置,这时候它的重量完全消失了。为了掉下来的时候能够接住，我把手放到了它的下方，但是等了几秒之后，石块依然没有坠落。

"这是怎么回事呢？"

我独自思索着。原来，它并不是通过中轴来支撑，也并不是用绳子悬吊，而是和安菲特里忒一样梦幻般的存在。

看来，我还在梦境里，没有醒来。

我轻轻地用手推了一下，它微微转动，很快就停在某个特定的方位了。左右拨动的话，因为只有和空气的轻微摩擦，所以一直转动不停——就像是地球的微缩模型。

我兴致勃勃地用食指轻触了下南极洲的位置，石块像肥皂泡一样向上漂浮。我还以为过了一会儿它会慢慢回落到原来的位置，却丝毫不见它停止上浮。结果，它升到了我伸长手臂也触碰不到的高度。

"糟了。"

我朝着地球仪的方向跳了起来。让我惊讶的是，我的身体也随着悬在了空中。我双手抱住了地球仪北半球的位置，双脚不停乱蹬。很快，地球仪就不再上升了，但也不能让它下降。

"是谁？"

这时传来了一个男人的尖叫声，他说的是英语。

地球仪还悬在空中，我回头看去，那对男女已经从洞穴的深处返回了这里，探照灯的白光非常刺眼。我下意识地想跳下来，那个男人马上出声制止了我：

"等等！不能离开那里！"

我急忙抱紧了地球仪。已经赶到坑洞前面的男人突然抱住了我的腰。

"别动，就像这样抓紧了！"

男人这样说着，两肩的肌肉隆起。他下半身向地面用力，上半身

向上牵引。我抱着地球仪的手开始下滑,指尖触碰到了凹凸的地方。

就像被一个巨大的气球带到了空中,又像是童话故事或是迪士尼动画里的主人公,我感觉自己十分可笑。

我回到了刚才高度的一半,地球仪逐渐放弃了抵抗,那个男人也放缓了气力。我利用自身的重量慢慢回落到了地面上。

"行了,快躲开!"

男人单手夺过了地球仪,用另一只手把我推倒在一旁。我胸口受到了重重一击,险些摔了个屁股蹲儿,跟跟跄跄地后退了几步。

他狠狠瞪了我一眼,将地球仪放回到了原来的位置。

这次我离他很近,可以清楚地看见他大大的眼睛和厚厚的嘴唇,还有健壮的体格以及黝黑的皮肤。

他看起来像是密克罗尼西亚的人,应该是澎贝岛的原住民吧。年纪应该是在 25～30 岁之间。

男子单膝跪地,仔细地抚摸着地球仪,应该是在确认有没有磕碰的地方吧。之后,他站起身来,目不转睛地看着我。不知什么时候,他的手里多了一把大刀。

那个女人站在他身边,她有一副明显的东方面孔,白皙窈窕,年纪应该跟我相仿,表情非常困惑,眼眸中浮现出了忧郁的神色。

"你是谁?来自何处?"

那个男人浑身散发着危险的气息。他张大了嘴呵斥着,让我联想到了巨大的鞒鱼。

"我是——宗像道。在仙境的船上工作,今天轮休,就来这附近旅游。"

"那你是怎么来到这个地方的?"

"这个嘛——偶然看到了你们进入海底的裂缝里,就跟过来了。"

两个人听完马上对视了一眼。

"是背着呼吸器潜水的吗？"

"不是，是裸潜。"

"裸潜？没带氧气罐，也没带呼吸器，就这么游到了这里？"

我点头。男人大大的眼睛睁得更圆了。

"面罩和脚蹼呢？"

男人回头看向洞穴的方向。

"那些也没必要。"

我向前伸出了一只脚，然后伸出了假肢的脚趾让他们看。

"你是鱼人吗？"

女人第一次开口。她近在咫尺，声音却像是从远处传来的。

"也有人这么叫我。"

"这家伙很可疑。"男人握紧了手里的大刀，"很可惜，不能让你活着回去了。"

突然陷入了如此危险的境地，我好像触犯了某些宗教的禁忌。

我用眼睛往下迅速观察左右的地形，寻找着逃跑的路线。要是能逃到连接着外面的洞穴，他们应该追不上我吧。毕竟，戴上面罩、装上呼吸器还需要花费不少时间。

"等一下，科兹莫。"

女人轻轻握住了男人拿刀的手，一边制止他，一边望向了我。

"你刚刚提到了仙境的船，是哪一艘？"

"南马都尔。"

"你是船员吗？"

"不是，我现在是水下仿生机器人的候补操作员。"

"'南马都尔'上的水下仿生机器人吗？"她抬头看着身边的男人，"如果真是这样的话，好像必须放他走了。我们最好回到船上，跟父亲确认一下。"

"不用,肯定是一派胡言。说是偶然间遇到了我们一路跟踪到这里,也太巧了。我们一路上都非常小心,不可能被人发现。他肯定是一开始就打算来这里,所以一路尾随。"

一语中的,我无话可说。那个女人又向我投来探究的目光。

"为什么要跟着我们过来?"

"这个嘛——好奇心吧——一直有点怀疑卡尼姆韦索是不是真的存在。"

"你也听过这个传说吗?"

"是从网上的旅游信息里得知的,其他的就不知道了。我也没想到这里居然会有这样的玉石,如果触犯到了某些宗教的禁忌,我深表抱歉。我一定会把这里发生的事当作秘密深埋在心里,绝对不会告诉其他人的。所以,请饶我一命吧。"

"绝不会告诉其他人——这句话我实在无法相信。"男人挥开了女人的手,再次把大刀对着我,向前迈了一步,"快说实话,你到底是谁?是提亚玛特的同伙,还是阿勒宿普的间谍?"

"什么?"一下子听到两个陌生的名字,我不由皱起眉来。

"别在这儿装傻!"

"不是装傻,我真的不知道你在说什么。你究竟什么意思?我就是一个普通的游客……"

一问一答间,男人已经步步逼近。情况相当不妙。

我还是决定逃走,一边后退,一边等待时机。不过,对面的男人没给我这样的机会。

"你说你在'南马都尔'上工作,有什么证据吗?"

"证据——有,有的。"我指着手腕上的防水箱说道,"这里有我的 iFRAME。只要把它打开,就能看到我的身份证明和专属 App。"

男人发出一声冷哼。

"就算看到了那些东西，我也无法辨别真伪。"

他的刀尖已经抵上了我的喉咙，突然停下不动了。

"那就带我回到海面上，我可以在那里跟船上的负责人联系。"

"不，不能放你出去。"男人眯起了眼睛说道。他要动手了！

我无法再保持冷静，打算不顾一切地冲向洞穴的方向。就在这时，安菲特里忒突然挤进了我跟这个男人的中间。

视线的一部分被挡住了，我浑身直冒冷汗。

"安菲，你挡到我了！"

我大声怒吼。就在这个瞬间，刀锋似乎已经到了。我伸出了手打算驱赶这只精灵，一下子撞上了男人的视线。

他眼中的杀气骤减，取而代之的是一丝惊讶和不解。

"这是什么？"

男人的声音有些嘶哑。

"什么？"

"这个精灵，有一只蓝色的精灵。"

"你——你能看见？"

这回轮到我大吃一惊了。究竟是怎么回事？之前听一真说过，安菲有可能只是我幻想的产物而已，而我也一直深信，只有我一个人能看见她。

"这是你的精灵吗？"

"嗯，算是吧——好像只在我面前出现过。"我一边说着，一边下意识地摇了摇头，"应该不算，只是目前为止是这样。"

"美月，你也看见了吧？"

男人问自己身后的女人。

"蓝色的精灵吗？我没看见。"女人摇头，"是利塔吉卡吗？"

"不，这不是利塔吉卡，而是一个小小的人形，但能肯定是精

灵。"一直盯着安菲特里忒看的男人再次把目光转向了我,"你是大海的孩子吧?"

"呃,你是指海洋之子吗?"

"对。"

我点了点头。

"可能是。我在仙境的一艘叫'鳖'的探测船上面工作的时候,有人对我说过。"

"是一真吧,是叫盐椎一真的人对吧?"

女人兴奋地说道,她眼中的担忧之色不见了。

"是的,就是一真对我说的。你认识他吗?"

"当然了,你捡回了一条命啊。"女人再次拽住了男伴的手腕,"喂,赶紧把刀收起来,这个人没说谎。"

"这个——不全是。"我微微摆手,"也撒了一点小谎。我来到这儿并不仅仅是因为偶然和好奇,还是因为受到了这个精灵——安菲特里忒的引导。"

男人放下了刀,把它放到了脚边的架子上。

"海洋之子受到精灵的召唤来到此处,一定是事出有因的。所以,这次我暂且饶你一命。但我对你也并不是百分之百信任的,如果你敢把在这里发生的事情告诉别人,我一定会要你的命。"

"知道了,肯定守口如瓶。"我频频点头,"话说回来,那个玉石,到底是什么?为什么能浮在空中呢?"

"我无可奉告。到了必要的时候,精灵会告诉你的。"

"喂,你知道吗,安菲?"

我满怀期待地望向这只任性的精灵,没想到她此刻却一直背对着我,假装没有听到。男人抿嘴一笑。

"看来还没到时候。"

"该死的。又把人折腾到这儿不管了。"我冲着安菲的后背骂道。

"对于海洋之子来说,精灵代表着大海。"男人说道,"守护着我们,也教会我们许多东西。但她们的意图却隐藏在层层的迷雾之后,并不容易被人窥探到。"

"你也是海洋之子吗?"

"是的。"

"那至少,让我知道你们的名字吧?"

"我是科兹莫——是拥有这片土地和海洋的领主的儿子。"

"这片土地和海洋,也包括南马都尔的遗迹吗?"

"是的。那也是列位祖先留给我们的领土。"

"呃——"

我又看向了那个女人。

"我叫美月。"她用日语回答道,"是浦添尊敦的女儿。"

"浦添尊敦——"

我好像在哪儿听过这个名字。眨了几下眼睛之后,我想起来了。

这是仙境集团首领的名字。

F 是 Foxtrot 的 F

1

澎贝岛往东约 300 公里的地方，是隶属于密克罗尼西亚联邦的马绍尔群岛共和国和专属经济水域的接壤处，这里究竟有什么呢？

至少一直到 10 年之前，这里还只有大海与天空。

每隔几个月，就能看到一群海豚跃出水面。每隔几年就能看到鲸鱼喷水，空中白沫弥漫。波浪之间，偶尔还能看到小小的彩虹桥。而现在，这一切早已消失不见，只留下了幽暗的波涛。

至于船和飞机呢？过去十分罕见。距离有人烟的海岛，也至少还有 200 公里远。

而海洋深处，或许还有更丰富的物种吧。偶尔能看到鲨鱼张着大嘴追赶海豚和海龟的场景。

虽然称不上速度惊人，但海底正以每 10 万～ 100 万年 1 毫米的速度堆积着锰、铁、钴、镍、铜等矿物质的沉淀物。现在已经变成了三四十厘米的厚壳，覆盖在海底火山之上，这个壳被称为"富钴结壳"。

这附近的海域，水面风平浪静，海底却延绵起伏，将富钴结壳像帽子一样戴在头顶的海底火山，顶部大约在海平面以下 1 400 米，山麓边缘位于水下约 3 600 米处。也就是说，其相对高度——从海底开始测量的高度大约为 2 200 米。

从五六年前开始，这里成为非常繁华、热闹的场所。如今，有数十辆大型压路机等采矿机和由吸尘器进化来的集矿机每天在平坦的海底火山上施工作业。

采矿机用带着锯齿的部位叩击着海底地面，将数千万年才形成的矿物壳碾成齑粉。然后，集矿机将它们收集起来输送到油气管道中。海面上，有等候在那里的采矿船，将管道里的矿物粉和水分、泥土一起吸附上来。这种采矿船是一种候补挖掘装置，可以直接在热水矿床上使用。通过改变局部零件，可以变更设备功能用来开采石油和天然气，或者被当作 CR 田的海上作业平台使用。在仙境，这种船被称为"多功能基板船"（MPS）。

附带推进器的两个底部船体有两条能伸缩的腿可以站立，上面是圆盘形状的甲板，这是它的基本结构。作为一艘载重量为几万至几十万吨的双体船，它可以远距离航行。甲板上有住宿设施等多层建筑，可以打造成为豪华邮轮、海上酒店或是海上办公场所。而且，几十艘这样的船由栈桥连接到一起，光是这个景象就颇有一番海上都市的味道。仙境及其他海务集团就是通过这样的方式，在世界各地建造了可以自由变化的海上据点。

我年幼时所在的金井集团的 MPS，也是这种小型海上都市的一部分。不需要从阳光、风力、潮汐获取能源，而是用人工合成的能量来进行粮食生产、水产养殖和海藻栽培等活动，完全是自给自足的模式。船虽小，上面却应有尽有，远远望过去就像一个个在海面上漂动的小岛。

　　这样的海上都市，也出现在了头戴富钴结壳的海山上面。名字在澎贝语中叫"秋里克"。秋里克是一种叫紫柄铁角蕨的羊齿植物。

　　当然，这里的居民基本都是海员，光是从事采矿的职员就占了一大半。他们的居住场所、粮食产量、供给设施、医疗乃至娱乐设施的面积都相当于MPS的好几倍。一共有3艘这样的采矿船彼此相连。

　　只不过，秋里克不像金井时期那样固定不动，而是凭借自动船位保持装置（DPS）停泊在特定的地点。对于开采矿山的工作来说，这是必不可少的。

　　于是，采矿船还扮演着港口的角色。往返的船只将矿石卸载于此，然后再运送到印度尼西亚和新几内亚这种能选矿和精炼矿石的地方。最终的利润由仙境和密克罗尼西亚联邦平分。

　　从二月份开始，我也开始在这个"港口"停泊，并且经常到秋里克这儿拜访，基本上都是跟贾鲁西亚副司令、矶良和安云一起。

　　"南马都尔"从澎贝岛的海面移动到了秋里克附近，然后再利用小型作业船或水陆两用车在此间往返。

　　"南马都尔"像一个小型的水中城市，基本的设施都具备了，但并没有用来游泳或进行潜水训练的泳池。当然，如果仅仅是为了游泳，可以从桅杆那里跳进水里。只是，这样的话很难操控周围的环境，不适合用来进行训练和水中合气柔术的练习。

　　而秋里克上刚好有类似游泳池的地方。在娱乐船上，得益于防护网的存在，不仅游泳的时候十分安全，而且几乎所有的波涛和海浪都被阻隔在外了。

　　也就是说，这里的月亮池被当作泳池使用了。不足之处在于，整体光线有些昏暗，但甲板缝隙里倾泻下来的日光能照射到的地方呈现出和远海一样让人愉悦的透明感。

　　有趣的是，这里还饲养着三只海豚。它们不是野生的，而是在水族馆里长大的,所以跟人很亲近。

和这些海豚一起游泳,也成了娱乐项目之一,人们得到了精神上的放松和治愈。

而我们来到秋里克是为了用泳池练习,而不是跟这些海豚戏水。

合气柔术中有"闪避"这个词,单纯从字面来理解,就是躲避敌人的进攻,并通过移动身体进行反击,可以说是基础中的基础。但是,要想学会把握时机控制方向并选择出最佳应对方式,这个过程并不容易。

新年的时候,我在澎贝岛上度过了一个奇妙的假期,之后大约一个月的时间都在"南马都尔"上闭门苦练。在这段时间里,我一直都在道场里练习"闪避"。

练习时会假想敌人从正面进攻、尖刀攻击、身体冲撞、反剪勒颈等种种情况,我必须用迅速而敏捷的动作来躲避攻击。如果同时面对多个敌人,还要进行"多人防守"。

我们先是在榻榻米上练习,等稍微熟练了再去水中实践。但是,如果练习对象和在陆地上一样是人类的话,会因为动作过于缓慢而影响训练效果,所以我们选择了将海豚当作训练伙伴。

据说,过去曾经有一位叫盐田刚三的合气柔术或合气道高手,通过敲击鱼缸的边缘观察鱼的动作来学习"闪避"的技巧,有时会整整观察一天。水中合气柔术的起源如此悠闲自在,真让人意外。

我不想变成高手。对于我来说,和海豚练习是一种非常有趣的体验,至少比被矶良或安云摔在垫子上时的关节疼痛要好得多。而且,在水中,我比他们要灵活一些。虽然还没掌握反击的技巧,但单看防守的话差不多已经是黑带的水准了。

在我看来,矶良就不用说了,就连安云在陆地上的体能训练也有

点过度了,身上的肌肉太多,有些动作做起来不够柔韧。

特别是在做一些敏捷动作时,局部用力不如整个身体一起协调动作,要像海里的虾一样灵活——与其用肌肉来对抗水流,还不如快速反应以尽量避免承受水的压力。这一点我原本就知道。而矶良和安云作为鱼人应该也对此心知肚明,也许他们更重视的是反击时的力量。比起躲避,两个人都是更喜欢正面迎战的类型。

至于我跟海豚的"战斗",其实也很难实现——就算我想发起进攻,海豚们也以为是在逗它们玩儿。如果说我在水中比矶良和安云略胜一筹的话,那海豚可以说是胜出他们百倍了。

这也很正常,毕竟,每个人对海洋环境的适应程度和进化程度都不一样。

即使如此,我还是很开心的。

当海豚朝着我的腹部快速游过来时,我需要小心避开。但是,当我的动作过于明显的时候,海豚就会识破,然后快速改变进攻方向。所以,我必须等到马上就要撞上的时候再躲开。当然,有时候动作稍微迟缓就会被狠狠撞上。不能小看海豚的嘴,如果从正面撞过来,那感觉就像被人狠狠揍了一拳。这还是它们手下留情的时候。要是动真格的进攻,差不多能撞断一两根人类的肋骨。要是倒霉的话,还会引起内脏破裂——贾鲁西亚副司令这样提醒我们。

我好不容易适应了海豚们的猛攻,它们又提升了难度。本以为它们要从正面进攻,没想到临近时它们又突然改变方向从侧面袭来。每当我躲过了最开始的袭击,刚松了一口气的时候,后背又被撞上了。

真让人吃不消。

从泳池出来的时候,我总是浑身青紫,矶良和安云也是如此。贾鲁西亚副司令已经算是严师了,海豚却比他更甚。

但是,我也不觉得十分痛苦。被别人摔倒或勒住很不爽,但是被海豚撞击或是用尾鳍拍打的时候却有一丝喜悦。有些不可思议，可能是因为我感受到了它们的愉悦吧。

到了二月末，我终于开始在榻榻米上学习反击招式了，和海豚的训练也开始变得复杂了起来。

最初的闪避招式只是针对攻击的防守，接下来要做的，是在防守后稍微触碰一下海豚。那时，我们手里会拿着一个小小的吸盘状的印章，只要能将印章完整地盖在海豚身上，就算我们获胜了。

虽然印章只能在体表停留几分钟而已，海豚还是非常厌烦，所以很难触碰到它们。

当然，仅仅躲避攻击是远远不够的，因为双方的速度相差太多。刚要把手伸出去盖印章，海豚已经游走了，所以需要适当加以诱导。

以海豚朝胸前进攻的时候为例。先是保持不动让它们放松警惕，而当它们的嘴来到触手可及的位置时再转身躲开，这是最基本的闪避动作。这时，还可以选择伸手触碰海豚嘴部，向反方向转动身体。就像在拳击比赛中，对来到眼前的猛拳以手相挡。如果拳来自左边，就向左挥开，然后朝右边逃跑。如果对方的动作非常迅速的话，这样做能比单纯的闪躲要安全一些。

诱导采用的就是这种原理。

当海豚的嘴部靠近的时候用一只手碰触，这回不朝相反的方向用力，而是像画一个大圆那样牵引过去。这时，对方的力量会传导过来，自己的身体和海豚的身体也会在并行的过程中逐渐接近。这时，就可以等待最佳时机去盖上印章。

当然，说起来容易，做起来十分困难。

我最初的失败源自握住了海豚的嘴。海豚非常讨厌这样，很快就抖动身体挣脱了。比我经验丰富的矶良有时也会用力握住海豚的嘴将它拽向自己，可能因为还有余力，就想用尽浑身的力气去制伏它，反而引起了海豚的暴躁反抗，把印章都撞掉了。

比起握紧它的嘴，好像用手轻轻触碰更好一些。不要用手腕的力量将海豚强拽过来，而是要一边观察海豚的反应一边加以诱导。虽然或多或少都要阻止对方的动作，但比起自己的力量，更要注重合理利用自己周围水波的阻力。这个度很难掌握。只要感到一丝丝不对劲，海豚就会一甩尾鳍，从眼前瞬间游远了。

等熟练了之后，每三次就有一次能盖上印章。于是，我找到了新的乐趣。有一次，我太过得意忘形，还成功地搂住了海豚。

这之后，这只海豚很久都没理我，可能是伤了自尊心吧。为了讨好它，我特意去钓鱼，投喂了它好几次。虽说是失败的经历，但也是非常美好的回忆。

然而，遗憾的是，这些快乐并不是水中训练的全部。

2

我们每天都往返于"南马都尔"和娱乐船的泳池之间。大约一个半月之后的一天，我和贾鲁西亚副司令、矶良、安云四个人像往常一样乘坐作业船去秋里克。现在想起来，那天一出"南马都尔"就有点儿不对劲，大家都有一种莫名的紧张感。

我的心情就像要去跟海豚们嬉戏或是摔跤一样，一路上愉快地哼着歌。但是，矶良和安云却低头不语。我虽然感觉有点奇怪，但想到他们本来也不是多话的伙伴，也就没怎么在意。

抵达采矿船码头后，我们去往娱乐船，从甲板上方边长为5米的正方形开口望向月亮池的时候，我才注意到了异常。

往常，一注意到我们来，海豚们都会在下面聚集到一起，今天却没有看到它们的身影，就连平常打招呼时发出的声音也不见了。下方约 8 米处，只有黑黝黝的水面上反射着太阳的光。

我抓着开口处周围的扶手，探出身子仔细观察。在阳光照射不到的阴暗一角，能看到一个阴影在游动。当它缓慢上浮的时候，可以看到在四边形的聚光灯下，有一个巨大的阴影在靠近。

三角形的背鳍立在水面之上——虽然海豚的背鳍也是三角形的，但是形状和质感都和这个不同。

"开什么玩笑……"

我小声嘟囔着回过头，这时，甲板上传来了放置器械的声音。

事先搬运到此处的工具箱已经被打开了，矶良和安云把潜水服、脚蹼、手套、印章陆续取了出来，就跟平时一样。但是，他们接下来拿出的东西，在这些天的训练中我还是第一次看见。

钛粒子的鲨鱼服。

这是一种能保护全身的防护衣，一整件连体服看起来像是鲨鱼一样。当然，长靴和手套的部位都是金属材质的。没有头罩，他们又从箱子里拿出了类似橄榄球运动员戴的头盔。

看来，是真的打算把鲨鱼当作训练伙伴了。我事先毫不知情，矶良和安云既然准备了道具，应该早就听说了吧。看他们穿鲨鱼服的动作，肯定不是第一次使用了。

只是，他们看起来依然很紧张。至于我，已经握着扶手，呆若木鸡。我从未料到有一天会面对这样的场景。

"可能大家已经看出来了。"贾鲁西亚副司令走了过来，"今天的对手不是海豚，而是短尾白眼鲛。"

一听到这个名字，我马上就想象出了它的样子——身体的流线非常美丽，是非常典型的鲨鱼的样子。背部是灰色的，腹部呈现出白色,而尾鳍的边缘是黑色的,体长两三米。

这种鲨鱼并不是特别凶猛,但是对人类格外冷漠。我在海里碰上过很多次,它们从不靠近。但是,如果受到了刺激,被人侵犯到了领地,它们就会变得极具攻击性。也有潜水员故意去挑衅,真够蠢的。接下来,我也要变成这种傻子了。

这时,他们又从工具箱里拿出了一件陌生的道具——带着把手的长约30厘米的金属棒——看起来有点像防身用的警棍,只不过顶部多了两根刺。

"那是一种电叉,也可以说是电棍。"副司令用下巴指向那个道具,"只要顶部的电极刺入鲨鱼的身体,就会自动释放电流。但是,不会让它们断气,电流只在两根电极之间循环,人是不会被传导的。"

"这样是为了让它们发怒吗?"

"嗯,是这样。等鲨鱼朝自己攻击过来的时候,就可以像对付海豚那样使用闪避或者盖印章的动作。"

我缓缓地摇了摇头。

"为什么非要用鲨鱼训练,究竟有什么意义呢?"

"为了营造出实战的气氛吧。面对海豚的话,总有种在做游戏的错觉吧?你自己好像也乐在其中。"

"嗯……是有点儿。"

"但是等到实际作战的时候,根本没有做游戏的从容。操控水下机器人的人所面对的,要比鲨鱼危险得多。我们的对手也绝不会像海豚那样友善,而是像鲨鱼一样充满敌意和恶意且无法沟通。所以,要以这样的状况为前提进行训练。"

"那么,干脆把操控过水下仿生机器人的人当作训练的对手不就行了?"

"当然有这样的打算,不过之前还需要进行模拟训练。但是,无论哪一种精神层面的训练都是不够的，模拟训练就更不用说了，把同伴当作训练对手的话丝毫感受不到威胁生命的恐惧，就如同在道场里切磋一样。"

"但是——"我试图反驳，却被副司令打断了。

"而且鲨鱼的行动比海豚更难以琢磨，有时候还会不受控制，能被这样的对手攻击，也是一种宝贵的经历。海豚非常聪明，基本上没有失去判断力的时候，有时还会配合人类的行动。所以，它们是非常好的进行基本训练的伙伴。但是，我们的敌人有时会失去理性。"

"别这么畏手畏脚的，道。"安云拿着鲨鱼服笑着说。

"穿上这个，即使被咬到了也没事。"

"我倒不是畏手畏脚……"

"那你脸怎么都煞白了呢？"

"我只是表情有点僵硬而已。"

"行了行了。"副司令制止了我们之间幼稚的对话，"总之，今天的训练对象就是这里的5只鲨鱼。和海豚训练的时候，你们3个人是一起进池子的，这回要一个一个进去。大家开始准备吧。"

好像再说什么也于事无补。副司令转身离开了，然后走近了另一个箱子，亲自打开了箱盖。通过空气中漂来的气味就可以判断出里面装的是什么。

是生肉，好像有金枪鱼的骨架，还有其他几种鱼类，远远看过去好像还混着猪肉和羊肉的骨头——应该是把船上的厨房里废弃的食材都汇集到一起了。

我一阵头晕——把带血的肉和骨头直接倾倒进月亮池的话，会发生什么，不难想象。

"副司令，有件事要拜托您。"已经换好了鲨鱼服的矶良，像是下定了什么决心似的开口说道，"这项训练，能不能别让宗像道参加了？

他小时候曾经被鲨鱼袭击过。"

"什么?"

安云最先流露出了吃惊的表情。正把装饵料的箱子抬向开口处的副司令,也停下来望向矶良。

"怎么回事?"副司令回头看向我,"矶良说的是真的吗?"

我不由转过脸微微咂舌。

"没事的,已经过去快 10 年了。"

"当时的情形是怎样的?"

"是在捕鲨鱼的时候。"矶良抢答道,"金井集团现在还保持着每 3 年狩猎一次鲨鱼的传统,会把比这些还大的四五十只鲨鱼聚集到一起。"

"哦,我听说过。"

"参加的是 15 岁以上的男性。但是在我 12 岁、宗像 10 岁那年的鲨鱼狩猎中,他掉进了海里……应该说是被推进了海里。当时那片海域被四艘 MPS 圈了起来,里面都是鲨鱼。"

"喂,好了,别说了。"

我用力地挥着手,但矶良视而不见。

"落水之后受伤了吗?"

"双腿被咬断了,膝盖以下的部位。"

安云睁大了眼睛,目光不加掩饰地望向我的小腿。

"这么说装上假肢是不得已的吗?并不是因为想拥有水陆两用的下肢才特意换上的吗?"

"是的。选用那种假肢的人是医生,但造成这个结果的人是我。"

"你?"

"把他推入大海的人,是我。"

"喂喂,说到这儿就可以了。"我离开了入口,挤进了副司令和矶良的中间。"都是小时候的事了。参观鲨鱼狩猎的时候，两个人撞到一起不小心落水了，只是意外而已。"

"不，是我把你撞进海里的。"

"但是，你并不是故意的，只是因为力量的反弹而已。再说没有注意大人们的警告，光顾着打闹，我也有责任。总之，这已经是过去的事了，咱们两个已经耗费了漫长的时间接受它，就不要再旧事重提了。"

"但是，变成现在这样——"

"好了，不想再说这个了。咱们开始吧。"我走到装器具的箱子旁边，拿出了自己的那件鲨鱼服，"训练也是工作的一部分，必须要完成。之前我经常抱怨，真是不好意思。"

我向副司令低头致歉后，快速地把潜水衣穿到了身上，又在上面裹上了鲨鱼服——好像跟定制的一样合身。这次，我也必须戴上脚蹼了。为了防止浮游物进入眼睛，还要戴上游泳用的护目镜。

"你能行吗？"副司令关心地问道，他一直默不作声地观察着我的状态。

"呃，应该吧——唉，先试试吧。"

"要是进入了恐慌状态的话，最好停下来。"

"没事，应该可以应付。要是感觉到恐慌了，我会马上逃走的。"我边戴头盔边说道，"但是，如果略过这项训练，我就不能成为操作员了吧？"

"嗯——"副司令一时无言，只是摸了摸胡须，"应该不会因为这个就淘汰你，但是会慎重考虑，必须要弄清你所受的精神创伤严重到什么程度。因为在极限状态下，就连小时候受过的伤也会成为你的弱点。"

"真是麻烦啊，那就把这次当作一个克服心理阴影的绝佳机会

吧。"我戴上了金属网格的手套,系紧了手腕上的带子,"让我第一个上吧!"

"喂,逍——"

矶良欲言又止,我阻止了他。

"拜托。本来应该让你们先来的。不过,我要是看了你们的表现之后,反而会畏畏缩缩失去勇气的。"

"我担心的不是这个。总之你千万别勉强自己……"

这回轮到我无视他了。我又向副司令再次确认。

"可以先让我试试吗?"

副司令看了矶良和安云一眼,点了点头。

"行啊。本来确实是要按照顺序来的,但是你的话可以破例。"

"谢谢。"

"请你们也做好随时加入的准备。"副司令对矶良和安云说道,"万一——宗像遇到了什么意外,你们可以马上去协助他。"

"好的。"

矶良回答得不情不愿,而安云只是无声地开始穿鲨鱼服。

"我要先说一下训练的步骤,请大家仔细听。"副司令用目光扫了一遍我们三个,又指了指脚下的箱子,"首先,要把饵料投进池子里,让鲨鱼们疯狂觅食。然后,你们再一个个进入泳池,先是宗像,然后是矶良,最后是安云。如果有鲨鱼马上展开了攻击,就像对付海豚那样进行闪避或盖章的练习。如果它们没有发出攻击,就主动用电棍刺激它们。我会像平时一样,在甲板上通过水中扬声器指导你们。不过,这次因为有饵料,水会变得浑浊不清。所以看不到你们的时候我不会发出指令,希望你们按照自己的想法做出判断。如果觉得有危险,就不要再等候我的指令,而是直接离开泳池,明白了吗?"

"是。"

"那么，对手从海豚换成鲨鱼后，希望大家依然能坚持到最后。"副司令从箱子里取出了一支类似标记笔的东西，"这里面有爆炸物。请大家带上它和 5 支普通的记号笔。在用完所有的记号笔之后，将其投向一只鲨鱼。只要拔掉安全阀，按一下表面，就会有固定锚刺进鲨鱼体内，10 秒后会自动爆炸。在这之前，必须要远离爆炸源，虽然爆炸的威力并不大，但鲨鱼的身体会破一个洞，也可能皮开肉绽。这样的话，鲨鱼就会死去——这种训练是想让你们有亲手杀死敌人的体验。根据实际情况，你们也可以使用电棍，选择最大电流的话可以令鲨鱼猝死。矶良和安云以前用过吧？"

"——是的。"

"那么，这次你们俩就使用爆炸笔吧。宗像君可以根据情况选择其中一种方式。"

"要杀死鲨鱼吗……一共 5 只？"

我心情变得有点沉重。

"是啊，虽然有点不忍心，但是，像这样的训练不会重复很多次的。金井在鲨鱼狩猎中杀死鲨鱼后，会养殖同等数目的小鲨鱼并放归大海。仙境也是一样的，算是一种补偿吧。"

我用手指着副司令手里的爆炸笔问道："在实战中，也会使用一样的方法吧？"

"是的，这是水下仿生机器人最具有代表性的作战方式之一，将爆炸物放入敌方船体的缝隙中，或者想办法损坏他们的装甲，向内部释放高压电流或者电磁波。此外，我们还研发了闪避的招式和其他许多技巧。"

放置爆炸物、释放电流等方式，也是警备机器人的攻击手段。在深海中，水用枪支的威力大幅减弱，能够行之有效的方法也仅限于此了。

然而，如果是落后的"黄艇"和"红艇"这样的仿生机器人，即使使用相同的策略也无法获胜。毕竟，动作的速度和自由度都落后许多。

"归根结底，这是杀人的武道对吧？"

这时，我突然想起了贾鲁西亚副司令说过的一句话。

"合气柔术的目的不在于击败对手，那只会招来怨恨，不停地彼此报复。我们要做的是在对方没意识到的时候压制对方，所以，胜负只是在刹那之间。"

这样的话我早已耳熟能详，所以，今天的训练内容让我有一些困惑。

"当然，武术之道本来就在于此，并不是什么光鲜亮丽的事。"副司令坦率地回答，"理想的情况，是在对方丧失斗志的时候就点到为止。但如果敌方的技术参差不齐，在命悬一线的时候，要做好一招击毙的打算。对待鲨鱼也是如此，必须进攻其心脏或脑部周围。如果进攻的是尾部，只会白白延长它的痛苦。"

"知道了。每个人只有一次机会吗？"

"不，你是第一个挑战的人，要面对的鲨鱼数量也最多，所以有些特别优待。"副司令又从口袋里拿出了两支爆炸笔一起递给了我，"如果两次都失败了，也没能把这个拿回来，训练就终止了。"

"知道了。"

我看了一眼工具箱，把高压枪和印章手柄上的两根短带抽了出来，各自绑着一支爆炸笔缠到了左右大腿上。一切准备完毕。

副司令从开口的地方向下投掷鲨鱼的饵料。

刚开始很安静，随后水面上漂动过来的三角形背鳍逐渐增多了，尾鳍和尖尖的鼻尖也若隐若现。然后，到处涌起了泡沫，被切成小块的饵料碎块逐渐向四周扩散。

突然，10 年前的画面，闪回到我的脑海中。

用渔网围起的直径 100 多米的海面上翻涌着巨浪，但并不是因为狂风，而是因为有几十只鲨鱼在轮番跃起，激烈地抢夺着饵料。

海水被染成了一片漆黑。

张开圆形渔网围成一个圆圈的是 4 艘 MPS，各自之间以十字环相连。甲板上也架起了窄窄的栈桥，上面挤满了金井的工作人员。毕竟，能亲眼目睹 3 年才举办一次的危险盛事，每一双眼睛里都冒出狂热兴奋的光。

"甲板下面，即地狱。"

古老的日本这样描述船上的生活。只要木制的小船摇晃起来，恐怖感便会笼罩整个身心。

而 MPS 的船体是巨大的金属块，上面有减震装置，只要海上没掀起狂风巨浪，就基本感受不到摇晃。如果只是待在船上，不出去，也不向外观瞧，甚至会忘记自己是在船上。

即使如此，也不可能跟在陆地上一样安全。大海对于人类来说还是一个未知的世界，它所蕴藏的种种危险和巨大能量依然非常神秘。CR 田发生的谜一般的喷发事故，可能只是冰山的一角吧。

MPS 既然是人类制造的机器，那肯定会有缺陷，一些预料之外的故障和事故也说不定会发生。没想到，在广袤无际的大海面前，它和木制的渔船并没有太大差别。

生在大海、长在大海的船员，归根结底也不过是普通人。如果被丢在太平洋中央的话，肯定也无法存活下去。

就算是身体被改造过的鱼人，也只不过能多残喘一些时间罢了。毕竟，和鲸鱼、海豹之类生物不同，人类是无法在大海中生活的。

但是，在 MPS 上生活了一段时间后，就会不小心忘记了这一点，

"大海并不是人类的居住地"这件事慢慢地从脑海中被移除了。太平日子一天又一天，久而久之，人们就以为每天都是安全的，就会沉浸在这安逸的生活里。

最致命的是，紧张感和危机意识也会逐渐淡薄。一旦发生了什么意外，无法第一时间采取对策。

所以，有时候我会忍不住质疑——对于"甲板下面，即地狱"这句话，鲨鱼狩猎这项活动也只是检验的手段之一而已。

15岁以上的男子必须参加。这已经成为不成文的惯例。大家都觉得没参加过的男人就不算真正的男子汉，这可以算是事实上的认证仪式了。

有过了15岁被迫参加的青年，也有原本就喜欢刺激的年轻人，加上负责指导和安保工作的经验丰富的中年人和重视传统的老年人，一共有20多人，和50只左右的鲨鱼展开搏斗。虽然每次都有人受伤，但迄今为止还没有人因此丧命。

虽然穿着鲨鱼服、戴着头盔，但手里的武器只有一根鱼叉和大刀，从这一点来看比水中合气柔术的训练还残酷，只是不需要进行标准的闪避或迅速有效的攻击。不管用尽蛮力还是暴力都可以，只要能打死一只鲨鱼就行。

战利品最丰厚的人，能从金井的长老那里获得意味着"得到了鲨鱼的魂"的"深玉"称号。在下一次鲨鱼狩猎活动到来之前的3年里，被大家推崇备至。虽然也能得到一些奖品，但最大的收获还是名誉。

总之，还是有很多好战之人为此而狂热不已，他们的拥护者也异常狂热。这种狂热的气氛也自然而然地感染了金井的孩子们。

这是一种献祭。在兴奋不已的大人们下方，孩子们热闹地到处奔跑。即使有人劝他们小心危险，这群淘气的少年也毫不在意。无论哪一艘船上，都有扭打到一团或是嬉闹在一起的孩子们。

我跟矶良也是其中的一员。矶良本来就是孩子王，被他一怂恿，我也上了船，跟别的少年混到一起互相追赶。

刚开始，只是在自己的船上嬉闹，很快，4艘船都成了我们的游乐场。

只有简易扶手且晃动不已的十字圆环上，也开始人头攒动。钻过两个大人之间的细微缝隙，我们从一艘船向另一艘船移动。

有时，我们会故意钻到扶手外面，简直像猴子一样。脚下就是鲨鱼们争夺饵料的场景，格外刺激。

当然，这样做的时候马上就会被人大声呵斥，然后被拽到栏杆里面。但我们贼心不死，还会伺机行动。平时我们也经常这么打闹，一点都不担心会掉下去。

然而，那一次，我掉了下去。

那一瞬的情景我已经有些记不清了，就连自己在扶手内侧还是扶手外侧都不记得了，应该是在外面吧。

前方传来了巨大的欢呼声。应该是参加鲨鱼狩猎的人中，有人捕获了战利品返回了船上。此刻，人们的视线都集中在他身上，已经没有大人留意淘气鬼们的行动了。

在那种情形下，等我反应过来，整个人已经在空中了，好像有人在我身上用力撞了一下。与此同时，我的手从扶手上离开了，正赶上我单手扶栏杆的时候。我被撞飞之后，扶手也挣脱了。

就像慢镜头一样，我从圆环上逐渐飞远，有几个人注意到了我，他们吃惊地睁大了眼睛和嘴巴。虽然已经来不及了，还是有人伸出手想抓住我。

矶良也是其中之一。他的表情非常吃惊，向我伸出了手。

"好了,出发吧。"

贾鲁西亚副司令的声音将我从回忆里拉回了现实,我眼前的景象又变成了月亮池。水面上波光粼粼,有阳光照射过来。

鲨鱼们狂暴不已、激烈夺食的声音传遍了池子的各个角落。我眨了好几次眼睛,做着深呼吸。

"宗像,你没事吧?"

"啊,没事。"我蹲了下来,左手拿起了放在地上的脚蹼,"那我过去了。"

我没有看矶良和安云,直接沿着梯子走向月亮池,在距离下面还有几个台阶的地方,我戴上了脚蹼。

虽然不是第一次戴这个,还是觉得有点奇怪。眼前,四处散落的肉块、碎骨、脂肪、血液把水面弄得污浊不堪。浅表处的视野也十分模糊。

我眼前有一只鲨鱼正在啃着猪或者羊的肋排,它的嘴里排列着锯齿状的三角形牙齿,这些带着肉的骨头一口咬下就变得粉碎。

我调整了一下呼吸,跃入了池中。我故意发出很大的水声,好吸引鲨鱼们的注意,然后下潜了3米左右。鲨鱼服的重量和潜水衣受的浮力基本能维持平衡。

水比我预想的清澈一些,可能是因为戴了护目镜吧,视野也比平时窄了一些。不知道用余光能不能捕捉到物体的行进动向,我有点担心。

首先要确认5只鲨鱼的方位。刚刚那只啃着肋骨的鲨鱼还在水面附近,前方四五米远的地方有两只鲨鱼在争夺金枪鱼的头部。剩下的两只应该在离我稍微远一些的地方,正忙碌地游来游去。

鲨鱼本来就是感觉很敏锐的动物,就算把血液稀释100万倍以上也能很快地嗅到。但是,当把鲨鱼放到这样有大量饲料的刺激集中的地方，它们反而会不知所措。

我把电棍从大腿一侧抽出，确认了电压按钮的位置，握紧手柄，朝着那两只四处游动的鲨鱼靠近。它们每一只的体长都有两米半左右。

开始游动的时候，我就能感受到鲨鱼服的重量了。虽然只是我的感觉，但是因为穿着比平时厚重，行动有些不便。再加上不太适应脚蹼，我前进得很艰难。水也变得更加浑浊了。

好像是为了确认我的身影，两只鲨鱼的游动方式也改变了，随意地吞食一些小块的饵料，自由自在地游着，但渐渐缩小了范围。我感觉它们开始变得躁动不安，气氛也开始紧张起来。

接着，两只鲨鱼开始不断地围着我转圈。它们不再吃东西，而是眯起了细长的眼眸，紧盯着我看。

它们并没有把我当成猎物。鲨鱼并没有这么愚蠢，它们只是在评估我究竟是什么程度的阻碍。

很快，它们得出了结论。

两只鲨鱼后背拱起，抬起了鼻尖，将胸鳍朝下张开。它们维持着这个奇怪的姿势，画着八字向我游过来。

很明显这是宣告领土的示威行动，告诉我如果不马上出去，就会大难临头。

虽然有所耳闻，但亲临现场还是第一次。如果潜水的时候遇到了这样的情况，是非常危险的征兆。如果鲨鱼已经实施了示威行动，就必须尽快逃走了。但是，眼下可以说是正中下怀。虽说我并不想这样。

我做好了准备，等待鲨鱼们的行动。虽然入水时间只有四五分钟，却觉得异常煎熬，这样的情况还是第一次。

感受到了平时不曾有过的种种压力，也许是加大了氧气的消耗量，我的心跳频率也开始加快了。

——要先浮出水面吗？

我有些犹豫了。

在我换气的时候，鲨鱼好像失去了兴趣。它们难得采取了威慑行为，我不想失去这个被它们攻击的机会。

我还想再观察一会儿，两只鲨鱼却掉转了方向——真是格外地谨慎。我变得急躁起来，但越是这样，耗氧量就会越多。

等待会让人变得痛苦，我决定主动出击。一旦被攻击，它们就会想要回到水面，这会成为错误的源头。

一只鲨鱼马上有了回应。

我还以为它们依然在摆着威慑的姿势，那个三角形的利齿已经来到了眼前，速度比海豚还要快，简直让人措手不及。我反射性地用手撞开它的鼻子，让它转身游了过去。

我暗自咋舌——鲨鱼是鱼类这件事，我竟然忘了。在水中同样的深度时，我是不应该去靠近它的。

海豚是通过上下拍打尾鳍来游动的，所以，在水平方向快速转动时，身体会横向摆动。这像是一种信号，预示着它将要向我袭来。

而鲨鱼是通过将尾鳍水平摆动来游动的，它们可以在正常游动的时候快速改变行进方向。而且，和海豚不同的是，鲨鱼的眼中不带任何表情，很难通过眼神揣测它们下一步的行动。可能是因为太焦躁了，这种常识性的事我居然忽略了。

事到如今，也只能快速逃到岸上了。然而，好不容易才躲开的鲨鱼已经拐了一个 U 形弯，快速回到了我身边。

我不由大声叫了起来。这次，我将头部向下压，利用反作用力使腰部上抬，想让自己身体上浮。

虽然躲开了一次进攻，但并未按照我希望的那样靠近水面。因为紧张和激烈的动作，我简直要喘不过气了。

这样下去的话，我一定会窒息而死的。我拼命地蹬着水。

就在这时，我的一只脚被咬住了，然后被用力地向下拽去。我回头一看，有一只鲨鱼已经咬住了我的膝盖部位。

并不十分疼痛，锯齿状的牙应该没有穿透鲨鱼服和潜水衣吧，但有一种被老虎钳之类的东西紧紧夹住的感觉。

从脸到脖子，再到肩膀，血色一点点褪去，我的脑海中升起了一团白雾。回忆再度侵袭了我。

那个时候也是如此，疼痛并不十分明显。只是在被袭击的瞬间，身体的肌肉松弛了下来。

我无力地顺水漂流，呆呆望着被血雾包裹的膝盖。就在这时，水温一下子下降了，我开始忍不住发抖。

"宗像，你在干什么？快用电棍啊！"

耳边传来了副司令的声音，声音来自距离我几米远的水中扩音器。只不过，人类在水中基本无法用声音来定位，无论什么声音都像从耳边传过来。

得益于此，我逐渐淡薄的意识在几秒内恢复了过来。

按照副司令的指示，我将咬住我的鲨鱼拽到膝盖附近，再用电棍刺向它。一瞬间，它巨大的下颚朝外翻转。我正想着身体怎么一下子变轻了，后脖颈一阵发凉。

最开始袭击我的鲨鱼从背后发起了进攻——能发现这件事，可能是人在危急状况下感觉会变得格外敏锐吧。

我猛地将爆炸笔从腿侧拽出来，瞄准着将笔扎向鲨鱼头部。我的头盔撞到了它三角形的牙齿，发出了"咣"的一声。

然后，我的意识又变得模糊了，已经弄不清究竟发生了什么，逐渐陷入了缺氧状态。

眼前逐渐扭曲变形的景象中,有人过来牵起了我的手——这就是我在池中最后的记忆。

3

对神龛的供奉,赋予了道场一种神圣的氛围,至少不会觉得那么俗气。

之前练习的时候没意识到,当独自坐在打扫得一尘不染的榻榻米之上时,就会有种超然于世的感觉。

有的人会觉得好似身处山林深处的寺庙之中,也有人会觉得如同置身孤岛上的城池,而我觉得自己潜入了深海。

在"南马都尔"里面,道场位于靠近船底的第八号甲板。

当我凝视着对面的墙壁时,这个空旷的房间就好像已经从船体分离,浸入了无边无际的空间。因为喜欢这一点,所以我经常来到这里。

然而,一个人在这里独处的机会并不多。首先,训练和练习计划排得很满,几乎没有自由活动的时间。而且,除了我们之外,还有其他船员也要在这里进行水中合气柔术或是其他武术项目的训练。

所以,这一刻十分宝贵。道场这里应该会有30分钟左右的空闲期,我希望在这段时间里可以独处。

但是,往往天不遂人愿。

身后传来了更衣室门打开的声音。我暗自叹气,有些留恋地继续正襟危坐。

有人进来了。我并没有回头,而是维持着凝望神龛下方的姿势。

榻榻米上传来了脚步声,停在了我身后3米的地方。不知道来人是谁，我沉默不语，对方也没有说话，而是直接坐到了榻榻米上。

既然坐下了，应该就不会出去了吧。我只得朝前面略施一礼，然后站起身来，直视着前方，向右侧转身，打算马上离开。

"喂，连招呼也不打吗？"

好像早有预感，背后传来了安云的声音。我只好停下脚步，朝着她肩膀的方向轻轻点了下头。

"你好。"

我打算就此别过，没想到她又跟我说话了。

"喂，你不是来训练的吗？我可以当你的对手。"

"不用了，谢谢。"

"唉，这种感觉真糟糕。我做过什么让你不开心的事儿吗？"

我叹了口气，不情不愿地转过了身。安云坐在榻榻米上，朝我翻了个白眼。尽管如此，她的容颜还是艳丽如常。

"我吧，就想一个人静静地冥想片刻。你来了，无法继续，就想离开这里。仅此而已。"

"哎呀，是我打扰到你了啊。真不好意思。不过你别管我，接着冥想不就行了吗？开始的时候我不是也没跟你说话吗？你的背影写满了拒绝，我就没打算打扰你。"

"谢谢你的体贴。不过我这个人注意力很难集中。要是有别人在就无法继续冥想了。或者说你有什么事要找我吗？"

"也算不上什么事，不过我确实想找你。"

"怎么了？"

"自从开始和鲨鱼一起在水中训练，就觉得你好像不太舒服。有人让我来看看你怎么样了。"

"是副司令的意思吗？"

"是的，副司令真是个心细如发的人。"

"嗯,确实。"我挠了挠头,"也不算是不舒服。我只是还没有适应模拟装置和体外气体交换的训练。"

"只是这样吗?"

"是的。请你转告副司令别再为我担心了。"

"难道和鲨鱼水中训练的项目失败了,不会心灰意冷吗?"

"不——并没有。"

"我就说不用担心嘛。毕竟,你完美地击杀了一只鲨鱼。"

"所以我并没有在意。"

"一共做了5个标记,真是行动迅速啊。最后当你溺水的时候,是幸彦救了你,但是并没有恶意。我也在水下摄像里看到了。"

"是想找碴儿打架吗?我说了没事的。"

"但是,你已经在逐渐适应了。"

"并没有。"

"那你为什么要一个人躲在这里?"

"我在冥想。"

"并不是这样吧?"

"不要随便乱说。"

"喂,我教你一招。"安云向我招手,指了指自己面前的榻榻米,"你坐过来一点。"

"到底什么事?"

"没事,坐这儿——反正也有时间。"

现在已经不能再借口有事了,我只好在那里坐了下来。

"跟海豚一起练习的时候我就在想,水中的道有一点不一样,怎么能游得那么轻松呢——我跟幸彦比你多练习了一年多的水中合气柔术,还是水下仿生机器人的操作员,但说实话,还是比不上你。好像海水特别偏爱你似的。"

"这个嘛——多谢夸奖了。"

"真是让人羡慕嫉妒恨啊——估计幸彦也很焦虑吧,明明在榻榻米上那么迟钝和笨拙的人,一到了水里却那么灵活、自在。"

"喂,你是在夸我还是在损我?"

"夸你呢。我可是不怎么夸赞别人的人啊——所以一旦表扬别人,对方就不太适应吧。"

"嗯?"

"我说,你能不能好好聊天,怎么一到空气中你的反应就变迟钝了?"

"……"

"副司令虽然没有明说,但是对你也是满怀期待啊。我们跟他相处的时间毕竟长一些,还是能看懂他的心思的。"

"真的吗?"

"当然了。跟鲨鱼训练的时候——哎呀,我本来不想提这个的——小时候有过那么可怕的经历,还能这么漂亮地解决掉鲨鱼。换成我的话,可能连进入水池都做不到。"

"不要摆出一副娇滴滴的样子。对你来说,这只是一个报复的机会吧,你连人都敢杀,对吧?"

"说的也是。"安云微笑着说,"你现在的口才真不错,尤其是这个语气。"

我不由得苦笑。

"真会摆架子。我好像在跟一位大婶聊天。"

"真不好意思。不过,你现在恢复精神了吧?"

"没事了——不过我真的不是要把自己关在这里。"

"那能不能和我说说?"

安云把两只手放到榻榻米上,一下子把脸伸到我面前。我甚至能清楚地看到她脸颊上散落的雀斑，好像比之前多了一些。

我下意识地想避开，却无法将目光从她的脸上移开——如此完美，却仍然带着一点娇气的女人，真是魔鬼。

"喂，干吗啊？"

"你为什么想成为水下仿生机器人的操作员？"

"不过是偶然罢了。"

"骗人！"

"真的。按照金井的规定，到了18岁之后就要离开去外面的世界闯荡。当时虽然有很多工作可以选择，但是能马上到海上工作的，只有警戒水下仿生机器人上的驾驶员了。"

"但是，你被辞退了。"

"是啊，被解雇后又调职到了这里，没想到还能接触水下仿生机器人。所以我没什么选择的余地，就是先在这里上班而已。也可能再重新找个类似的工作。"

"最重要的是能潜水对吧？"

"嗯，可以这么说。"

"那么，就算不是仿生机器人也没关系吗？"

我点了点头。

"最理想的是能搭乘科学考察用的深海潜水艇。总之，是能潜入到深海的船，所以选择面比较窄。所以说，普通的潜水艇也可以，观光潜水艇也可以，做一名职业潜水员也不错。总之，我不想离开大海。"

"呃——"

"但是，也犹豫过要不要到战斗型水下仿生机器人上工作？"

"为什么？"

"我本来就不喜欢打仗，也不想参与战争。为了训练击杀鲨鱼已经让我很不舒服了。虽然它们曾经把我的腿吞了，但我并不怨恨它们。"

"你是个和平主义者。"

"怎么说呢，我只是不喜欢和人争斗，只是被'赛德娜'这样的机器人吸引了。它真的非常出色，不需要抗压构造，就能比深海潜水艇去往更深的地方。其实，科学考察工作没准也可以用这种类型的水下仿生机器人。当然，要经过一些必要的训练。"

"为什么想去那么深的地方呢？"

"呃……该怎么说呢。"我斟酌了一下措辞，"其实我自己也不是十分清楚，只是莫名地渴望。如果可以的话，我想成为到达地球最深处的第一人。"

"这件事不是很久以前就有人做到了吗？"

"那可不一定。马里亚纳海沟的斐查兹海渊[①]是海洋最深处这件事，并不是百分百确定的。毕竟，海底是看不见的。用声波探测的话清晰度也很有限，受海水温度和盐度的影响，很容易产生误差。而且，用这种方法探测的结果也不够全面。与此相比，对月球和火星表面的探测，可能结果更准确吧。"

"这个——也许吧。但是，你知道世界上最深的地方在哪儿吗？"

"不，"我摇头，"还不清楚。比斐查兹海渊更深的地方应该是存在的——虽然没有证据，但我就是深信不疑。"

安云张着嘴凝视着我的眼睛，然后突然把脸扭到一边，扑哧一声笑了出来。虽然她很快就用手捂住了嘴，但我还是听到了。

"喂，你也太没礼貌了。"

"我说——你是认真的吗？"

"当然了。"

[①] 又名查林杰海渊，深 11 034 米。

"听起来还是有点奇怪。"

"不好意思。那么,你是为什么会到水下仿生机器人上的呢?"

"我嘛,可就单纯多了——就是想参加战争。"

"果然。"

"开玩笑的,我是很讨厌战争的。"

"骗人。刚才才是真心话吧,你本来就是好战的性格。"

"没有的事。我虽然喜欢武术,但是对杀戮和战斗是深恶痛绝的。"

"真的吗?"

"喂,说正经的——其实,我并不知道自己是谁。"

"啊?"

"6年前的9月21日,我在关岛的一家医院里苏醒了过来——这是迄今为止我最早的记忆了。之前的事全都没有印象了,甚至自己的名字都想不起来了。"

"是失忆了吗?"

"是的。主治医生说,我昏倒在一家购物中心的停车场里,有人打了急救电话把我送到了医院。好像是头部受到了钝器的重击,我也因为这个失去了记忆,身上的物品也被抢劫一空,类似iFRAME的便携机器或者能证明身份的所有物品都没有了。之后,警察拿着我的照片四处走访,但是附近没有认识我的人,也没有人报送失踪人口,在网上发布启事也没有结果。最后,他们断定我是从美国或者其他国家来这里旅游的人。"

"嗯,像你这样的美女并不多见,应该很快就能验证身份的。"

"可不是嘛,我也这么认为,却被别人说是姿色平平。"

"哈哈。"

"这可不是什么好笑的事儿。我还把自己的信息当作失踪人口发布到网页上,但是联系我的都是些别有用心的人,所以就放弃了。"

"确实，网络是不值得信任的。"

"是啊。"

"那么，安云蕾拉这个名字，是之后起的吗？"

"暂时用这个名字，但是很可能是我的本名。"

安云拉开 T 恤的领子，从里面拽出了戴在脖子上的项链，链子下面有一个长约 3 厘米的吊坠，是一个银色金属制成的菱形框。

看起来很朴素，但是当安云用指尖轻弹了几下之后，框里逐渐浮现了一些立体的小型影像，海豚、蝴蝶、鲜花、心形等逐渐出现、旋转又消失了。

iFRAME 猛地一缩，又变成了简单的装饰品。这是一个能变成很多种图案的装饰物，而且只要轻轻触碰就能改变外观。

安云的指尖停住了。

此时，菱形框里浮现出了一位男性的面庞。那是位金发碧眼的西方人，拥有着学者般的知性外表，年纪在 50 岁左右。

"这位是？"

"不知道。"安云摇了摇头。"但看眉眼的话是不是和我有些像？"

"嗯。"我靠近了吊坠，"这么看起来还真像，瞳孔的颜色也一样。"

"还有这个。"

安云弹了一下吊坠。男性的面庞消失了，随之出现了一张东方女性的面容，看起来 40 多岁，非常美丽。黑色的直长发带着光泽，细长、清秀的眼睛透着一丝冷漠。

"脸部轮廓很相像。"我将照片中的人和安云比较了一番，"比如头发的质感，还有唇形，都一模一样。"

"是吧？"

"他们是你的父母吗？"

"也许吧。DNA 显示我是西方人和东方人的混血，我也确实会说两国语言，不过感觉说英语更容易一些，应该是一直都在英语圈里生活吧，从口音判断应该生活在美国的中西部地区。总之，从医院里苏醒的时候，除了衣服，我身上唯一的物品就是这个吊坠了，里面装着有可能是我父母的照片。"

"这是最后的线索了吧？"

"警察把吊坠的情报输入网络，想看一下持有人的信息，结果显示着'安云蕾拉'。所以，这很可能是我的名字——但是出入境记录里查不到我的名字，也不能断定这不是其他人的名字。"

"持有人的信息那里只有名字吗？住址和联络方式什么的……"

"很可惜，这些都查不到。普通人是不会被记录在案的吧，要是弄丢了被一些变态的人捡到就麻烦了。"

"的确。好像也不是十分昂贵的饰品——不过能知道和自己有关的名字，已经很好了啊，可以通过这个名字展开调查吧？"

"当然了，但是至今还没什么进展。"

"难道一点消息都没有吗？"

"是的。没有跟安云蕾拉完全一致的名字，好像这个名字十分罕见。又尝试着搜索了比较复杂的汉字'安云丽罗'，这回找到了一个日本人，但已经确认过了，跟我毫无关系。所以，关于我的身份的调查，现在依然一筹莫展，只能先维持现状了。"

"是啊。"

"出院之后，我先在外国人收容所生活了一段时间，但是不能一直待在那里，感觉就像被关在了拘留所里一样。幸运的是，我的主治医生是个非常热心的人，他给我介绍了一位能为我提供担保的日本人。他是教会里的牧师，姓儿玉。我可以算是半个日本人，所以儿玉先生对我的遭遇深表同情，他把我带回了家。"

"真是个热心的人，这跟他牧师的身份有关系吧！"

"或多或少吧。不过，有趣的是，他还是一位柔道教练，据说是从他父亲那里继承了道场。那是位于大厦中的一个房间，里面非常气派，面积有这里的两倍大。"

"啊？"

"就这样，我自然而然地成了他的入室弟子，跟着儿玉先生学习柔道，也帮他经营道场。"

"你就这么成为柔道三段的吗？"

"毕竟每天都在练习，我也算有些天分，但也花了4年的时间。同一间大厦里还有空手道和跆拳道道馆，我就趁着空闲也学了一些，成为了二段和初段。"

"可怕。"

"不过，这里的合气柔术更难学。这跟力量没关系，像你这样软绵绵的人学起来倒是很容易。"

"是啊是啊，我就是个软绵绵的男人。那你是什么时候有了操作水下仿生机器人这个目标的呢？"

"我失忆之后的第三年。当时，我还是觉得这样下去不行——还是不知道身份，袭击我的犯人也没有抓到。而且，没有人权，不能过正常人的生活；不能交纳保险，也不能轻松地就医。虽然儿玉先生人非常好，但是一直这样接受他的恩惠也让我身心俱疲。就在这个时候，在一个柔道学员开的酒吧里，我遇到了前园隆司老师。"

"前园是谁？"

"你应该很快就能见到他本人了。他在密克罗尼西亚联邦国立环太平洋国际大学任教，是海洋系统设计与管理专业的工学专家和系统思想家，也可以算是盐椎司令的智囊。"

"大学老师？很厉害吧？"

"我也不太清楚前园老师具体研究哪些内容，但是一定跟仙境集

团有关。他自己并不是海上漂民,是通过密克罗尼西亚联邦相识的。而且,他还是关岛大学的客座教授,大概每两三个月就会来关岛一次。我刚才说的那家酒吧就是他常去的地方,算是熟客了。"

"原来如此。"

"熟悉的店,熟悉的客人,让我放松了警惕,跟他一起喝了几杯。聊着聊着,我就说起了自己的身世。他听完对我说:想成为海上漂民吗?在这种组织里,大家原本就没有自己的国籍,相处起来也容易一些。"

"确实如此。"

"前园老师跟我提起了仙境集团的事情,说要是我感兴趣的话他可以介绍我加入。当然,我没有马上同意。之前,我从来没想过从事海务工作,也不知道他们都是些什么人。在我看来,他们就跟海盗一样。"

"嗯,差不多。要是往上追溯,应该有一样的祖先吧。现在海上漂民中约有十分之一的人成了海盗。"

"是吧?不过,前园先生这样拥有着大学老师的身份,又身兼顾问一职的海上漂民,让我非常感兴趣。于是,我自己也查找了很多仙境集团的资料,知道了其在海底矿物资源开发方面拥有颇为丰硕的成果,在海洋安保领域也排在世界首位,甚至还负责密克罗尼西亚联邦的国防工作,是比我想象中正经的地方,有点想加入。此后又过了两个月,我再次见到了前园老师,拜托他帮我引荐。那时候,不管是儿玉先生还是道馆里的同伴都替我吹嘘,说我是个武术天才。老师说:'我帮你向仙境集团推荐,但是不保证他们一定会录用。'大家又把我夸赞了一番。其实,那时候的我除了美貌之外一无是处。"

"其实,现在也是……"

"你说什么?"

"没什么。"

"然后,我就开始了漫无目的地等待。3个月之后,终于传来了前园老师的回复，让我第二天搭乘仙境的船，他们的船会路过关岛，届时把我捎上。我几乎没有时间和大家郑重道别。然后，我就在儿玉先生租用的渔船里待了一夜，天亮的时候离开了关岛。刚出领海，我就看到了这艘'南马都尔'。那时候，我觉得非常不真实，如同置身梦境。现在回忆起来，这可以说是典型的海上漂民式的别离和相遇了。"

"确实。既没有出国手续，又没有入境审查，就从关岛的一艘船上来到了这艘船。"

"是啊。之后的事你应该就能猜到了，我作为失忆的天才武术家被雇佣，从事的当然是和警戒有关的工作——当时刚好水下仿生机器人的操作员人手不足，那个部门的负责人盐椎司令接受了前园老师的推荐。我就这么生活到了现在。"

"原来是这样，真的很不容易啊。"

"是啊。我原本也想像你一样，过着超然于世的生活，却随波逐流至此，过着最平凡的生活。"

"超然于世——这么说也不是不行。"

"糟了，光顾着说话，休息时间马上就结束了。"安云望了一眼道场里的时钟，"不过，你现在心情好一些了吧？"

"嗯，非常有意思。每个人都背负着不同的命运啊。"

"是啊，既然被宿命牵引到了这里，你也应该甘之如饴。虽然你对战斗机器人有所抗拒，但是一旦尝试操控它，就会发现不同的新世界。说不定，它真能带你去往从未有人抵达过的海洋深处。"

"哈，借你吉言。"

"真说不准。"

安云的嘴角微微扬起。这是一个完美的笑容，跟往常一样，完美得过分。

但是此刻，我却忽略了她的嘴角，而是为她眼角处细小的皱纹和两颊散落的雀斑心动不已。奇怪的是，我居然觉得这些更为可爱。

"干吗？"

"怎么了？"

"干吗一直盯着我的眼睛看？"

"哎呀，我不是故意的……"

这时，我们俩的 iFRAME 同时响起来了，一时间，不同的旋律交织在了一起。我的铃声是澎贝的民谣，安云的铃声是刺耳的 R&B。因为两者相差太大，反而有一种诡异的和谐。

"是盐椎司令找我们。"安云看着消息说道，"你也收到了吧？"

"嗯，让我们 15 分钟之后到指挥中心。会是什么事呢？"

"司令的想法总是难以捉摸，咱们过去吧。"

我们一起站起身来。

这个时候的我们还不知道，"南马都尔"已经驶离了秋里克。虽然感受不到摇晃和震颤，但是船已经开始航行。这个没有窗户也没有广播的道场里，很多情报都被隔绝在外。

到了指挥中心之后，我们才知道，此次航行的目的地是日本西南诸岛的海域。

G 是 Golf 的 G

1

虽然从热带行驶到了亚热带海域，但几乎感受不到气温的变化，冲绳岛到了 3 月末已经是盛夏了。距离系满市 40 公里左右的南部海域，是"南马都尔"停泊的地方。

我站在敞开式露天甲板上，看着手里的 iFRAME。几百米外的海上站台已经被我拍了照片，打算稍后再把这幅风景画成素描。

可能对于大多数人来说，这只是一幅平淡无奇的景象，但我却感慨良多。虽然已经到了不同的海域，但是，此处月台的设计与位于渥美半岛波涛间的月台大致相同。

也就是说，这里也有座 CR 田，并且也处于险境之中。

iFRAME 发出了短促的声响，屏幕中的一角显示出"准备出动，还有十分钟"这样的文字，并且闪烁了几次。

"糟了。"

我收起 iFRAME，朝船舱的升降口走过去。在等待电梯开门的时间里，我又下意识地看了一眼海面。

海上月台的对面，停泊着海洋探测船"鳌"。盐椎一真和长池豪老师应该在上面，听说他们比我们早到了一周左右，已经开始考察周边的海域了。

而类似逆戟鲸背鳍的风帆出现在了比"鳌"更远的海面处——这是隶属仙境集团的传统型地下轨道飞行器（SSO），叫作"阿马米克"。他们果然有3艘战斗舰。

现在，"南马都尔"和"阿马米克"轮流负责CR田的安保工作。原本是由"阿马米克"和其姐妹船"悉尼雷克"负责冲绳岛的周边海域，但是"悉尼雷克"的巡航艇遭受了重创，所以紧急调派了最尖端的"南马都尔"来此处。

但是，从秋里克到冲绳的航行还是花费了将近两周的时间，"悉尼雷克"的安保能力出现问题是在出发的一周前。也就是说，"阿马米克"有3周左右的时间一直承担着平时双倍的工作。

澎贝岛周边海域的警戒工作主要由"南马都尔"负责，在其他接手的SSO从别处赶到这里之前是不能离开的。这一情况别说我，就连矶良和安云都毫不知情。

盐椎司令果然是个神秘主义者。

我走进战斗舰和辅助战艇驾驶员等候室的时候，正好赶上矶良和安云在换驾驶服。那是一种比较薄的简易潜水衣，附带帽兜，不过质地更结实，保温性能也高，里面附带无数的能检测出肌电和脑电波的传感器。因为质地十分贴身，可以清晰地看见两个人的身体轮廓。他们都是非常健美的身材，犹如古希腊人物雕像一般完美。我又一次地看入迷了。

因为我不当班，所以只穿了在船舱内的工作服。再加上还在实习期，这次应该不会让我开船出去的。我多少有点羡慕他们，同时一想到自己不用穿上那样的潜水服暴露出单薄的身体，又有点庆幸。

"准备出动！"

时间一到，贾鲁西亚司令就发布了命令。矶良和安云都挺直了身体，将手放在左胸敬礼。

通往水下仿生机器人仓库的门打开了，两个人向右转身走出了等候室，包括我在内的 5 名相关人员跟在了他们的后面。

矶良和安云所驾驶的水下仿生机器人所在的机库是共享的。位于最左侧发射仓的是矶良的"埃吉尔"，而安云的"赛德娜"排在了它的后面，各自仰面向上停放着。

右侧是同样的机库，应该是副司令的"奥克隆"的专属机库，但我还没有亲眼见过。

两个发射仓中间是比较宽的通道，一直通向船头方向。然后，中途还有通往各个水下仿生机器人操作舱的窄桥，形成了"埃吉尔"一组向左走，而"赛德娜"一组向右走的局面。

我被任命为矶良的助手，当然属于"埃吉尔"的成员。我拿着有着核对、记录、通信等功能的专用 iFRAME，跟在驾驶员和两位资深要员的后面。

安云的团队只有 3 个人。看来，我只是被当作实习生而已。

不过，在密克罗尼西亚，我也有过几次当助手的经验，其中要领我已经十分清楚了。这次基本上不会让我一个人操作的，应该有资深专员在旁边监督，进行必要的指导。

在水下仿生机器人操作舱的正上方，窄桥呈现出 C 字形的弧度。在中间的地方，有一件操作服挂在那里。一眼看过去，那很像机器人，当然里面是中空的。操作员需要先穿上这件衣服，再进入操作舱内。

内层衣服的袖口上缝着控制器，矶良按了几下，操作服的上半身朝着天棚的方向升起，就像跑车车门抬起的感觉。

矶良转过身，先将双腿穿进了操作服的下半部。然后再将双臂伸向上半身的手臂部分。然后又试了一下肩膀、手肘、手腕的关节是否能灵活转动。虽然五根指头还没彻底伸进去，但是手臂前端的机械手臂是可以操控的。

"喂，逍——"

按照 iFRAME 画面中的核对表，逐步进行确认工作的时候，矶良突然喊我的名字。

"哎，什么事？"

"'南马都尔'上现在有 4 艘水下仿生机器人了，你知道吗？"

"不知道。"我停下了对机械手臂抓握力的测试，挑了挑眉毛，"我还以为是 3 个呢。"

"跟'奥克隆'在一个机库中，是和'埃吉尔'，还有'赛德娜'不同的新型实验机。你想试试吗？"

"怎么说呢，毕竟还没看见过。"

"说不定副司令的打算就是让你成为实验机器人的操作员呢。不过，要是你不是很感兴趣的话，就把机会让给我吧。"

矶良说着微笑起来，但笑意却未抵达眼底。

为什么会选在这个时候跟我说这些？我很想反问他，但眼下的气氛让他来不及再说下去了。

我收起内心的疑惑，开始逐步完成核对表里的工作，并盖上印章。目前，我没有发现任何异常。

"好了，可以关闭舱门了。"

"收到。"

我按照矶良的指示操控着 iFRAME，操作服的头部和前胸部分缓缓下降，又回到了原来的位置。这时，驾驶员的脸只能看到眼睛周围的部分了，就算跟他们说话，应该也听不到了。

"怎么样？没有异常吧？"

我用头盔上的麦克风问道。

"没问题，状态也非常好。"

矶良抬起了胳膊，用机械手臂做了一个 OK 的手势。

我又检查了一下上半身的连接处是否有间隙，在最终确认那栏盖上了印章。然后，我把 iFRAME 的画面给两位资深要员过目，完成了最后的确认工作。

"指挥中心，这里是'埃吉尔'机库。"我切换到无线频道，用英语通过麦克风说道。

"操作员服装穿戴完毕。"

"'埃吉尔'机库，这里是指挥中心。服装穿戴完毕确认。下面请下潜操作舱。"

"指挥中心，这里是'埃吉尔'机库，即将下潜操作舱。"

先将操作服的腿部迈进驾驶舱，然后两肩被起重机从天花板上吊下来。随着起重机的移动，威亚逐渐伸长，整个操作服仰面朝上向后倒，最后整个身体平躺着进入操作舱。

不需要熟练掌握操控起重机的技巧，因为整个过程是全自动的，我只需要按下 iFRAME 里代表控制器的按钮就可以。

操作服缓慢向后倾斜，威亚此刻承受着 200 公斤以上的重量。虽然衣服本身并不重，但是后背还有紧急生命维持装置和推动器，占了整体重量的一半。

如果水下仿生机器人发生了意外，这个衣服会从座位上单独弹出，可以持续在海上漂流约 80 个小时，也就是 3 天 3 夜。

我还参加过一次这样的模拟训练，只穿着操作服在海里飘荡。

虽然手脚都可以活动，但是操作员并不能自在地游泳。虽然有依靠蓄电池驱动的推动器，也只能每小时行进一海里，让人十分焦

躁——那毕竟是1 000米深的大海，想要裸泳也是不现实的。

操作员已经入舱了，我站在通道上又确认了一下情况。看起来没什么问题，于是在iFRAME上发送了解除威亚的指令。这时，两肩上的金属架自动脱落了。

"指挥中心，这里是'埃吉尔'机库，已经完成操作服的放置。"

"指挥中心收到。"

这里的助手工作已经完成，剩下的就是操作员自己和医疗部、作战部以及指挥中心之间的沟通了。

我朝操作舱抬起了一只手示意，矶良也稍稍抬起了操作服的手臂，而两位资深要员则是很快地回到了通道上。

我正打算跟着他们一起回去，却不由得在途中停下了脚步。

好像有人叫我，我转过身去，却只看到了发射仓和左侧船舷的内壁。有一种奇妙的空旷，好像感受不到矶良的存在了。

莫名地，我心跳得厉害。

回到了通道上的交叉路口，将目光投向"赛德娜"的发射仓时，不安的感觉依然没有消失。也许是因为我刚抵达冲绳时听说过CR田周边海域的状况，又或者是因为水下仿生机器人"悉尼雷克"受损的影像一直留在我的脑海中吧。

其实，早在今年二月中旬，我还在水中和海豚一起练习的时候，就已经察觉到了异变的征兆。冲绳海域的几个CR田的周围，海底设置的传感器检测到了甲烷细菌的快速繁殖和自由天然气的压力上升。

安装传感器并负责将传送过来的信息收集整理的人，当然是在"錾"上面工作的长池老师和一真等小组成员。他们所做的预警已经传达至仙境集团的高层那里，而且据说已经传到了一家叫作尼拉的海务集团了。

有问题的 CR 田目前由尼拉负责开发和生产，由仙境负责周边海域的警戒工作。而"鏊"因为要进行详细的调查，正极速向冲绳驶来，"阿马米克"和"悉尼雷克"也加大了安保力度。

到了二月末，"鏊"抵达之前，开始出现异常。这和我所察觉到的异常是否相同还不得而知，但发现有一只巨大的海龟游向 CR 田的是"阿马米克"上的一艘水下仿生机器人。

大概 3 周后，我和矶良、安云看到了记录当时情况的录像。"南马都尔"从密克罗尼西亚开往冲绳的期间，召开了好几次面向水下仿生机器人及辅助战艇工作人员的会议。录像就是在当时的会议中播放的。

最初，由声呐接收到了生物反应，然后利用激光扫描仪确定其是否是真正的海龟，最后通过肉眼辨别确认——录像中的整个过程都跟我的经历完全一样。

不同的是，这次用激光和投光灯观测海龟的时候，现场不止一个人。当时，在场的有负责警戒的两艘战斗舰和两艘辅助战艇上的全体驾驶员。

依然是一只巨大的海龟在 CR 田附近巡游，紧接着，有十几只龟跟在后面。

海龟主要生活在寒带和温带海域，很少在冲绳出现，就算偶尔被人看到，也仅限于在夏季，但这次却是在冬季如此大规模地出现。

光是这一点已经十分反常了，"鏊"的研究报告中，应该已经基于我的经历给出了相应的对策吧。

"阿马米克"的水下仿生机器人向龟群释放了高压电流（或者说是想杀死它们，但是还没有确认过尸体），然后又让水下仿生机器人和辅助战艇继续追击，打乱分散的龟群。

然而，就在一周之后，一件意想不到的事发生了。

又有一只巨大的海龟出现了。这次是"悉尼雷克"的水下仿生机器人发现了它,并打算在龟群抵达之前将其驱赶走。为了像"阿马米克"那样释放电流,它靠近了这只海龟。

让人吃惊的是海龟的反击。不,也可能是正要接触海龟的时候,水下仿生机器人遭受了鱼雷的狙击——这是护卫舰拍摄的影像经过解析的结果。

跟我负责海洋安保的时期不同,"悉尼雷克"的水下仿生机器人是具备声速伪装功能的,按照常理是不可能被鱼雷击中的。

然而,如果能预见到它会来到海龟的附近,再在接近的瞬间引爆鱼雷这是可以做到的。也就是说,把可见的海龟作为目标,把不可见的水下仿生机器人当作打击对象——这样的作战计划是行得通的。

另一方面,整个事件与海龟无关的可能性也是存在的。但无论如何,因为这次爆炸,"悉尼雷克"的一艘水下仿生机器人遭受了重创,操作员已经殉职。

通信中断后,另一艘水下仿生机器人想要过去营救,但也受到了袭击。操作员可能是缺乏实战经验,再加上心慌意乱,完全忽视了敌人的靠近。这样看来,爆炸也许并不是敌军的袭击,而是一场事故。

护卫舰的声音影像中并未发现异常,而仅仅通过激光扫描仪和不明光学影像判断,敌人应该也是人形的水下仿生机器人,且动作相当迅速。

我在"南马都尔"上反复观看了这段录像。

激光拍到的黑白影像里,刚开始的时候只有两个水下仿生机器人。一个受到了爆炸的袭击漂浮在海面上,随后慢慢沉入海底。海龟的右半身已经被刮掉了。

另一侧的同一型号的机器人将腿部收了起来,张开了双臂,缓缓地向斜后方下潜,想要把受损的同伴拖上来。

这时，正上方有另外一艘水下仿生机器人极速下坠，简直迅雷不及掩耳。

如果操作员能再冷静一些的话，应该可以让护卫舰负责背后的警戒。然而，他并没有发布任何指令，激光扫描仪中显示的，只有他自己和同伴的身影。

一个来路不明的水下仿生机器人用双手触碰了这只巨大的海龟，海龟很快被翻转过来，短短一瞬就飞出了画面之外。

如果只是被触碰了一下，应该能微微感受到一点震动吧。此时，却已全盘皆输。

就如同我用爆炸笔杀死了鲨鱼一样，安装在后背上的爆炸物——吸附式炸弹的一种——炸毁了"悉尼雷克"的另一艘水下仿生机器人。操作员拼命挣脱了，但也已经奄奄一息。

还好，这时海龟群并没有出现。也许是因为它们的首领不在了，就算出现，恐怕也会被辅助战艇打散吧。

2

登船完毕后，驾驶员应该各自返回等候室，但那里已空无一人，其他的工作人员好像都在忙着维护机器之类的工作。副司令此刻正在指挥中心里，继续部署"埃吉尔"和"赛德娜"的发射工作。

此后的 8 个小时，矶良和安云将和 4 艘辅助战艇一起负责 CR 田的警戒工作。在澎贝岛的时候，他俩和贾鲁西亚副司令 3 个人一起，和其他船上的 3 个人轮流值班，而在戒严状态下的冲绳，需要两个人一组一起工作。即使在这样的情况下，大家还是隐约有些不安。

另外，还有 5 个水下仿生机器人。"阿马米克"的 3 艘和"悉尼雷克"的1艘，两两组合成为两组，与"埃吉尔"和"赛德娜"轮流执勤。也就是说，这3组每隔8小时换一次班。此外，由"奥克隆"负责紧急支援的工作。

但听矶良说，还有另外一个水下仿生机器人存在。

我用iFRAME查看了船内的透视图。在位于右侧船舷的水下仿生机器人的机库里，那里和左侧船舷一样拥有两个发射仓。靠近中央部位的地方标记着"奥克隆"，另一个发射仓的位置一片空白。

这件事也充分体现了盐椎司令确实是位神秘主义者。不过，他的儿子或多或少会知道些内情吧。

我抱着试试看的心理，拨通了还在"鳌"上面工作的一真的电话。让我意外的是，响了一声之后，一真那亲切的面孔就出现在了iFRAME的屏幕上。

"哎呀，好久不见，还好吗？"

"嗯，还行。"

一真看起来比之前略显憔悴，应该是在忙着分析数据吧。

"现在有时间吗？"

"有啊。一直待在研究室里，正想找人聊聊天呢。"

"我刚送两位操作员前辈上船，正闲得无聊——其实有很多要做的事，但就是提不起精神。"

"是因为身份比较尴尬吧。你是不是依然是候补操作员？"

"是啊，还没有被正式任命。虽然基础的训练已经结束了，下面要做的只剩实际操作了。但是，现在副司令正忙着，也顾不上考虑新人的事。"

"是啊，真没办法。但不用担心，能胜任水下仿生机器人操作员工作的人寥寥无几，只要有一点天分，就不会被弃用的。"

"不，我担心的不是这个。刚刚听说，在'南马都尔'上还搭载着第四个水下仿生机器人,这是真的吗?"

"什么?"

"公开的信息里只有'奥克隆''埃吉尔'和'赛德娜'3艘,但其实还有一艘最新型的实验机。据说,我有可能去操作它——你有没有什么内部消息?"

"这个嘛——"一真故意卖着关子,"应该不会有这样的事儿吧。不过,你是从谁那里听说这件事的?"

"矶良幸彦。"

"啊,果然是他。"

"果然?"

"他这个人有时候有点不可靠。"一真微笑着说,"我也被他骗过——不过也不是什么了不得的事。"

"这样啊——"

"他和你是同乡吧?你们都是从金井出来的人。"

"是的,我们从小就认识。"

"他多大了?"

"比我大两岁,21岁了。"

"也就是说,他比你早出来两年。这期间发生过什么,你知道吗?"

"嗯,最开始的一年和我一样在日本的海洋安保公司里工作,然后就跳槽到了仙境,他是这样说的。"

"最开始的一年有点可疑。"

"为什么这么说?"

"你千万别告诉别人,也不要说是我跟你说的。"

"不会的,我一定保守秘密。"

"他从金井出来之后,有半年的时间到处游荡。不知道是否怀有

某种特殊目的，但可以确定的是他加入了某个人权组织。也许，现在依然是其成员。"

"什么样的人权组织？"

"这个组织主张把鱼人视为一种新的人类，但它的真实目的仍不为人们所知，有点不可思议吧。虽然人们看鱼人的目光多少带一点好奇和审视，但还没到歧视的程度——究竟，这种主张里有几分认真，现在也无法确定。"

"原来是这样。"

"总而言之，现阶段它不过是一个没什么影响力的草根团体，也没有过什么恐怖行为或过激言行。不过，矶良究竟为什么会隐藏自己参加了这个组织的事实呢？简直是掩耳盗铃。你所说的日本的海洋安保公司，好像是这个团体旗下的组织，那是个有实体的团体。"

"什么？"

"也许，矶良是害怕这种思想倾向会影响他的前途吧。不过，有一点值得注意，就是他一直在打探仙境集团的内情。包括实验机的研发过程，他也应该有所关注了吧？司令和副司令对此早有察觉，不过觉得暂时不会带来负面影响，可以忽视。"

"原来是这样，我之前并不知情。"

"其实，我也特别喜欢打听这种八卦。"一真微笑道，"因为父亲的关系，越是瞒着我，我越想刨根问底弄个明白。这是人的天性啊。"

"确实——那么，实验机到底是什么样的，你知道吗？"

"哎呀，这个嘛——"

一真缄默不语。

"没关系的，矶良不是已经知道了吗？"

"呃——他到底了解到什么程度？"

"既然他说我很有可能是这个新机器人的操作员，你就给我点儿提示嘛。"

"其实，我的情报也非常有限。开发工作主要由长池老师负责，所以它的系统应该会比之前的水下仿生机器人具备更显著的生物特性。基于此，就需要驾驶操作员的默契配合。虽然这只是我的猜测，但我想这个新机器人会对操作员颇为挑剔。"

"挑剔……"

"好了，只能说这么多了，反正你很快就能亲眼见证了。"

"也许吧。"

"不会永远只有贾鲁西亚、矶良和安云的铁三角组合的。毕竟缺少人手，所以才又加上了你。本来大家打算多花点时间好好培养你的，不过形势紧急，水下仿生机器人中已经有两个战斗机器人受损了。"

"是啊，我也非常吃惊，副司令好像也受到了巨大的打击。对方好像也是水下仿生机器人，它究竟是何方神圣呢？"

"我是个科学工作者，对于战略和战术的分析完全不在行。"

"不过，你可是司令的儿子啊，肯定知道一些内幕吧？"

一真用手抓了抓凌乱的头发。

"其实，我根本不想被人称作那个人的儿子。"

"再怎么说也是父子啊。怎么，你们关系很差吗？"

"不，并不是那么差，但也有点儿不痛快，因为总被拿来比较。而且，他是司令官，可以随意发布指令。"

"哈哈，原来是这样，可以理解，那我以后尽量不提这件事。"

"尤其是我本人有时候也会利用这样的关系，所以也不能说什么大言不惭的话——特别是利用这层关系打探内幕的时候。"

"父子关系之类的本来就非常复杂啊。"

"对了，你有特定的父亲、母亲吗？"

我点了点头。

"有的。因为金井采用的是集团养育制度，刚出生不久我就被抱离了生物学意义上的父母身边。然后，几十个没有血缘关系的孩子被作为兄弟姐妹一起由集团抚养。这样看来，凡是照顾过我们的人，都可以看作是大家的父母。"

"海上漂民的情况基本都是这样——一艘船上的人就是彼此的家人。"

"是的。考虑到我们会从一艘船去往另一艘船，还是不被血缘关系束缚比较好。据说，过去的维京海盗就是采用了这样的制度。"

"是吗，我第一次听说。那你们的名字是怎么取的呢？特别是姓氏。"

"维京海盗的情况我不太了解。在金井，是由首领给大家取名字。然后等到18岁离开的时候，再自己挑选一个喜欢的姓——从预先准备好的50来个姓氏里。"

"咦，那你的姓'宗像'是——"

"就是按发音随便选的。"

"原来如此，可能就是根据感觉吧——确实，血缘带给人们的往往是忧愁和无奈。"

"所以，没有关系亲密的父母和家人，就很难利用自己的社会关系——这算是一种不利条件吧，所以也很难获取到内部情报。"

"于是，就想到利用我了是吧？"

"没有，哪有这种事。我就是想你了，想听听你的声音，顺便看看能不能问到点什么。"

"油嘴滑舌。"一真露出一丝苦笑，"只不过，之前从你那里知道了很多事，所以我也尽量把自己知道的信息和你分享。不过，像敌人是谁这种问题，我无法回答。从世间林林总总的信息里挑挑拣拣，和自己已知的部分融合在一起，经过加工之后进行推测，结论是否正确，往往需要事后再回头判定。"

"这些都无所谓，快告诉我吧。我这个人最不擅长从网上的各种消息里进行挑选或者分析了。"

"这样的话，你将来就不能成为一个合格的司令官了。"

"我可没打算成为司令官，"我连忙摆手，"完全没兴趣。我就想尽情地潜水，真的。"

"这个嘛，是你的自由，不过，有些事你还是要有思想准备。毕竟你也来到了仙境集团，在这个集体里工作。

"哎呀，你这么说我就没办法了。"

"为了能更好地了解敌人，我们必须弄清楚自己的同伴。仙境与尼拉，还有金井的关系你知道吗？"

"啊，关于这个，在金井的学校里曾经教过。"

我一边回答，一边回忆着那时令人昏昏欲睡的社会学课程。当时，正好赶上金井的船队顺着黑潮沿着冲绳近海一路北上，确实已经是好多年前的事了。

跟培养我的金井一样，尼拉和仙境也是兄弟集团，在诸多方面进行合作。这三大海务集团，可以说是同根同源。根据名字就能判断出来，它们最初的大本营就在冲绳。

对可燃冰、海底热水矿床以及富钴结壳等海底资源的开发，自2020年以后逐渐正规化，相关的商业生产也在21世纪20年代后期步入了正轨。

包含冲绳岛在内的西南诸岛周边海域中，东海一直都是石油和天然气的开采地，再加上冲绳海沟本身拥有热水矿床，可以进行可燃冰的生产。此外，大东诸岛的周围也有富钴结壳和稀土泥的矿床。

最初创建仙境、尼拉和金井前身的，就是那些在生产现场工作的人。

粗略地说，从陆地到作业现场的距离，按照可燃冰、热水矿床、富钴结壳的顺序逐渐排布。

距离可燃冰矿最多也就四五十公里，往返比较容易，也花不了多少时间和费用。但是，热水矿床要再多走100公里左右，富钴结壳的开采地还要再远几百公里。所以，不管是去路还是归途都比较费时费力。

理所当然，在热水矿床和富钴结壳开采地工作的人们，一天有很多时间都在海上度过。于是生产现场的附近逐渐出现了一些类似浮体式结构的人工岛，并陆续在上面建造了居住设施。

最开始很像预制房屋，然后经过逐渐改良，增加了居住的舒适性。很快就有人把这里当作了自己的主要住处，甚至让家人们也搬了进来。

这样的现象并不仅仅出现在冲绳，当时，类似的情况在世界各地频频出现。

大多数海上漂民在自己的国家都属于比较贫穷的群体。最初，他们为自己的国家和企业工作，长期在海外的热水矿床或富钴结壳的开采期从事生产工作。因此，海面上建造了很多浮体式的居住设施，并且规模逐渐扩大，吸引了越来越多的人入住其中。

很快，这些居住设施就具备了如今多功能作业船的多功能性和可移动性，并通过团队驳船的方式到达作业现场。某一个矿床的开采结束后，就要去往其他适合开采的矿床。于是，工作人员不愿再属于特定的国家或企业，而是希望按照项目签订灵活的合同。而国家和企业也希望能够更有效合理地支付人头费，也在背后推动助力。

这就是海务集团的由来。只不过，有一部分渔民、难民甚至是暗中活跃在马六甲海峡或索马里海域的海盗们，为了寻求固定住所也混入了其中。

另一方面，进入 21 世纪以后，世界各地原本与纳税无缘的地下经济和草根市场开始迅猛发展。就像矶良说的那样，这些非法经济圈的规模在 21 世纪 20 年代已经超过了美国的 GDP。

借着这股东风，海务集团大发横财。他们在发展中国家的露天场地或是街头巷尾，在没有得到官方许可的情况下秘密进行商品交易，并且或多或少地参与了黑市的商品流通。他们在法律与道德的边缘不断地进行试探，积累了大量财富。

与此同时，少数非法团体还将黑手伸向了武器、毒品和器官贩卖市场。

这些财富有一部分被投入到了知识产品开发和新技术的研发中，当然，传统意义上的学者是不屑参与其中的。于是，像长池豪博士这样的生物黑客、机械黑客等 DIY 科学工作者和工学科学者粉墨登场。

于是，他们研发出了更适合在海上和海洋中生活的人的身体，还创造了具备最先进的采矿系统的水下仿生机器人，把那些被束手束脚的陆地合法公司远远甩在了后面，并且开始不计成本地开发海洋资源。公海的资源也成为他们的目标，有时还会用打游击的方式进行开采。

其中的大部分是规模较小的油田和天然气田或矿床，通过几个海务集团强大的运输网彼此连接，其经济效益不输给那些埋藏量巨大的开采地。当然，市场是不会在意这是合法的还是非法的。

而且，海洋安保工作是从守护自己的资源起步的，逐渐发展成为具备巨大潜力的服务行业。

在冲绳创办的仙境集团，作为海务集团的先驱者，其规模不断壮大，遍布世界各地。而原本作为发源地的南西群岛，则留下了尼拉和金井两个兄弟集团。

两者逐渐分流，现在尼拉负责冲绳地区的资源开发、生产以及东海的海洋安保工作（太平洋一侧的安保工作，则委托给了仙境集团）。

虽然不知道详细的发展过程，但如今金井主要负责第二代海上漂民的培养，可以算是下一代的摇篮和学校。

以上这些就是"历史"。

"这么看来，如今冲绳和尼拉的关系，是不是很像密克罗尼西亚联邦与仙境的关系？"

iFRAME 对面的一真，摆出一副资深评论家的脸孔说道。

"哎呀，这个我不太懂。"

"冲绳的话，可以算是日本现在独立意识最强的'州'了。包括沿岸安保工作在内的安保，也不再单纯依靠日本政府。尼拉独占了海底资源的开发权，同时也负责抵御他国对领海的入侵，并对在排他性经济水域违法操作的渔船进行监管。当然了，还有海底资源开采现场的守护工作。"

"这就和密克罗尼西亚将国防和安保工作都委托给仙境是一样的啊。"

"对。而日本政府之所以会睁一只眼闭一只眼，原因有两个。"一真树起了两根手指，"第一，因为国力下降引起防卫能力的下降，这是显而易见的。日本国土南北狭长，人力物力不可能均等分配。"

"确实如此。"

"可以说，尼拉填补了官方的安全保障漏洞。这样很多时候国家就可以不直接出面了。"

"是因为让民间组织来解决更好吗？"

一真点了点头。

"对于日本来说，冲绳算是一个缓冲地带。"

"而且，现在的尼拉，负责中国、韩国海底资源开发的人们和渔民出身的人接近总数的一半。通过推进积极的开放政策，它已经成为了国际化的海务集团。实际上，尼拉管理的东海矿藏，可以算是多国协同管理的产物。"一真将双掌摊开，又握紧了双拳，"至少，如今已经默认了这种局面，保持了一定的稳定。这真是一种微妙的平衡。"

"不过，说到太平洋沿岸，这种被叫作可燃冰的海底资源，受到了不明人士的觊觎。万一渥美半岛的事件再次发生，那么尼拉的信任度就会变得岌岌可危。如果东海的油田和燃气田也发生了同样的事情，大家就会觉得民间组织管理不力，有可能在国家间再起争端。"

"那冲绳的立场就很不妙了，有可能在地域和经济方面遭受多种损失。"

"即使如此，冲绳受到的影响也会被忽视的。或许这个暗中操控的人，真正的目的就是造成东海地区的动荡，煽动国家间的彼此猜疑。不仅是仙境和尼拉，在世界各地都能看到海务集团在负责资源的管理和地区安定的维护。这么看来，这件事不会仅仅在东海地区造成影响。"

"也许密克罗尼西亚的形势也会受到波及。"

"在那里，也有美国、澳大利亚等国家在角逐资源和权利。虽然仙境影响了这些国家的利益，但也毫无办法。"

"所以才有了 CR 田的事件吧。"

"对。如果油气管道的破损是人为造成的，那这就不仅仅是恶作剧了吧。也许这是我的错觉，总觉得世界各地都在逐渐地呈现不安定的状态。特别是网络恐怖主义日益猖獗，各国都在加大力度建设能源相关的设施。就算这些人不是罪犯，也很容易引发人们的疑心。"

"确实。这么看来，海洋和电脑世界非常相似。不管出现了什么人，发生了什么事，都很难用肉眼观测到。"

"在渥美半岛的时候，高纬度地区和中低纬度地区之间的对立是显而易见的，这次也存在着这样的可能性。而且，根据地域的不同，形势有可能会更加复杂。又或者，是单纯地把我们海务集团当作打击目标。如果渥美半岛发生的一切是这次行动的预演，那这种可能性就更大了。"

"预演？"

"也许不该这么说，但是 CR 田那里的安保是很松懈的吧？老式的水下仿生机器人没有配备辅助战艇，所以很容易被狙击吧。"

"呃——这个没办法否认。"

"龟群都出现两次了。我认为这绝非偶然，一定存在某种关联。但是，事件的结局我没太弄明白。到底是谁，为了何种目的策划了这件事呢？这个世界太过复杂，可谓一片混沌。在 1 000 米的深海中，如果海龟甩了甩尾巴，也许就能让陆地上的人们厮杀。"

"现在已经不是受地域限制的年代了，不论是谁将谁当作打击对象，整个世界都沉浸在这种紧张不安的空气中。也许，造成这个局面的人就是某个愉快犯之类的人，咱们之前说过的。"

"是啊，之前讨论过，但并不是愉快犯。"一真摇头，"设计得太过周密，一定也花费了大量的金钱。策划 CR 田的喷发事件需要相当先进的技术，恐怖组织不可能做到这个程度，对方也许并不是人类吧……"

"那究竟是谁呢？外星人吗？"

"不，稍微现实点儿吧。"

"比如呢？"

"从前的科幻小说和电影里，不是经常有这样的桥段吗？机器人或者人工智能反抗人类什么的。"

"啊,这是经典剧情。"

"但是,这绝不是荒唐的想象。互联网萌生了自我意识,反过来支配人类的事件也有所耳闻,这并非毫无可能。无论电脑还是网络,从其复杂性来说都远远超过人类,甚至是人类的几百倍几千倍。在我们人类还没意识到的时候,就会迎来技术性的特异日。"

"特异日是指机械超过人类的那一刻吗?"

"嗯,差不多。"

我皱眉沉思。一真也没有再说下去。在这片让人烦躁的寂静里,我下意识地望了一眼驾驶员等候室。

"我说——"

突然想起了一件事,我脱口说道。

"什么?"

"之前,你问过我安菲特里忒的事。这和如今的特异日假说有关吗?"

"这个嘛——"一真目光低垂,"如果说完全无关,就是在撒谎了。"

"这只是我的猜测——"我盯着 iFRAME 的屏幕说道,"有时候会想,也许,我就是一个机器人吧?"

"不,不会的。"

"那么安菲特里忒呢?她究竟是什么?"

"我不知道。不过,至少她不是一道幻影,她曾经搭乘了你操控的水下仿生机器人。问题在于,这是安菲特里忒的意志还是——"

"还是什么?"

"还是你的意志,仅此而已。"

"那这么说我还是机器人啊。说不定,我就是网络派来的爪牙呢。"

"不,并不是。我想说的是,一切都可以归结为是人类有意识的行为。"

"突然说出这么高深的措辞,是为了蒙骗我吗?"

"不是,现在电脑和网络都日益复杂化,人类的一点点错误,就可能引起无法估计的后果。这是一种相互作用吧。"

"我不是很明白。这和安菲特里忒有什么关系呢?"

"唉,我也不是很懂,让我再想想。"

一真单手扶额低下了头。我的心中有一团灰色的迷雾逐渐升腾。

确实,如果安菲特里忒是和网络相关的人工智能的产物,那她就理所当然地会掌握一些我不知道的事,也有可能预测出井喷事故的发生。水下仿生机器人受到的袭击,也可能出自她的手笔。

问题在于她的神出鬼没。而且,原以为只有我自己能看见她,但事实证明也有其他人能够见到她。那位科兹莫就说过她是精灵。也许,所有的海洋之子都被共同的人工智能掌控着。

我伸出一只手去触碰大腿的根部,皮肤上面有一块像按钮一样的硬硬的凸起——这是连接着动脉的人工阀门。

大约 10 天前,我在"南马都尔"里接受了简易手术。操控水下仿生机器人的时候,需要在这里导出血液,实现体外气体交换。之前在模拟器里我已经体验过两次了。

也就是说,我的身体里和矶良、安云他们流着相同的血液。当然,之前受伤的时候,早就无数次见过自己的血——带着温热的体温,也有柔软的肌肉组织,至少能判断出我的身体不是机器。

"喂,道。"iFRAME 里一真的目光充满了担心,"你没事吧?"

"啊?嗯——"

"要是说了让你不开心的话,我道歉。不过,我从来没觉得你是机器人,请你相信这一点。原本特异日就遥遥无期,我是为了调节下气氛才提起来的,不用太在意。"

"嗯——"

"我也不认为你会引起人们互相残杀。"

"当然了,怎么可能?"

"那被安菲特里忒教唆的事呢?"

"没有过。"

"那就与你无关了。"

"呵。"

"比起这些,当务之急是弄清楚咱们的敌人是谁,对吧?究竟是谁破坏了'悉尼雷克'的水下仿生机器人?又是否有人在他们背后教唆煽动?这些事必须调查清楚。但如果此刻发动战争,现在首先要做的就是知道我们的对手在哪里,他们是谁。"

"我不知道,你呢?"

"如果知道的话,那我本人就十分可疑了。不过,现在司令和副司令心中的怀疑对象应该是提亚马特。"

"提亚马特?"

这个名字我有印象,好像是之前科兹莫曾经提起过。

"不知道吗?这是一个被视为最接近海盗的海务集团。谜团太多,做的大多是见不得光的事。武器和毒品交易、器官的秘密买卖,甚至连人口贩卖都有所涉猎,而且规模还在逐渐扩大。像资源开发之类的事,它从不涉足。据说现在专门靠提供私人军队和走私军火赚钱。"

"这样的话不就完全是海盗了吗?"

"但它从来不袭击船只。"

"现在在海务集团中,真的存在这样的同伴吗?"

"虽然只是推测,不过,海务集团的全部人口有 2 000 万人以上,遍布世界的各个角落,几乎等同于整个澳大利亚的人口了。这样看

来,其中的不法分子的数目应该也十分可观。"

"那提亚马特也拥有战斗舰吗?"

"好像有吧,毕竟,它的军事商业化非常有优势。"

"它跟仙境和尼拉的关系很差吧?"

"不太好,因为大家都在分食海洋安保这块大蛋糕。但是,无论从人口还是经济规模来看,它都不到仙境集团的十分之一,现阶段不需要太过在意。但是,出于其海盗作风,对方很可能会采用不法手段挑衅我们,这对于仙境的上层来说如芒在背。如果这次的攻击也是提亚马特所为,那不管是受到他人雇佣还是其本身的意志,都可以确定其目的在于让我们陷入困境。"

"知道了,我会记住的。"

"也许你还不至于被派到真正的战场上——我也希望永远没有这一天——但还是要做好准备。如果对手真的是提亚马特,那我们要做的就不仅仅是海洋安保,而是拼命战斗。"

"我不想这样。"

"如果真的不想参战的话,那你最好明确地拒绝参加。毕竟,你不是军队的战士,就算没有听从命令,也不会被送上军事法庭的。不是军人,就不会有军事审判,只是会失去现在的工作而已。要真是这样的话,我会尽量让你回'鳌'上工作的。"

"多谢,也许还是'鳌'上面的工作更适合我吧。不过,既然已经见过了'埃吉尔'和'赛德娜'这样的仿生机器人,还是希望能有机会亲自操作。现在我有些迷茫,但也只能随机应变了。"

"就像一个普通的海上漂民一样生活不好吗,既不逆流而上,也不随波逐流?"

"是啊。"

我对着 iFRAME 的屏幕竖起了食指,我果然跟一真十分合得来。

3

我在驾驶员的等候室里结束了和一真的通话。走到指挥中心的时候,"埃吉尔"和"赛德娜"已经下潜到了阳光照射不到的深海中。

矶良下潜到了水下 1 000 米左右的位置,正在确认 CR 田的油气管道是否有异常。安云的目的地是约 2 000 米深的海底,所以依然在航行中。

正对面墙壁上的两块大型屏幕里,正显示着三维海底地形图。冲绳岛的南端位于画面的右上方,那里水深 2 000 米的地方有一个断崖。

但是,水深 2 000～3 000 米之间的斜面坡度一下子变缓了。可燃冰大致在这个"冲绳·宫古深海平坦面"上,标记着 CR 田位置的红点就遍布在这个平坦面上。

为了便于运输,南西群岛的 CR 田基本都位于冲绳岛的近海。同时,为了更好地利用通往那霸的管道,主要集中在知念海底峡谷和系满海底峡谷的中间。在这个边长为 30 公里的四方形海域中,一共建设了 5 个海上平台。

龟群靠近的地方和"悉尼雷克"的水下仿生机器人遭受袭击的地方,是系满海底峡谷附近的两所 CR 田,都是产量在南西群岛里数一数二的地方。周围的水合物层也好像比其他地域更为丰富,游离天然气也是如此。

这里距离岛南端的喜屋武岬以及荒崎的直线距离不到 40 公里,距离那霸将近 50 公里。

如果发生了海啸,或是甲烷或硫化氢的泄漏事故,最坏的情况是有几十万人受灾。敌人的打击目标应该也在这里。

右侧的大屏幕上以模型的方式显示着两处 CR 田的整体影像，分别命名为"系满海底峡谷东侧"和"系满海底峡谷西侧"。

现在矶良和安云负责安保的地带是西侧，东侧由两艘辅助战艇守护，另外还有两艘潜艇负责中间地带的防护工作。东西两侧的 CR 田相隔 50 公里左右。

"指挥中心，这里是'赛德娜'，现已抵达海底，深度 2 023 米。请告知位置。"

我望向右边的墙壁。这次，"埃吉尔"和"赛德娜"的后面各自有两架护卫舰跟随，其中一架拍摄出来的影像被投射在中型屏幕上。

"埃吉尔"被清澈的暗蓝色海水包围着，在它身后依稀可以看见油气管道的影子；"赛德娜"则被稀薄的灰色烟雾环绕着，这应该是着陆的时候扬起的柔软泥沙吧。

"'赛德娜'，这里是指挥中心，已经将位置情报发送给你。"

在大海中无法使用 GPS 定位系统，水下仿生机器人配备了和潜水艇一样的惯性导航装置。虽然能大致了解自己所处的位置，但或多或少会有一些误差。这时，就需要通过和'南马都尔'这样的母舰以及护卫舰的三者或四者间的位置关系进行误差纠正。

CR 田的整体影像中，标记着"赛德娜"所在地的记号被勾勒出来，刚好是分离出十几根油气管道的源头处。"埃吉尔"的标记在上方 1 000 米处。

"'埃吉尔'和'赛德娜'，这里是指挥中心，按原定计划执行，请留在原地执行安保工作。"

"'埃吉尔'收到。"

"'赛德娜'收到。"

一切就此告一段落，剩下的就是 8 个小时之后与"阿马米克"团队的交班了。但愿在这段时间里没有突发状况。

然而，我内心的不安依旧存在，甚至有所扩大。

很快，随着一场意外的发生，我担心的事成了现实。

"指挥中心，这里是 DR（探知测距室），1、3、8 方位有不明飞行物体正在靠近，将其命名为 R4。"从负责监管雷达和声呐的部门传来了急切的声音。这意味着短短 10 分钟之后，矶良他们就要进入警戒状态了。

"距离 25 千米，高度为海平面上方 10 米左右。大约 5 分钟后有可能发生碰撞。"

"DR 室，这里是指挥中心，R4 情报已收到。"刚回复完，盐椎司令就马上大声命令道，"急速潜航，潜望深度，全员备战！"

收到指令，贾鲁西亚副司令握紧了麦克风。

"船内全员注意，即将开始急速潜航，全员进入战斗状态。这不是演习，重复一遍，这不是演习！"

"急速潜航，潜望深度！"

"全员备战！"

"打开排气口！"

"下潜，下潜！"

"排气口已全部打开！"

伴随着刺耳的警报声，各部分发出的号令和应答声此起彼伏。我一时不知所措，只能呆呆地站在原地。

刚才说有飞行物从海面掠过，是巡航导弹之类的东西吗？如果它的打击目标是"南马都尔"，那这很明显是一种战争行为，怎么能在日本的领海附近发出这种公然的挑衅呢？

答案很快就会揭晓。

"指挥中心,这里是 DR 室,即将展示三维画像雷达解析结果,在第五号显示屏。"

左手边的中型显示屏中,有一块屏幕是黑白的,有点像激光扫描仪,但更模糊一些。不过,在椭圆形的头部位置可以清晰地看到左右主翼。和超声速伪装相比,光学伪装技术稍显落后,即使使用最先进的被动雷达或是大功率的雷达系统,也只能完成这种程度的影像。

"通过体积和形状可以判断,R4 是无人巡逻机 MPA-5。"

"指挥中心收到。"司令远离了麦克风,望向身边来自巴西的副司令,"我之前还以为他们只是虚张声势而已,没想到真的来了。"

站在我的位置,可以清晰地听到大型操控台前的窃窃私语。

"如果是提亚马特的话,后面会有大规模的支援力量吧。"

副司令回应道:"无论如何都不能掉以轻心。"

和谈话内容相反的是,司令的表情相当轻松。或者说,你完全看不透他的情绪。我不由又回想起跟他初次见面时的怪异感。

"通信部,这里是指挥中心。请告知'阿马米克'和'悉尼雷克'——目前无人巡逻机正在接近我方船只,请保持警惕,建议潜航。报告完毕。"

"指挥中心,这里是通信部。即将告知'阿马米克'和'悉尼雷克'——目前无人巡逻机正在接近我方船只,请保持警惕,建议潜航。以上收到。"

"指挥中心,这里是舰桥。距离海面还有 10 米,即将关闭窗户。"

海面的状况由船帆处的 4 台摄像机拍摄下来,画面暂时被切换至正前方左侧的大型显示屏上,其中一个小屏幕上的景象跟舰桥窗户里看到的景色基本一致。

确实正在逐渐靠近海平面。刚才说还剩下 10 米,意味着现在已经上浮了 20 多米了。

舰桥内的景象显示在另一块中型显示屏上。百叶窗已经放下了，黑暗将人的身影笼罩，变得模糊不清，而各种显示器和计量仪却开始散发出幽幽的蓝光。

从司令下达急速潜航指令的那一刻起，"南马都尔"的掌舵权就自动移交给指挥中心了，并从半入水式的海上基地模式转为潜水艇模式。

不过，据说最大的潜航深度仅为 200 米左右，所以这艘船无法抵达深海。考虑到耐压构造和船体平衡，这艘船因为太过巨大而无法具备真正的潜航能力。

"司令，已经到达了潜望深度。"

舵手高声说道。安装着雷达、天线和摄影机的桅杆还有一部分留在海面上，船帆也已经没入了海水中。

"好的，停止潜航。加速到标准速度。方向 0、4、2。"

"标准速度，方向 0、4、2！"

甲板缓缓向右侧船舷倾斜，"南马都尔"逐渐向远离矶良和安云的方向移动。

"指挥中心，这里是 DR 室，R4 还在进一步接近中，不过速度有所下降。方位和高度没有变化，距离 5 000 米，有可能在大约 80 秒后发生碰撞。"

"舵手，请潜航至 150 米深的位置。"

"深度 150 米，收到。"

"作战室，准备发射 4 艘无人巡逻艇。"

"发射 4 艘无人巡逻艇，收到！"

我逐渐弄清楚了眼下的状况。

虽然不能确定对方是不是提亚马特，不过"敌方"似乎打算直接攻击水下仿生机器人和辅助战艇的母舰"南马都尔"，所以先派遣无

人巡逻艇,确定我们的方位。

另一方面,将支援 CR 田警戒工作当作头等大事的盐椎司令,将"南马都尔"当作海上基地一直安排在作业现场附近。虽然考虑过这艘船有可能会遭受攻击,却一直低估了这种可能性。

虽然是半入水式,但船帆一直在海面以上,对方应该知道了这艘船的方位吧。如今,"南马都尔"只能匆忙入水,隐藏自己在海中的位置。

同时,"南马都尔"也做出了反击的部署,派遣无人巡逻艇应该也是为了探知敌方的位置吧。

"报告司令,方向 0、4、2,深度 150 米。"

"收到。"

"司令,4 艘无人巡逻艇发射准备完毕。"

"好的,请依次发射。"

"收到,一号无人巡逻艇,准备发射!"作战室的长官向属下发布命令,"发射!"

片刻之后,传来了气流声。和水下仿生机器人发射时相比,此刻安静了许多,可能因为发射仓更小吧——无人巡逻艇自身的体积大概跟小船差不多。"

作战室遵照命令,陆续又发射了 3 艘无人巡逻艇。

"报告司令,4 艘无人巡逻艇已经全部发射完毕。"

"收到,请原地待命。"

"巡逻艇将在海面待命。"

"指挥中心,这里是 DR 室,海面扫描仪发现激光浮标。"

"指挥中心收到。"

司令回复道。而副司令则是望着天花板小声嘟囔着:"会不会是无人巡逻艇的排泄物啊——"

"好像是，舵手，前进方向0、4、7。"

"前进方向0、4、7，收到。"

过去的反潜巡逻机和巡逻直升机会投放"声呐浮标"或"深度声呐"用声音在海中探测，以弄清潜水艇的位置。当然，这种操作在如今这个声速伪装和噪声消除技术极为发达的时代，早已成为历史。

而敌方的无人巡逻机投放的是具备激光消除功能的激光浮标，在半径500米左右的范围内可以环视海中的状况，对于不能潜入深海的SSO来说是十分有效的。只不过，由于探测范围十分有限，只能逐个投放。

同时，"南马都尔"也利用同样的激光浮标观测海面状况，应该能够看到他们的标记吧。

"指挥中心，这里是DR室，对方好像又投放了一次激光浮标。"

"指挥中心收到。"

"陆续杀来了啊。"副司令开口道，"无人巡逻艇应该可以应付它们。"

"是的。"司令点头道，"DR室，这里是指挥中心，距离现在的激光浮标最近的无人巡逻艇是哪一个？"

"指挥中心，这里是DR室，现在正在搜查……找到了，是二号艇，现在位于七点钟方向。"

"作战室，请二号无人巡逻艇破坏激光浮标，七点钟方向。"

"二号艇破坏激光浮标，七点钟方向，收到。"

"舵手，前进方向0、5、0。"

"前进方向0、5、0，收到。"

"二号巡逻艇已经用迷你发射枪破坏了激光浮标。"

"好的。"

"不过，二号艇搭载的摄像机显示，敌方的巡逻机已经投放了新

的激光浮标。"

"指挥中心,这里是 DR 室,再次发现激光浮标。"

"作战室,让二号艇继续追踪敌军的动向,并快速破坏对方投放下来的激光浮标。"

"收到。"

指挥中心里所有人的注意力都被无人巡逻机牵动着。我在不安的驱使下,将目光转向右侧的显示屏。此时,"埃吉尔"和"赛德娜"的状况并未发生变化。一旦发生意外,"南马都尔"应该会给予他们强大的支援吧。

我目不转睛地凝望着显示屏。在此期间,指挥中心的空气也逐渐紧张起来了。

虽然激光浮标刚刚投放下来就被破坏掉了,但并不代表无人巡逻机放缓了追踪的节奏。就算"南马都尔"逐渐改变了行进路线,也不能完全甩开对方。

好几次,我们都险些被巡逻艇的炮火击中,好在依然安然无恙。海浪有些高,何况从海中向空中射击原本就很困难。

"没用吗?"第五个激光浮标从上方被投放下来的时候,司令小声嘟囔着,"不过大家要振作起来。"

"要准备正面出击吗?"

副司令回应道。

"对。"司令点头,"'奥克隆'准备出动!"

"收到,'奥克隆'准备出动。"

副司令自己回复着,很快地离开了中央控制台。然后,他走向了指挥中心的出口处,朝着一直站在一旁的我招了招手。

"宗像,过来一下,请协助我上船。"

"啊,好的。"

我飞快地回答，跟着副司令走了出去。但是，当我再次回头看向指挥中心时，忍不住问道："那个——矶良和安云还好吗？"

一到走廊，副司令几乎立刻小跑了起来。

"如你所知，水下仿生机器人有专门的协战部门，这项工作只能委托给他们了，盐椎司令也在其中。"

"虽然如此——"

"现在担心也没用，这里忙作一团，每个人只能各司其职了。"

"嗯，我明白。"

在走向右侧船舷的驾驶员等候室的途中，司令的指令被屡次播报。"南马都尔"上剩余的两艘潜艇也必须出动了，能赶过去支援矶良他们的只有 CR 田周围负责警戒的 4 艘潜艇了。

所以，对他们两个人的事我无能为力，现在能做的是按照副司令的指示完成自己的本职工作。剩下的，只有虔诚的祈祷了。

H 是 Hotel 的 H

1

贾鲁西亚副司令的操作服存放在"奥克隆"的船舱内,此刻已经向衣服中注水了。就在这时,潜艇机库里传来了 DR 室向指挥中心汇报的声音。

"激光扫描仪发现异常,命名为 L1。方位 1、7、2,距离为 600 米,应该是辅助战艇,预计一分钟以内抵达。"

正准备返回驾驶员等候室的我不由得呆立在通道上。

该来的终究是到来了。

还剩一分钟,意味着"奥克隆"来不及发射了,而刚刚发射出的两艘辅助战艇,也必须率先应战。

问题在于敌军的数量,我认为不止有一艘潜艇。

果然,DR 室的后续汇报验证了我的猜想。陆续又发现了 3 个新的目标,如果这也是辅助战艇的话,那总数就是 4 艘。

"通信部,这里是指挥中心。'阿马米克'和'悉尼雷克'请注意——有 4 艘辅助战艇正在接近中,请求紧急支援,收到回复。"

"指挥中心，这里是通信部，紧急支援请求已收到。"

"作战室，请在方位1、7、0至1、7、5之间派遣无人巡逻艇，侦察敌军辅助战艇的母舰位置。"

盐椎司令开始部署反击行动。

辅助战艇的续航里程通常只有30～40公里，算上需要高速航行的战斗时间，再加上返航也需要预留部分燃料，单程的移动距离只有十几公里，也没有近路可以走。考虑到从无人巡逻机出现到此刻的时间，可以判断，敌方的母舰就在附近。

在水中，真正意义上的兵戎相见，我既没有经历过，也无法想象。辅助战艇上应该装备了水下机枪和小型鱼雷，但是面对着"南马都尔"这样的大家伙，不知道它们会发起怎样的进攻。

攻击战斗潜艇的时候，一般会从船体着手，而攻击船体边缘可以说是定律了。因为爆发力较弱，为了击沉目标，一般会同时进攻几个要害处，或是从受损处入手，破坏其内部结构。

我之前听说，辅助战艇的小型鱼雷有能吸附在激光扫描仪上的装置。也就是说，辅助战艇可以在距离目标极近的位置发射，并通过自动追踪像吸铁石一样吸附到船体上。然后，完成发射的辅助战艇会撤回至安全距离，再通过远程操控或限时装置引发爆炸。大致就是这样的流程。

"作战室，准备发射声震加农炮！"

司令的声音再一次传来，听起来像是人工合成的一般，可能是因为我又回忆起那张面无表情的脸了吧。

最近的水上战舰和潜水艇都装配了各种各样的声波武器，其中效果最为卓越的要数船体表面并排摆放的数百张震动板，通过聚焦冲击波攻击敌人的声震加农炮了。

正如名字所说的那样，发射的冲击波也是声波的一种。不过，一个周期的波动和能量都超出了声速伪装的防御范围，对手一旦受到攻击，就会受到重创。辅助战艇的话，至少驾驶员会身受重伤。在被小型鱼雷吸附之前，船体也会受到破坏。

不过，聚焦这一点非常关键。想要同时使声震加农炮的多个攻击目标失效，可以说是不可能完成的事。

"船舱已经关闭。"

传来了作战室的报告声，之后只需要向船舱内注水，就可以完成"奥克隆"的发射准备了。这是在靠近船体中央的发射仓，之前应该会先发射两个护卫舰吧。

我站在正中央的通道上，望向最右侧的区域。这里还有能容纳一艘水下仿生机器人的空间——虽然官方宣称这里是空无一物的。

然而，如果矶良或是一真的说法准确的话，这里还沉睡着一艘新型的实验机。我定睛观看，却还是因为光线昏暗无法看清。

通往那边的通道被锁上了，还立了一块"禁止入内"的牌子。如果硬闯也不是不行，但是眼下的情形，不适合再有任何引人注目的可疑行动了。

向船舱内的注水完毕，接下来是向发射仓注水了。很快就能发射了。

我快步返回了操作员等候室。在这里也能看到"埃吉尔"和"赛德娜"的影像，现在还没有任何异常，但是我的内心却一片慌乱，转身又走向了指挥中心。

我穿梭在"南马都尔"庞大又结构复杂的船舱内。几分钟后，"奥克隆"已经发射完毕了。至此，所有的辅助战艇和水下仿生机器人都已全员出动。

飞奔到指挥中心的我也许是整个事件最初的目击者。此刻，包括司令在内的所有人都把注意力放在敌军辅助战艇的动向上。

战斗已经打响。

正对面的大型屏幕上，右侧显示着CG（电脑绘制）的"南马都尔"三维立体模型，大概是1∶200的比例尺。周围盘旋着的4个红色的三角形，代表着敌方的4艘辅助战艇，而我方的两艘辅助战艇则用蓝色的三角形标记。还有一枚蓝色的五角星，代表着"奥克隆"。

激光扫描仪将它们各自的位置实时显示出来。

两个蓝色的三角形各自追赶着一个红色的三角形，这就表示还有两艘敌军的辅助战艇没有受到牵制，其中有一艘正在接近蓝色的五角星。

位于正对面左侧的大型屏幕被分割成4块。各自显示着我方的两艘辅助战艇、"奥克隆"，以及"奥克隆"的护卫舰传送回来的影像。

冲绳岛海域的海底地形图，还有标明"埃吉尔"和"赛德娜"方位的CR田俯瞰图，究竟到哪儿去了呢？

我环顾四周，想从左右墙壁上几十个大大小小的显示屏里搜索目标。突然，其中一个屏幕里的景象吸引了我的目光。

画面中央显示着油气管道的影像。虽然有照明器械，但是从模糊的影像来看，这里应该是距离摄像机10米左右的敌方。

这好像是"埃吉尔"的护卫舰传送回来的，它似乎并不总是紧贴着水下仿生机器人，而是保持着一定的距离进行周围的警戒活动。

此刻，最吸引我的是油气管道的一部分似乎在上下起伏。或者说，管道上有什么东西正在沿着表面快速向上爬。因为是在短短几秒内发生的事，我看得并不十分清楚。

好像是大型乌贼或是章鱼之类的东西，但是，它的动作未免也太迅速了。

护卫舰此刻位于水下1 300米深附近。在这样的深海中，只要没有特殊情况，这些生物是不会这样快速移动的。

我从口袋中取出了 iFRAME，伸直手臂举到眼前。当可疑影像出现在屏幕上时，可以通过 AR 技术显示。

我用手指选择了"反射法"，远处的景象瞬间出现在了眼前，而且可以进一步操控。我按下了"回放"的按键，开始搜寻一分钟之前的影像。

果然，有什么物体正在攀爬油气管道。我放慢速度仔细观察，虽然只有短短一瞬，还是看到了触手之类的东西，肯定是乌贼或是章鱼这样的软体动物。但是，它们为什么会在深海中攀爬管道呢？

"指挥中心，这里是 DR 室。探针声呐发现异常，是发射鱼雷的声音！"

耳边传来了紧急汇报声，下一秒脚下就感到一阵发麻。就连指挥中心的墙壁和空气都在震动，但是没听到什么声音。

"声震加农炮已经发射。"这时，传来了作战室的报告，"目标为四点钟方向，俯仰角负 22 度。"

声震加农炮已经进入自动管制模式，跟激光扫描仪联动之后，如果有敌军的辅助战艇或鱼雷进入射程内，则会自动发射，对焦和瞄准由电脑计算完成。几百米内的极近距离发射的鱼雷如果靠人力逐一确认再发布发射指令的话，有可能会误事。

而我方的辅助战艇和水下仿生机器人则会释放出独特的水中高频信号，避免成为声震加农炮的攻击目标。

"指挥中心，这里是 DR 室。船体表面传感器未见异常。L2 的鱼雷大约在爆炸前就遭到了破坏。"

"DR 室，这里是指挥中心，没有听到鱼雷的爆炸声吗？"

"指挥中心，这里是 DR 室。虽然检测出了疑似声音，但还不能确定，探针声呐的数据还在解析之中。"

"指挥中心收到。"

虽然形势十分紧急，但盐椎司令的语调依然平静得像机器人一样。

所谓探针声呐，简单来说就是放置在船外的一次性的水中麦克。启动声速伪装的状态下，当然不能再使用船上的声呐系统了，只能向周围投掷附带无线发射器的麦克。

我再次望向手中的iFRAME，刚才攀爬油气管道的身影已经消失不见了。如今，就连管道自身也消失在摄像镜头中，估计是护卫舰改变了方向。

我先是跑向水下仿生机器人的作战室所在的区域，站在一旁把了解到的情况向这个五人团队的班长汇报。他叫金城澈，据说是系满渔夫的后代。

"不好意思，打扰一下，我有情况要汇报。"

金城班长用余光看了我一眼，又将视线转向了控制台。

"我很忙，一会儿再说。"

"有东西在攀爬油气管道，我从第九号显示屏里看到的。"

"什么？"

班长转过了头，我连忙把iFRAME递过去，然后重新点开了可疑的影像。

"大约3分钟之前，'埃吉尔'的护卫舰拍摄下了这样的画面。看，这里能看到类似触手的东西吧？"

班长眯着细长的眼睛，俯下身把脸凑近了iFRAME，并招呼另一名组员过来。

"喂，敏俊，二号护卫舰传来的影像里有奇怪的东西，大约在3分钟之前。"

"啊？"一个年轻的韩裔男人看了过来，"3分钟之前——哦，确实有影子晃动，应该是水光的波动吧。"

"不过,确实有像触手的东西一闪而过。"

敏俊平日里就看不起像我这样的"空降部队",此刻更是流露出愤怒的表情。被一个外人这样质疑,本来就很不舒服,更何况我只是个刚加入的候补操作员。

"是水母的触手,或者细长的鱼类吧?"敏俊的语气带着一点讥讽,"毕竟一旦有可疑物体靠近油气管道,很快就能收到信号。"

他头也不回地说道。于是,班长也无意再追问下去。就在我打算继续争论的时候,传来了另一个组员的报告声。

"'奥克隆'正在与 L4 交战,好像遭受了水下机枪的扫射。"

"受伤情况怎样?"

"还没检测出来。在确认一号护卫舰的影像,应该是成功地闪开了。现在,'奥克隆'正在靠近 L4 的推进器。"

"好的,用二号护卫舰阻碍 L4 的前进。"

"遵命!"

"请时刻注意 L3 的动向。"

"收到。"

操控台上,组员们的手指在飞速活动着,已经没有人会把注意力分给我了。

就在此时,身为技术型宅男的固执和好奇之火却熊熊燃烧起来。

我之前听说,矶良可以远程操控护卫舰。但是,他并没有告诉我具体方法,尽管我对此很感兴趣。

现在只是针对 AI 影像发布了大致的指令,完全自动防御状态已经被解除。当下,进行直接的远程操控是可行的。

我一边暗中观察着组员们的行动,一边记下他们的操作步骤。与此同时,我还在脑海中不断思考着刚才的影像。

敏俊的主张也是有一定道理的。比起光学相机,激光扫描仪的可视范围更为广阔。如果有可疑物体在海中靠近，并接触到油气管道，一定会引起人们的警觉。

但另一方面，激光扫描仪的清晰度略低，色差也相对不容易辨别，这就和声呐一样，存在着一些漏洞。

我不由回忆起在"黄艇"上操作的情景。

那种类型的水下仿生机器人，外形跟虾蛄类似，擅长在海底陆地上漫步。船体扁平，高度有限，所以，如果是间隔几百米的船只，用激光扫描仪有时也捕捉不到。因为它与海底的坑洼融为了一体。

所以，在渥美半岛海面发生井喷事故的时候，为了搜寻"红艇"，我也在海底着陆过。如果是在同一高度的水平方向搜查，无论声呐还是激光都发挥不了作用。

"糟了，该怎么办呢？"

我用手掌拍打额头。这下说不定连安云都要身陷险境了。

组员们暂时停止了观测，先审阅起"赛德娜"的护卫舰发送过来的影像。而我则拿出了 iFRAME 倒回到之前的画面检查。

画面上长时间显示的是铺满了白色泥沙的海底，偶尔会有海鼠、海蛇或是管道出现在画面里。但是，无论摄像机的镜头怎么旋转，景色都是大致相同的。在一成不变的画面中，偶尔出现的白瓜贝或是细菌垫倒是带来了一丝新鲜感。

但是，当回放到 30 分钟之前时，我飞快地按下了暂停键，然后又播放了一次。

在画面的角落里，有烟雾飘散。可能是翻滚而上的泥沙吧，数量相当大。

如今，现场并没有强劲的水流，也没有看到大型的鱼类。"赛德娜"就在 100 米以外的地方，也并没有任何行动。

护卫舰也被水流卷起，停留在距离海底 5 米以上的地方。

"哎呀——"

我下意识地喊叫出声,按下了暂停键——正好赶上摄像头剧烈颤动的时候。

脑中有一道白光闪过,我想到了烟雾产生的原因。

是脚印,不知道是什么东西的脚印,留下了浅浅的坑洼。但这绝不是双脚行走留下的痕迹,应该是巨大的螃蟹,或是和"黄艇"类似的水下仿生机器人在泥土上经过留下的印迹。

"班长,L4 避开了护卫舰的袭击,正在快速反击。"旁边传来了新的报告声,我抬起了头。"正在朝'奥克隆'正面攻击。"

大型屏幕上的三维图像显示,确实有一个红色的三角形在接近蓝色五角星,是正面攻击的路径。

而"奥克隆"已经停止了追踪,几乎静止不动,也没有要闪躲的意思。也许是在等待时机吧。

我伸长了脖子,看着面前的显示器。"奥克隆"的超声激光画面中,显示着扁平的菱形物体。从正面看向辅助战艇的话,大致就是这样的景象。

"探针声呐显示,水中有机枪的扫射声!"

DR 室发送来报告的瞬间,可以看到扁平的菱形在快速翻转。辅助战艇自己是无法完成这样的动作的。是"奥克隆"击中了它的推进翼,把它翻转了过来。也就是说,画面变得上下颠倒了。

蓝色的五角星和红色的三角形几乎重叠在一起。"奥克隆"潜在了辅助战艇的腹部一侧,马上就要碰上了。

我转眼看向光学摄影机的影像,显示器的画面是蓝黑色的,这是上方 150 米处的水块的颜色,"奥克隆"此刻处于仰泳的状态。水块被漆黑的障碍物遮挡,那是辅助战艇的底部,在大约 3 米外的地方。

这时，画面左右两侧各出现了一只蓝色的手臂，并很快地触碰到了辅助战艇的机体。

"成功了！"

我兴奋地大叫起来，又赶忙捂住了自己的嘴巴。但是显而易见，"奥克隆"已经成功地抓住了对方的轮毂。我开始默默地在心中倒计时。

"指挥中心，这里是 DR 室，探针声呐已经确认过爆炸声。"

和我预想的一样，大约 20 秒后传来了捷报。但是，仅仅凭借漂浮在水中的探针声呐，并不能确定究竟是何物在何地发生了爆炸。

好在，很快传来了后续报道。

"指挥中心，这里是 DR 室。激光扫描仪显示，L4 的信号消失了。"

周围响起了欢呼雀跃的声音。但是，随着司令一句冷静的"指挥中心收到"，一切很快又归于平静。

"指挥中心，这里是'埃吉尔'。"这时，突然传来了矶良的声音，"激光扫描仪发现异常，距离为 105 米，从油气管道的暗处忽然出现，正在靠近中！"

"糟了！"

我的身体僵直了，105 米，这意味着近在眼前，如果是敌人的话，那恐怕马上要迎来一场偷袭。

"'埃吉尔'，这里是作战室，请马上躲避！"金城班长代替司令回复道。

"'埃吉尔'收到。"

矶良应该已经采取躲避行动了，只是不知道是否还来得及。

"是什么？究竟出现的是什么东西？"班长靠近敏俊的背部追问道。

"不……不知道。激光扫描仪显示，好像是章鱼之类的东西——"

"体积呢?"

"估计最大长度为 18 米。"

"有那么大的章鱼吗?"

"是水下仿生战斗机器人,"我再也无法控制自己,"它一定有好几只机械手臂,从海底沿着油气管道向上攀爬。"

"从海底上来的?"

"是的,如果是从海里游过来的话,早就被发现了。但如果是从海底爬到这里的,无论声呐还是激光扫描仪都很难发现。大概敌军是在'赛德娜'和护卫舰的侦察范围以外,在油气管道的底部移动了几百米到达了预定位置,再沿着管道垂直攀爬到了这里。"

和海底陆地相同,如果有什么东西吸附在油气管道上,用激光扫描仪是很难识别出来的。虽说是管道,但是当四五十根管道汇聚在一起之后,就成了一个直径接近 20 米的柱体。所以,即使是长度为 18 米的水下仿生机器人,也能够躲在它背面隐藏起来。

"'埃吉尔'正急速上升,开始躲避章鱼状的物体。"敏俊看着护卫舰的激光扫描仪画面报告道,"已经拉开了一定距离,章鱼状的物体也已经改变了行进方向。"

"调出光学影像,上面有什么?"

班长和我一起伸长了脖子认真盯着显示屏。画面的正中央,有一个红色的细长物体一闪而过,看着像章鱼的触手,但并没有类似吸盘的部分。"

"使用声呐,观测反射强度。"

"收到,用护卫舰进行标记。"

主动使用声呐的话,意味着声速伪装的失效。但是,隔着如此近的距离,我们的位置早已经暴露了吧。

"声呐发现异常,通过反射强度可以判断敌方为碳素纤维,并不是生物。"

"果然是头足纲类的水下仿生机器人呀,"我小声嘀咕,"还是第一次见到。"

"司令,'埃吉尔'好像遭到了敌军的袭击。"班长提高了音量,"'赛德娜'请求前去支援。"

"请求驳回。"

"什么?"

"现在依然要把安保工作放在首位,'赛德娜'不能离岗,让辅助战艇的三、四号艇代替它去。"

司令指的是在系满海底峡谷东部和西部中间待命的两艘辅助潜艇。

"但是——有可能会来不及吧?"

"勉力支撑吧。"司令平静地下达着指令,"'赛德娜'不在期间如果发生了喷发事故,该怎么处理呢?我们这边会尽量辅助'埃吉尔',再派'奥克隆'进行后续支援。"

"收到。"

"辅助战艇三号和四号,这里是指挥中心。'埃吉尔'遭受了敌军的袭击,请马上奔赴系满海底峡谷西部的 CR 田。重复一次,请马上奔赴系满海底峡谷西部的 CR 田。"

"辅助战艇三号收到,即将去往系满海底峡谷西部。"

"辅助战艇四号收到。"

我再次在金城班长面前打开了 iFRAME。页面中显示的,是留在海底的神奇足迹和被翻卷起的泥沙。

"这是'赛德娜'的护卫舰拍摄的画面,请立即让安云提高警惕。沿着海底攀爬到这里的家伙,也许目的不仅仅是偷袭'埃吉尔'。"

班长沉默了片刻,向负责的组员发布指令:

"丽恩,时刻留意是否有从海底爬到这里的物体接近'赛德娜'。尽量调低二号护卫舰的高度,保持 360 度无死角拍摄。"

"遵命,长官。"一位越南裔女性谨慎地回答道。之后,班长握紧了通信用的话筒。

"'赛德娜',这里是作战室。现在"埃吉尔"遭受了疑似敌军的水下仿生机器人的袭击,我方两艘辅助战艇已经前去支援。敌方的潜艇大概是沿海底陆地潜行至 CR 田附近,再利用油气管道攀爬上来,不排除还有其他敌军通过海底陆地潜行至此,请不要靠近油气管道和其他有可能埋伏敌军的场所。通信完毕。"

"作战室,'赛德娜'收到,我会选择视野开阔的地点继续完成安保工作。不需要我去参加"埃吉尔"的支援行动吗?"

"这里是作战室,请继续留在原地进行安保工作,这是司令的命令。通信完毕。"

"'赛德娜'收到。"

2

战况陷入了某种胶着状态。双方由于实力在伯仲之间,一直在"南马都尔"周边相互周旋,并没有什么实质性的进展。虽说没有受到什么致命的打击,可是紧张得令人窒息的分分秒秒就这样白白地流失了。敌人的攻击如果限制住"南马都尔"的行动,再次从海底及油气管道发起进攻,最终使"埃吉尔"和"赛德娜"等舰机陷入困境的话,可以说就达到目的了。

也可能只是利用水下仿生机器人和辅助战艇都去巡航的间隙发起攻击,旨在击沉"南马都尔"吧。而对"埃吉尔"和"赛德娜"它们发起的攻击，也可能是起到了一石二鸟的效果。

也许，后者才是其真正的目的。但考虑到来袭的只是 4 艘补给潜艇，比较保守，也不能排除是前者的可能性。从战斗力平衡的角度来看，也可能是两者之间。无论如何，可以肯定的是，至少可以有效地打击到水下仿生机器人或补给潜艇的其中之一。尽管如此，由于两艘补给潜艇一向骁勇善战，最初在数量上的劣势已经扭转，再加上"南马都尔"的水声干扰器的帮助，我方暂未有伤亡出现。

但是，由于要兼顾保卫母舰和参与战斗，战斗能力大打折扣。即便是抄到敌方潜艇后方，由于前方就是"南马都尔"，也无法完成扫射攻击。

即使使用小型鱼雷，如果敌方潜艇紧挨着鱼雷冲入"南马都尔"的话，最后也只能演变成自相残杀。可以说，只要不甩开敌方潜艇，我方就无法完成攻击。

因此，无论如何都不可避免地要做好防卫。"奥克隆"能用吸附式水雷击沉一艘敌方潜艇，可以说是非常巧妙地抓住了时机。

说来说去，还得是有数量优势，协同作战很重要。用两艘以上的潜艇将敌方潜艇从"南马都尔"引开的同时进行攻击的话，也许就有取胜的可能。可是，眼下就像是要轰走围在身边纠缠不休的蚊蝇似的，光是做好对敌方潜艇的跟踪就很不容易了。

此外，"埃吉尔"一直在被类似头足纲软体动物的水下仿生机器人穷追不舍。

依靠之前修炼过的水下合气柔术，我方操作员成功地躲避了敌人一波又一波的攻击。但是，由于敌人动作敏捷，一直没能转守为攻，最终还是以防守为主。

也不知道该叫它们机械手臂还是触手，敌方潜艇的手臂很多，着实叫人头疼，成了意料之外的大麻烦。

　　激光扫描仪图像显示，它们大致呈人形，有一对短粗的胳膊和用来移动的双腿。此外，还有两对从双肩及腋下伸展出来的细长触手状的长为 20～30 米的触角——也就是说胳膊、腿合计是 8 只，后背还有一对用于推进的飞翼。这些胳膊、腿活动自如，不知道一名操作员是如何实现对它们的控制的。莫非，它们只是摆设吗？

　　矶良曾几次抓到了其触角头部，试图借此把它们拉过来挂上吸附式水雷，那正是贾鲁西亚副司令曾教过的攻击方法。

　　但"埃吉尔"只有两只胳膊，即使都用上了，对方还可以依次抽出第三、四只触角。那样一来，矶良就不得不快速躲开了。

　　攻入敌方潜艇的机身，向其输入高压电流及电磁脉冲（EMP）也是一种重要武器。但如果自身触手抽出速度太慢的话，容易被对方捉住捆绑起来。"埃吉尔"也曾试图攻击对方的胳膊及大腿根部，但一直没找到合适的机会。

　　总之是没有下手的机会。

　　反过来，假如敌方潜艇胳膊上都带着吸附式水雷及 EMP 鱼叉袭击过来的话，后果将会如何呢？我这么想的同时，看了看来自护卫艇的影像，貌似头足纲软体动物的水下仿生机器人占据了压倒性优势，"埃吉尔"感觉像是被戏弄着。

　　对方不只是胳膊多，动作也异常敏捷，难道敌方潜艇操作员也是个水中合气柔术的高手不成？

　　有点招架不住的"埃吉尔"在后退的同时将一艘护卫艇召唤过来，将鱼叉缩回至支撑架上，然后从护卫艇的货仓取出了仿生机器人用的水下机枪。

　　即便如此，貌似头足纲软体动物的水下仿生机器人也毫不忌惮，步步紧逼。我方人员自然不得不找准最近距离发炮射击。因为水下机枪的吸附式水雷就会因水的阻力而降速，从远距离发射基本就没有什么效果了，矶良显然是已经考虑过这一点的。

"埃吉尔"刚刚架起炮，吸附式水雷就从胳膊那里魔法般消失了。四五秒后我才反应过来，原来是被貌似头足纲软体动物的水下仿生机器人的触角抓住了——不知何时给夺走了。

真是难以置信的绝技啊。惊得我手脚冰凉，一身冷汗。

"这家伙，真不是一般战士啊！"我下意识地用嘶哑的嗓音低声说道。

"埃吉尔"毫无疑问被戏弄了，双方实力相差太悬殊了。

想想也是，这是矶良的第一次实战经历，而敌方潜艇操作员如果是来自名为提亚玛特的海盗冒充的海务集团的话，可能早已身经百战了。

"指挥中心，我是通信室。已经收到来自'阿马米克'的通知。已派了3艘护卫艇和一艘水下仿生机器人去支援了。通过惯性导航系统推测，它们已经到了距我们1 000米处。"

"指挥中心收到！请代我说声感谢支援！"

"通信室收到！"

感觉起风了。弥漫在指挥中心的紧张气氛也有了一丝松动，再过几分钟，来自"阿马米克"的支援就能到了。这样一来，我方在数量上将会是敌人的两倍。根据司令的分析，"奥克隆"可能也很快会离开这里，去帮助"埃吉尔"了。

最先开往系满海底峡谷西侧的两艘护卫艇应该很快就能到了。如果"埃吉尔"还能挺住的话，或者貌似头足纲软体动物的水下仿生机器人不急于攻击的话，还有扭转形势的可能性。

但是，仅有的一点希望被丽恩的报告挡住了。

"班长，'赛德娜'的一号护卫艇信号中断了。"

"怎么回事？"

一直靠在"埃吉尔"的负责人敏俊身边的金城班长回头问道:
"我也不知道发生什么了,图像和数据突然都传不过来了。"

往指挥中心的墙壁上一看,显示"赛德娜"的显示屏的确黑屏了,控制台上的监控器也是如此。

"立即派二号护卫艇靠近'赛德娜'!"

"是!"

几乎是在丽恩回答的同时,安云那边也传来了消息。

"指挥中心,'赛德娜'这边也看不到一号护卫艇的信号了。"

"'赛德娜',这里是作战室,情况已经掌握,已经将二号护卫艇派遣过去了。马上调查原因。"

"作战室,这里是'赛德娜',请注意,一号护卫艇已经被破坏了,好像——好像有什么东西——"

班长和我快速来到了丽恩的后面。定睛看去,来自"赛德娜"的光学图像看上去是白茫茫一片,大量泥沙被卷起,像烟雾一样。

激光扫描仪图像还是非常清晰的,这种悬浮物应该不会影响到成像效果吧。

"赛德娜"的前方好像有很多根流通管道,那些管子没有直接铺在海底,而是都被固定在底座上,浮在距离海底一米多高的地方。对面蠕动着奇怪的东西,能看到它平坦的椭圆形身体上还长着8根胳膊和腿——是像梭子蟹一样的怪物。

像这种长着很多关节的水下仿生机器人不仅可以用于作战和安保,还经常用于作业。大小如大巴一样,整体而言跟"黄艇"很相似。形态上,更像是一种甲壳类动物吧。

但是,当它不动时,用激光扫描仪从远处看,可能也很难和海底分离器、多支管等设施区别开来。也许,正因为被它的迷彩伪装欺骗,才让它不知不觉也来到了身前。

"'赛德娜',这里是作战室,赶快离开那家伙!"班长大声喊道,"那可能是敌人的水下仿生机器人。"

"'赛德娜'收到!"

激光图像中,那个甲壳动物很快离开了,也可能是"赛德娜"在后退吧?

在光学图像中,蓝绿色的脉冲光束劈开"泥沙烟雾"。由于悬浮物杂乱无章,相互的扫描激光可以看得很清楚。

图像刚拍摄到正在靠近的护卫艇,来自那个甲壳动物的机枪扫射就开始了。飞过来的飞镖镖头似细长的吸附式水雷,在水中划出了一道道白色的轨迹,像是在水中披荆斩棘的标枪。

"班长,二号护卫艇失控了。"丽恩一边快速反复地拉动控制台的操纵杆,一边说道,"估计是吸附式水雷击中了推进器。"

不知何时,她戴上了像潜水镜一样的液晶显示器,将注意力集中在二号护卫艇——应该是要执行远程操纵,这是一种传统的操纵方法。

"画面和图像恢复正常了吗?"

"是的,激光扫描仪和相机还有反应,但是不太能调节方向。"

在我们对话的同时,在不稳定的画面中有个东西横向一闪而过。

"是鱼雷!"我喊道。

好像是那个甲壳动物对"赛德娜"发射的。

"'赛德娜',鱼雷向你飞去了。"班长也大喊起来。

"快拦截它!"

"收到。"

鱼雷也是从顶部发出脉冲光束、自动追击目标的。只要它没有失效,就很难逃脱被它击中的命运。

"赛德娜"发送来的光学图像画面里也显示鱼雷射过来了,而且很快就要飞到眼前了。从显示艇体状态的脉冲可以看到,"赛德娜"

正在抽出 EMP 鱼叉。

图像变大了。"赛德娜"好像向右侧打开了机身，鱼雷好像从其前端几十厘米处掠过。

和过去的大型鱼雷不同，在吸附到敌人船体或机体后爆炸的小鱼雷在加速方面的表现却一般——虽说能追随有升降舵的水下仿生机器人，却不能转小弯儿。

没有追击到目标的鱼雷在几十米处的前方划出了一道道弧线，试图掉头再次进行攻击。这时，"赛德娜"的鱼叉猛然刺进了鱼雷。

强大的浪涌电流一流过，鱼雷的控制回路就会被破坏。推进器停止动作，没有了动力的鱼雷慢慢地沉入了海底。

但是，"赛德娜"的动作并没有就此止步。

失控的护卫艇的图像虽然没显示，接下来，它好像又被对方发射的鱼雷攻击了。"赛德娜"在高高跃起的同时，翻转了机身，然后将鱼叉的头部伸向了鱼雷。作为攻击的第一步，鱼雷奋力地通过磁力吸附住了"赛德娜"。不出所料，紧接着，第二发鱼雷只剩下了金属筒。"赛德娜"通过紧急操纵发出最大功率，向着甲壳动物隐藏的方向开始了猛冲。

比起一味躲避进攻，还是得主动反击。

"唉！好危险啊！"

我下意识地小声说道。可操作员终究是操作员，让她停止也不会停止吧。

"安云，别乱来！"

虽然班长惊慌失措地对着麦克大喊，可终究为时已晚。

对甲壳动物的攻击已经转为水下机枪扫射了。可是，由于距离较远，还是不能进行有效攻击。"赛德娜"冒着枪林弹雨向前冲去，直至进入对方的射程。

感到情况不妙时,"赛德娜"已经改变了轨道,穿透泥土的烟雾来到了敌方潜艇的附近。此时,在激光扫描仪中已经清晰地呈现出敌方潜艇的轮廓了,果然是个像梭子蟹似的怪物。

"赛德娜"将一只胳膊长长地向前伸过去,试图将鱼叉刺入对方。怪物用它的机械手臂抓住了鱼叉,那机械手臂和螃蟹钳子一模一样,貌似力大无穷,很快就将鱼叉折断了。

可以大致判断出:敌方潜艇是一个和"黄艇"同一批生产的操作型水下仿生机器人,但其反应速度看上去却迅速许多。

抛出鱼叉的"赛德娜"顺势跃至敌方潜艇甲壳状的后背上,试图给对方挂上吸附式水雷。但敌方潜艇异常敏捷,从海底倾斜着跃向中层海域,好像是借助自己的多根触角跃起的。

对方可谓是四两拨千斤了,"赛德娜"半趴在海底。在它启动引擎试图将机身竖起时,甲壳动物也在通过泵喷推进器盘旋着,试图从上方发起攻击。这一点,水下仿生机器人可以媲美辅助战艇了。

援军如约而至。

"指挥中心,这里是协战三号艇,即将到达系满海底峡谷西侧 CR 田的油气管道附近,现处于深度为 960 米处。"

"指挥中心,这里是协战四号艇,正在靠近系满海底峡谷西侧 CR 田的油气管道附近,深度约为 1 320 米。"

"协战三号艇,这里是指挥中心,你去掩护深约 1 030 米附近的'埃吉尔'!协战四号艇,你去掩护深约 1 980 米附近的'赛德娜'!这两艘艇处于和敌方潜艇的激战之中。"

盐椎司令好像一边密切关注着发生在"南马都尔"周围的海战,同时对 CR 田的情况也很了解。

"协战三号艇,收到指示!即刻出发去掩护深约 1 030 米附近的'埃吉尔'。"

"协战四号艇,收到指示!即刻出发去掩护深约 1 980 米附近的'赛德娜'。"

我非常希望两艘辅助战艇能先去支援"埃吉尔"。"埃吉尔"的对手的确很难对付,但是和貌似头足纲软体动物的水下仿生机器人相比,应该还是有对付的办法的吧。

"指挥中心,这里是 DR 室。激光扫描仪上有了新的动向,方位是 0、3、5,距离是 480 米,应该是'阿马米克'的 3 艘辅助战艇和一艘水下仿生机器人。"

"指挥中心收到!"

"指挥中心,这里是通信室,收到来自'阿马米克'的消息。该艇所属的辅助战艇和水下仿生机器人进入了距离'南马都尔'500 米的范围内。"

"指挥中心收到!"司令的语气一如既往地淡定。

"敢死队,请保持与'阿马米克'战斗体系的同步!"

"和'阿马米克'战斗体系保持同步,敢死队收到!"

过了一分钟左右,在显示屏正面右侧出现了 3 个绿色的三角形和一个绿色的星形图案,那应该是"阿马米克"的辅助战艇和水下仿生机器人吧。它们从右舷一侧一靠近"南马都尔"的三维模型,就开始兵分两路追赶红色的三角形。当然,是和蓝色的三角形一起追赶的。

很快,名为 L2 的敌方潜艇被击沉了,还剩下 L1 和 L3 两艘艇了。这两艘艇都丧失了攻击力,只是在狼狈地四处逃窜。胜利近在咫尺了。

"'奥克隆',这里是指挥中心。马上直接上浮,确认当前位置。而后朝系满海底峡谷西侧 CR 田前进!"司令发出了令人期待的指令,"快去掩护在深约 1 030 米附近和敌方潜艇激战的'埃吉尔'!"

"指挥中心,这里是'奥克隆'。在确认当前位置后,去掩护水深约 1 030 米附近的'埃吉尔',收到!请发射火箭助推器。"

"指挥中心收到!约一分钟后指挥发射火箭助推器。"

"'奥克隆'收到,即将上浮。"

从追击红色三角形战队分离出来的蓝色星形垂直地朝向海面。

"作战室,请在 50 秒后发射火箭助推器。"

"收到!"金城班长回答道,然后亲自开始操作控制台,向发射仓注水,打开前舱门。

"火箭助推器发射准备完毕。5、4、3、2、1,发射!"

班长点击了触屏上的按钮。

"指挥中心,这里是 DR 室,火箭助推器已经射出。"

"指挥中心收到!"

在海面上接收了 GPS 信号的"奥克隆"再次垂直潜航过来,在水深 120 米附近抓取鱼雷状的火箭助推器——也就是搭载在火箭引擎上的水下仿生机器人用的水下摩托车。

"奥克隆"的推进飞翼虽然能飞快地进行短距离移动,但由于耗电量过大,无法进行中长距离航行。

"奥克隆"像人似的用双手握着火箭助推器的手柄,但它的双腿一直在艇体中,转瞬间就从被临时抛弃的护卫艇前方消失了。

3

我和矶良曾经生活的金井基本上是没有宗教的地方,也许有个别信仰宗教的成年人,但还不至于形成什么规模。类似于传教的活动被禁止,像是彼此心照不宣一样。

因此，集体的庆祝活动只有在盂兰盆节或是彼岸节（春分周、秋分周）时才有，即便是在感谢祭或是圣诞节也是看不到的，斋月也看不到。还有就是在迎接新年、环游北太平洋一周及捕获鲨鱼的时候，而这些庆祝活动也基本和宗教无关。

尽管如此，不可思议的是，有时候会形成一种像是想要祈祷什么似的气氛。

不仅是在处于困境的时候。

眼前永远只是海天交接的一条直线，没什么大波大浪，连个岛影都看不到，天空也没有流云，夹在深蓝色的天空和幽暗的海面之间——在意识到那样的自我的时候，就莫名其妙地非常想要祈祷。

那时候要祈祷什么，成年人也不知道，孩子们就祈祷身边的事情。

常有的情形，就是对着自己乘坐的船只祈祷了。抚摸着甲板或墙壁，一边敲打着一边祈祷务必要保佑自己，或者对着高耸的桅杆双手合十。

也有一些小孩子对着太阳、火星等祈祷，但那可能是受到了小人书或者录像的影响。

鲸鱼、海豚、鲨鱼、鳐鱼、海龟等能在海上看到的动物，也容易成为我们祈祷的对象，还包括信天翁这种大型的海鸟。

不同的是，现在也有人在船帆上逐一给罗盘甲板上排列着的大大小小通信用的天线、雷达天线、磁力罗盘、打光器之类的设备命名，并分配任务进行祈祷。

可能我和矶良已经变了吧。

原本，我们曾在矶良发起的一个游戏中和很多顽童组成了秘密的宗教结社。当时，我们崇奉的是一艘用于船只保养、鱼类养殖等的水下遥控无人潜艇，绰号为"查理奥特"，我们更常称之为"查理奥特大人"。

也不太清楚为什么是这个 ROV（水下遥控潜水器），也许是因为它孤零零地镇守在微暗的机库里的样子比较像神灵吧。

总之，我们也经常隐藏在机库里，在"查理奥特"前进行类似宗教仪式的活动。那时，矶良 7 岁，我 5 岁左右。虽然是不值一提的类似于过家家的小游戏，但是能和小伙伴们共同保守一个秘密，却让我们乐在其中。

虽说是以前的回忆，但在离家之后，我还是经常想起那些往事。

无论是在"南马都尔"的指挥中心，还是在不知所措地守护着被貌似头足纲软体动物的水下仿生机器人一步步穷追不舍的"埃吉尔"的当下都是如此。

像夹着西式泡菜的汉堡上长出了两只胳膊一样丑陋的 ROV 的身姿，突然在脑海中一闪而过。

但是，我在内心深处向"查理奥特大人"祈祷了。看似有些荒诞，却莫名其妙地自然而然地那么做了。

也就只能和矶良谈论之前秘密宗教结社的事情了，他的死党们现在分散在世界各地，基本都联系不上了。

对我而言，所谓的家人不是有血缘关系的人，而是同船生活的伙伴们。

因此，矶良真的就像我的亲兄弟一样。即便是捕鲨的时候曾经发生过不愉快，在我心中他还是我的兄弟，这一点从未改变。将来也一样，我不想失去他。

但是由于时间久远，"查理奥特大人"在我的记忆中渐渐演变成了只是一台机器，在机库里弥漫的神圣气息也逐渐演变成了机油味儿了。

"矶良！"

貌似头足纲软体动物的水下仿生机器人的四只触角最终缠住了

"埃吉尔"的手脚,都没怎么过招就这样束手被擒,实在是太扫兴了。

是体力不支的矶良出现了防守漏洞了吗?不像啊,实在看不出。

敌人貌似对战果非常满意,那样子像是在说:"老子不陪你玩了,赶紧收拾收拾走人喽!"

虽然已经完全限制了"埃吉尔"的自由,在貌似头足纲软体动物的水下仿生机器人身体上仍然空闲着手脚各两双,和触角不同,有5只手指上装有类似吸附式水雷的东西。

仔细一瞧,那些吸附式水雷在各自手背上的指缝间被滚动着。水下仿生机器人正做着像闲来无事时摆弄硬币似的动作。

"开什么玩笑——"

唉,是那样吗?

金城班长命令敏俊,让附近的一号护卫艇挤入"埃吉尔"和貌似头足纲软体动物的水下仿生机器人之间。即便当不了挡箭牌,也可以遮挡其视线,相当于苦肉计。

但是,这样一来,也就能稍稍赢得一点儿时间而已,而后就……

而敌人貌似完全没有注意到这一点,在戏弄的同时,一点点将痛苦挣扎的"埃吉尔"往近处拉扯。

我在集中精力操作一号护卫艇的同时,悄悄地窥视了一下敏俊的侧脸。

"指挥中心,这里是协战三号艇,已确认过'埃吉尔'和敌方水下仿生机器人,即将发起进攻。"

"——这也太慢了!"

我小声说道,摇了摇头。

"指挥中心收到,'埃吉尔'被敌方潜艇的机械手臂缠住了。无论哪只都行,首先攻击它的一只手臂。"

"三号艇,收到。"

在"埃吉尔"被束缚的情况下,即便想用鱼雷攻击也没办法引爆,只能用机枪了。最初的射击由于距离太远,完全没有打到目标。也许正因为如此,貌似头足纲软体动物的水下仿生机器人纹丝未动。虽说瞄准了其触角根部发射了多发子弹,但是完全没有打中。不过,辅助战艇没有放弃,持续逼近敌人战艇。在发起二次攻击时,的确已经来到了有效射程内。即便是那样,貌似头足纲软体动物的水下仿生机器人也没有躲避。

我紧张地冒了一身冷汗,莫非敌方潜艇操作员真的是水中合气柔术高手?此刻,我突然相信了。

貌似头足纲软体动物的水下仿生机器人并没有改变"埃吉尔"的位置,只是自己迅速移动了。随后,它只是从吸附式水雷射过来的方向稍稍错开了一点,就将"埃吉尔"推到了自己之前所处的危险位置,也就是完成了位置调换。真是难以想象,这简直是在水中瞬间使出的神功啊。而吸附式水雷就这样接二连三地射进了我方战艇"埃吉尔"的机身。

"真糟糕!"我实在是忍无可忍了。

我一下子跳到了敏俊前面的控制台上,将放在其上方的液晶显示器抢了过来。一拿到它,就胡乱地将其连接到了二号护卫艇的相机上。

"喂!别胡来——"

由于经常观察班长们的操作,我完全明白每一步要怎么操作,基本不会搞错。我要将护卫艇由定速巡航模式切换至远程遥控模式,便握住了两根操纵杆。

"住手!不许乱动!"

敏俊用手抓住了我的肩膀。

"只用一号艇去掩护不行的,让我用二号艇去掩护吧!"

"不许擅自行动!"从我身后传来金城班长的喊声。

"矶良就要没命了!"我将液晶显示器向额头上方推了推,对着两人大吼道,"他是我的兄弟,我的家人!请允许我去救他!"

"所以,就更不能让你去!"我和敏俊屏住呼吸,怒目而视。瞬间,沸腾的热血一下子又冷却下来——什么情况?稍稍冷静了一下,我发现眼前的角落里在闪闪发光,眼前的影像有点怪怪的。

我用手指了指敏俊手边的显示器。"啊!快看!一号护卫艇就要从'埃吉尔'前方离开了。"

实际上,一号护卫艇的后方相机上映出了"埃吉尔"的头部。它已经快移出画面了。两艘水下仿生机器人借助触角在 20～50 米的范围内反复浮沉。要是追不上它们的节奏,必然当不成挡箭牌。

"见鬼!"我发泄道。敏俊返回到一号艇操作,我也立刻靠近液晶显示屏。此后,我才意识到正被班长从控制台往下拽,还叫来了保安,我可能要被轰走了。

但好像谁都没动,现在的情形,好像是不想和我周旋了吧,抑或是指挥中心的人不想将事情闹大吧。通过液晶显示屏能看到的是海雪的雪暴,在打光器的映射下,发着白光的雪片状悬浮物相互追逐着成放射状流走了。

实际上,雪暴只是静静地飘落至海底。二号艇正飞速地穿行其中,我将影像转到了激光扫描仪。通过激光扫描仪能看到,貌似头足纲软体动物的水下仿生机器人的艇背就浮在距我 50 米左右的前方。我稍稍使二号艇打了转儿,从右侧斜下方追了上去。它的推进飞翼的肘关节映入了我的眼帘,肘关节前方是摆弄着吸附式水雷的令人作呕的手指。

"我要用二号艇近身攻击目标啦!"以防万一,我还是向敏俊报备了。"请尽量用一号艇牵制一下敌方潜艇!"

"攻击?你要怎么攻击?"

"我要狠狠撞它!"

"根本就是徒劳！"

"要是敌方潜艇把吸附式水雷扔掉的话，还能争取点时间。"

我满脑子想的都是在"奥克隆"前来支援之前，尽量拖延敌方潜艇的攻击时间。我很清楚，也只能这么做了。一号护卫艇和辅助战艇估计能做的也就如此吧。

结果是敏俊没有行动。即便如此，也没关系。

我尽量向前推动操纵杆，发动二号艇，以最高航速冲向了貌似头足纲软体动物的水下仿生机器人的右手腕。一戴上潜水镜，那感觉就像是在进行自杀式袭击，紧张得让人窒息。

二号艇要是因此报废了，估计我基本上会被开除的，这也算是另一层面上的一种自杀吧。但是，管不了那么多了，大不了做回我的流浪汉。

距离目标还有 10 米的距离了，我想马上切换至光学影像上去，但打光器灭了，什么也照不到。只能尽量不让敌人发现二号艇的靠近，还剩 8 米了……7 米……

"指挥中心，这里是三号辅助战艇，我要再进攻一次试试。"

"指挥中心收到！'埃吉尔'的二号护卫艇很快就要撞上目标了，请抓住那个时机。"

盐椎司令和操作员间的对话传至耳边。让我感到震惊的是，我贸然的行动他们居然全都知道，而且已经被纳入作战的一部分了。

——或许我一直在司令的掌控之中吧，我也没时间想其他的了。

不经意间，貌似头足纲软体动物的水下仿生机器人的右手腕已经在我的眼前。我稍稍往低拉了拉操纵杆，试图攻击它的指尖。

杂波像闪电般游走在影像中，视线激烈摇晃，根本看不清眼前出现了什么。二号艇应该是实现了攻击目标，和敌方潜艇相撞了，也可能是撞了个正着。我再次将操作从液晶显示屏转至光学影像上，同时将打光器的灯打开。幸运的是，照相机完好无损。

一个圆饼状的物体隐隐约约地在水中上浮，飘飘荡荡地横飞出去，好像是吸附式水雷的样子。"击中了！"我心中喊道，至少算是阻止了对方卖弄的小把戏。

"辅助战艇开始射击了！"金城班长怒吼道，"宗像，躲开！"

"是！"

我将两根操纵杆拉向自己，想要后退，却没反应。

可能是水下 HF 信号不稳定或者是二号护卫艇推进器故障所致。

我停止后退，试着改变航向，这次可以启动了。视野慢慢地向右扩展的过程中，可以看到许多发白色的子弹向我扫射过来——那是水下机枪的吸附式水雷。

只能祈求吸附式水雷打中貌似头足纲软体动物的水下仿生机器人，千万别打中二号艇了。

突然，我的眼前一个又粗又长的物体横飞过来，一下子又从我的眼前消失而去，再次出现后又变得很细了。咦！当我稍稍躲开些时，它又从反方向横飞过来。

那个细长的物体飞快地劈波破浪，分秒不差地一下子击落了白色子弹。只有两发子弹幸免，其中一发从二号艇的水平固定板附近飞了过去。

总感觉貌似头足纲软体动物的水下仿生机器人像摇着跳大绳用的绳子似的摇着"埃吉尔"的胳膊或腿，一只触角扫落了水下机枪射来的子弹。真是不可思议的技法啊。

它气定神闲地用一只手捞着仍在水中持续飘落的吸附式水雷，而后瞬间又飞快地向前开去，缩短了和"埃吉尔"间的距离。

与此同时，它握着这些吸附式水雷，像是打正拳一样出拳了。

"啊！"

耳边传来了敏俊的惨叫声，一号艇轻巧地被拳头弹飞了，被击中的一号艇零件四散，沉到了"埃吉尔"的脚下。

我用尽全力，像是要把操纵杆掰断似的将其向前掰倒。但是，控制系统好像被流弹击中瘫痪了，二号艇反复地不规则地上下移动着。

貌似头足纲软体动物的水下仿生机器人依旧将"埃吉尔"往眼前拉近，将吸附式水雷安在了操作舱的左右两处——游戏已经结束。

我站了起来，从脸上摘下潜水镜摔到了地板上。最终，还是没来得及支援——本应该像英雄般出现的"奥克隆"连个影子都没看见。

控制台的显示器上显示，貌似头足纲软体动物的水下仿生机器人又追加了两发吸附式水雷。只是为了破坏对方操作的话，用不上 4 发吸附式水雷——总觉得它是想要击毁"埃吉尔"。

而且，被安装上吸附式水雷的地方是操作舱的上下。加上之前安装的两发，现在被贴成了十字架形，它可能是乐在其中吧。

貌似头足纲软体动物的水下仿生机器人将双腿抬至胸前，大幅度屈膝，而后在将触角从"埃吉尔"身上松开的同时，狠狠地踢飞了机体。砰的一声，双方气势磅礴地分开了。

"矶良，快跑！"金城班长大喊道。

我发不出声音，身体都僵硬了。

第三次攻击再次失败的辅助战艇仍然在靠近貌似头足纲软体动物的水下仿生机器人，本应该盘旋的辅助战艇仍就在惯性驱使下移动着。

令人震惊的是，敌人好像早就看到这一步了。

在踢飞"埃吉尔"的反作用力下，貌似头足纲软体动物的水下仿生机器人自身也增加了推动力，开始袭击辅助战艇，一只触角缠住船头，另一只触角试图缠住垂直固定板。

辅助战艇开始加速试图摆脱，但突然被第三只触角刺穿，一下子失控了——很可能被电磁脉冲击中，电路系统也崩溃了。

当它反应过来的时候,转瞬间已经被挂上了两枚吸附式水雷。

被操作舱罩住的矶良从"埃吉尔"的操作舱被射了出来,辅助战艇的操作员们也从各自的胶囊状的操作舱逃了出来。貌似头足纲软体动物的水下仿生机器人的姿态从画面中消失了。

"奥克隆"终于出现在画面中,但是我的心彻底凉了。

火箭助推器好像要耗尽燃料了。"奥克隆"将手从手柄处移开,从即将爆炸的"埃吉尔"和在水中翻滚的操作舱之间飞了出去——显然它要充当挡箭牌去保护矶良。

这的确起到了阻挡爆炸冲击波的效果。但是,很多碎片掠过船体飞向了矶良的操作舱。

眼前发生的一切如同慢动作电影般映入了我的眼帘。

我方水下仿生机器人和辅助战艇相继遭到破坏,那简直是一场超长的噩梦,而实际上也就是十几秒间发生的事情,真令人难以置信。

"四号艇,这里是'赛德娜',我已经束缚住了敌方水下仿生机器人了,马上用鱼雷攻击它!"从远处传来了安云的声音,我这才回过神儿来。

好像是从丽恩所在的前方的控制台传来了战斗现场的对话。我这才意识到,协战四号艇已经开始掩护"赛德娜"了。

我急忙去看来自"赛德娜"的影像。整个画面都充斥着貌似头足纲软体动物的水下仿生机器人的头部,不知道发生了什么。

丽恩将来自失控的护卫艇突然传过来的画面和来自辅助战艇的影像相结合进行了分析。

分析的结果是,"赛德娜"在海底正和敌人正面相对,它好像正用双手抓着那个导弹似的大型机械手臂。只是由于输出功率或是腿的数量相差悬殊,在一点点地被向后推着——好像丽恩也没弄明白到底是怎么变成现在这种局面的。

可能是安云曾想过用擅长的大力把对方按倒吧，可能由于不太现实，才改为联合围剿了。

"'赛德娜'，这里是四号艇，吸附鱼雷后能逃脱吗？"

"你的意思是有这个可能，对吧？你快点攻击，好像能逃脱。"

"四号艇，收到！"

眨眼之间，两发小型鱼雷发射出去。

鱼雷的自动追尾功能设定目标是敌方潜艇类似梭子蟹的外壳部分。因为目标相对较大，"赛德娜"抓着它，使它无法做较大幅度的移动。这样一来，两发鱼雷都轻而易举地吸附到了那里。

"安云，鱼雷咬住了螃蟹了，快点逃走！"四号艇操作员也违规大喊道！

"收到，稍等！"

从辅助战艇传来的图像显示，"赛德娜"大幅度展开了推进飞翼，弯腰跳跃的同时，从貌似头足纲软体动物的水下仿生机器人的指甲处将手抽离出来。为了不被抓住腿，它加快频率拍打着双翼。

不一会儿，"赛德娜"就到了几十米开外。但为了避开小型鱼雷的爆炸范围，要离开300米左右才行。但是，敌人并不服输，试图拼命地往上扑。

它可能也意识到自己的后背被挂上鱼雷了吧。可是由于机械手臂够不到那里，也没办法摘掉。即使那样，操作员好像也不想弃艇而逃。当然，即便是逃了出来，一旦鱼雷爆炸了，还是难逃一死。但为了尽量不损坏辅助战艇，如果敌方人员从潜艇逃出来，也可以选择不引爆鱼雷，因为没必要硬要破坏已是空壳的潜艇。

当然，如果被活捉的话，为了活命，对对方抱有一丝希望，也只能选择弃艇而逃。但是，敌方潜艇的操作员好像是不屑于此，他非但没有逃跑，反而对向中层水域逃跑的"赛德娜"穷追不舍。

一旦切换至泵喷推进器推进状态,敌人的速度可能更快吧。当然,那得是在一直不转弯的情况下。

"赛德娜"既能瞬间掉头,又会倒立,而这些,貌似头足纲软体动物的水下仿生机器人是不会的。在进行了一段Z字形路线的航行后,"赛德娜"逐渐摆脱了敌方潜艇的纠缠。

最终,在甩掉敌方潜艇约100米开外后,协战四号艇一个急转弯靠了过来。然后和"赛德娜"并排开在了一起,速度也降了下来。

"安云,快爬到我的艇里来。"

"真的要爬吗?"

"你的艇可能不行了。"

"慢点!抓紧了,可以的。"

"OK,我试试!"

在这番对话后,四号艇溜到了"赛德娜"的正下方,用双手的手指钩到了"赛德娜"的三角翼的根部,"赛德娜"就轻飘飘地罩在了上面,双方以这种事先完全没有预想到的方式完成了汇合。

承受着"赛德娜"和自身双重重量的四号艇开始加速了。一旦达到最高时速,即便是直行,敌人也是追不上的。即使安装了最先进的推进器,水下仿生机器人在速度上还是会逊色于辅助战艇的。

几分钟后,在深约2 000米的海底发出了一声闷响。实际上,可能是因为水压过高导致那个甲壳动物爆炸了。总之,冲击波迅速形成球状扩散,损坏了CR田的一部分。

在辅助战艇的掩护下,"赛德娜"好不容易刚刚尝到首战告捷的味道,在它头上1 000米左右处,"奥克隆"正和貌似头足纲软体动物的水下仿生机器人怒目而视,以这种状态僵持着。

"埃吉尔"的两艘护卫艇都身受重伤彻底报废了,取而代之的是"奥克隆"的两艘护卫艇的到来。一艘去追逃脱出去的矶良,一艘在一旁监视"奥克隆"的状况。

我则是一直目不转睛地看着激光扫描仪图像。

"奥克隆"露出了专用的EMP鱼叉,这个鱼叉的长度约为"埃吉尔"或"赛德娜"等潜艇通常配备的鱼叉的1.5倍,鱼叉两端是能产生电流和电磁脉冲的叉尖。

而此时,貌似头足纲软体动物的水下仿生机器人则呈放射状大幅度地展开了它的四只触角,锋利的触角尖像钩爪一样弯曲着,恐吓着"奥克隆"——好像在它长有五根手指的双手上握着吸附式水雷,看来是要动真格的了。

双方战事一触即发。

但是,两方却都一动不动。在相距30米左右的距离上虎视眈眈地僵持着。此刻,仿佛连时间都静止了似的。

"没有下手的机会啊。"金城班长忽然缓过神儿来说道,"双方都无机可乘,所以都按兵不动。"

的确能看出双方都做足了准备。先发起进攻的一方如果进攻不够犀利的话,反而可能被对方打垮。在合气柔术中的确存在故意引诱对方发起攻击的招儿,这招儿被称为后发制人。对方如果真是合气柔术达人的话,我们所想的就都在它的预料之中,那可就麻烦了呀!

我轮番看着两艘护卫艇的图像和影像的同时,不停地晃动着身体,想让自己冷静下来却怎么也做不到。

矶良的船箱看样子是无法启动手脚了,而后背上的推进器好像也无法转动了,在黑暗的水中既不上浮也不下沉,随着潮汐漂动着。是失去知觉了吗?还是……

护卫艇并不具备将矶良拖航回到"南马都尔"的能力。水下仿生机器人虽然能做到,可是"奥克隆"必须先结束眼下的战斗才行,总感觉宝贵的时间在快速流失。

如果矶良之前身负重伤的话，这会儿可能已经濒临死亡了——副司令一定是谨慎过头了吧？

当然，不懂实战的我是没有资格这么说的，只是眼下实在是太急人了。

"指挥中心，这里是'赛德娜'，发现了敌方水下仿生机器人的残骸，是机械手臂的小臂。"

"指挥中心，这里是协战四号艇，我也发现了敌方水下仿生机器人的一条腿，应该是被鱼雷击毁的。"

安云他们接二连三地汇报着。

"司令部收到！'赛德娜'、四号艇，你们这就迅速上浮到深约1 000米附近。在输油管道附近，'奥克隆'正和敌方潜艇激战，而矶良从'埃吉尔'中逃出后还在海中漂流着。'赛德娜'负责回收船箱和营救矶良，然后再返回母舰。四号艇负责发射鱼雷攻击敌方潜艇，直到'赛德娜'和矶良撤离到安全范围内。"

听了盐椎司令的指示，我算是暂时吃了颗定心丸。即便如此，气氛依旧十分紧张。

"在深约1 000米附近回收船箱后，就返回母舰。"

"四号艇收到！在确认'赛德娜'和船箱安全后，用鱼雷攻击敌方潜艇。"

正面的大屏幕上再次显示出了CR田及其周边状况。此刻，"奥克隆"、"赛德娜"、协战四号艇和敌方潜艇的位置一目了然。

去攻击"南马都尔"的四艘辅助战艇由于全部被击沉，呈现出蓝色和绿色三角形或星形的三维图像被移至左墙面的中型显示屏上了。

考虑到敌人可能再次派水下仿生机器人或辅助战艇出战，战事仍未解除。即便如此，"南马都尔"顺势开始缓慢返回系满海底峡谷。

"司令，三号无人巡逻艇发现了敌人类似地下轨道飞行器的潜艇。"从战斗班那里传来了喊声,该潜艇正潜航在一庆良间海沟东南40公里、深约100米附近的海域。现在,为了确认其踪迹,其他三艘巡逻艇正前往那里。

"好的!"司令向下看了看手中的控制台,握住麦克说道,"通信室,这里是指挥中心,请通知'西尼雷克':在一庆良间海沟东南40公里附近发现了敌方的疑似SSO潜艇,我们正在确认。它现在离那里最近,为了防止意外,请进入准备攻击状态,详情及坐标位置过会儿告知。通知完毕。"

通信室正在重复通知时,安云那里传来了消息。

"指挥中心,这里是'赛德娜',现在深度为1 380米。通过激光扫描仪发现了'奥克隆'的护卫艇和矶良幸彦的船箱,距离约400米。这就去回收。"

"指挥中心收到!"

"指挥中心,这里是协战四号艇。现在深度约为1 200米,正在靠近敌方潜艇,距离约320米。"

"四号艇,这里是指挥中心,不要急于求成。在到达距离敌方潜艇200米左右时,尽量绕到它背后停下来。"

"四号艇,收到。现在开始减速航行。"

司令和金城班长他们并没敢和"奥克隆"通话,可能是怕分散其注意力吧。

但是,"南马都尔"和"赛德娜"及辅助战艇之间的对话,贾鲁西亚副司令一定能听到的。

"司令,敌人的疑似SSO潜艇开始移动了。"过了约一分钟,战斗班再次汇报道,"我们认为它已经注意到我们的无人巡逻艇了。"

"你们在追击的同时用激光扫描仪拍照,尽量获取详细信息!"

"好的!"

"指挥中心,这里是'赛德娜'。矶良的船箱已经打捞到,好像是一部分受损了。这就返回母舰,请医疗小组做好救治准备。"

"指挥中心,这里是协战四号艇。正在距离敌方潜艇 200 米处待命!在激光扫描仪中能看到它后背的推进翼了。"

"四号艇,这里是指挥中心,做好鱼雷发射准备,没有接到命令不许发射!"

"四号艇收到!"

前方屏幕显示"赛德娜"正在远离"奥克隆"、协战四号艇和貌似头足纲软体动物的水下仿生机器人,已经离开有 300 米左右的距离了。但是考虑到矶良的安全,要进行鱼雷攻击至少得离开 500 米。

"司令,无人巡逻机正在接近三号无人巡逻艇,那是和 R4 同型号的飞机,它正用加特林吸附式水雷攻击我们。"

"快逃!不用应战了。"

"好的!"

"通信室,这里是指挥中心。请通知'西尼雷克',我们正在调查敌方疑似 SSO 潜艇,我们的无人巡逻艇被攻击了,希望他们能出动辅助战艇。通知完毕。你们继续向'西尼雷克'传送无人巡逻艇的实时位置及到目前为止拍摄的激光扫描图片数据。"

通信室在快速重复着通知完毕信息,就在重复即将结束时,传来了战斗班的汇报。

"司令,三号无人巡逻艇失控了,应该是发动机中弹了。"

"其他巡逻艇呢?"

"三号巡逻艇已经靠近了,一号艇和四号艇还差一点。"

"指挥中心,这里是通信室。来自'西尼雷克'的通知:有一架直升机正在飞向该海域,应该是日本海岸警卫队。此外,还有一艘高速巡逻艇在靠近,暂时推迟辅助战艇的出击。"

"指挥中心收到。战斗班，请立刻引爆无人巡逻艇的自爆装置，不要被日本海岸警卫队捕获。其他巡逻艇也都停止行动，原地待命！"

"收到！三号无人巡逻艇自爆，其他巡逻艇停止行动并原地待命。"

"看来就连动作迟缓的日本海岸警卫队都看不过去了，"金城班长低声说道，"不会也到我们这里吧？"

"咦！莫非它发现了我们的母舰？"我抬头看了看"奥克隆"的影像。

虽说是在海中，还是打了个漂亮仗啊。海岸警卫队可能通过冲绳本岛周边安装的水下固定听音装置能听到我们这场战斗的声音吧？只是冲绳州上配置的海岸警卫队一直人手不足，国防军也是如此。要不是发生什么大事儿，他们是不会出动的。

"这么说来，还真够可以的呢。只是开战地离日本领海近了点儿。"

"还可以吧。只是一旦和日本有了瓜葛，会很麻烦的，可能会无缘无故地受到怀疑。如果敌人也能意识到这一点的话，应该也会尽量不让问题复杂化吧？莫非打到现在这个节点上会休战不成？"

班长话音未落，CR田有了新情况。貌似头足纲软体动物的水下仿生机器人摆出了不想打下去的架势，开始急速上浮。"奥克隆"也不再追它。

"指挥中心，这里是协战四号艇。敌方潜艇从目标地离开了。"

"四号艇，这里是指挥中心。让它走吧！日本海岸警卫队会行动的，你就待在原地按兵不动。"

"四号艇收到！"

敌方潜艇一下子就踪迹全无了。大海恢复了平静，估计鲸鱼、海豚们终于可以松口气了，而弥漫在指挥中心的紧张气氛也缓和了许多。

I 是 India 的 I

1

机库的地板上飘动着冷飕飕的空气。矾良躺在推车上,望着垂着大小吊车的天花板,目光好像飘浮不定,一直在飘移着。

包裹着鼻子和嘴的口罩中充满了透明液体,从双腿内侧延伸出来的输液管也连在了船箱的生命维持装置上。此外,还得通过体外换气进行呼吸。水从拆掉了上半门的船箱里滴落着,因为里面混杂着血液,有些呈淡橙色。矾良好像是被"埃吉尔"飞出的碎片击中了,身负重伤。

他目前好像体力透支、意识不清,还无法用肺正常呼吸。为了先把他送去治疗室,移动式体外换气装置正在运过来——操作舱本身也受到重创,无法一起移动。

医疗队的医务人员给他诊脉,把他身上穿的紧身衣剪碎、脱掉并止血……我就无所适从地站在一旁。

"喂!宗像在吗?"突然不知谁喊了我一声,"宗像逍!"

"到!我在这呢!"

我向着喊我的人举了下手。我和位于船箱侧面的一名头戴耳麦的男子对视着,他好像是医疗队的主治医师。

"你过来一下,快点!"

我快步上前,他摘掉耳机塞给了我。

"矶良他好像就想和你说话。"

"咦!他还有意识?"

"啊,就在刚才喊他时他反应了,下巴虽然没动,但是肌电图有反应了。可能要通过合成声音跟他讲话才行,你试试通过麦克直接对着他的听筒喊他。"

我戴上了耳麦,操作着像是医疗用的 iFRAME,主治医师频频对我点头示意。

"幸彦,能……能听到吗?"我的声音莫名奇妙地变得异常尖厉,"是我,我是逍啊!"

"啊,听到了。我这个难看的样子给你看见了呀。"虽说有点不像,耳麦传来了貌似矶良的声音。

"一点也不难看,很英武啊。你没逃跑,该做的都做到了。"

"这仗打得实在是太窝囊了,我们完全被敌人给耍了。虽说行动前就有不好的预感。"

"一点都不窝囊,那可是连贾鲁西亚副司令都对付不了的对手啊,换谁都很棘手。即便如此,你还能对抗到底,真是好样的!幸彦。"

"行了,我宁愿被你看扁了。"

"啊?你胡说什么呢?"

"算了吧,你给我听好了,我想我快不行了,跟你说个正事儿。"

"不要乱讲,我可不想听什么遗言。"

"行了,你乖乖给我听好了——留给我的时间不多了。那个,我在捕鲨的时候,曾故意撞了你——不是开玩笑,也不是什么紧急情况

所迫，我当时是真的想要杀了你的。"

"什么——你说什么？"我不由得用手摸着骨传导助听器皱起眉来，"别胡说了！"

"我不是胡说，是事实，是我一直隐瞒到了现在，所以你可以鄙视我了。"

"为什么啊？"

"我之前一直嫉妒你。实际上，在10岁之前，我都有个假想的朋友，从一开始就是我的秘密朋友，一直不想让人知道。很多大人可能也注意到过，但那时候他突然不出现了，没有任何征兆，也没有告诉我一声就消失了。我那时真的觉得很孤独，感觉天都塌了一半似的。我十分怀念和那个假想的朋友一起度过的快乐时光。为了填补它不在的空白，我才又和几个身边的人交了朋友。我就是个孩子王，只是和大家玩玩，没想付出真心。"

不知道该怎么接他的话，我向推车担架望去，矶良仰着头，一动不动地躺着。

"就这样过了一两年，总算是习惯了。即便那个假想朋友不在，我也总感到总有一天他会如约而至。但是，就在那时，我知道了你好像也有个假想朋友，所以非常羡慕你，可是担心被你看不起，就没有表达羡慕之情，但我的内心是极不平静的。"

"名字是？"

"什么名字？"

"你那个假想朋友的名字？"

"哦，我一直叫他 Riru。"

"是叫 Riru 吗？"

"可是，就在那次捕鲨的时候，在相互追逐时，我看到 Riru 站在你的肩膀上。只是一瞬间，也许是看走眼了。但我那时可是一个12

岁的淘小子，虽然口中夸夸其谈，却失去了理性，无法冷静下来，不相信自己看到的事实。很快就热血冲头，认为你抢走了我的 Riru。"

"你是指安菲特里忒？"

"我也不知道是不是她。只是，那时候，我通过你的描述一直把她想象成一个女孩。"

"是啊，虽说感觉她有点中性，但是从讲话方式上看还是应该是个女孩。"

"可我的 Riru 是男孩。不，是我自认为他是男孩。现在想想，也说不明白当时为什么会那么认为。所以，当时看到的到底是 Riru 还是安菲特里忒，还真是说不清，可能本来是谁都无所谓的。反正我看到的是站在你肩膀上的假想朋友像是我的 Riru 就很生气，平时累积起来的嫉妒心一下子就爆发了，产生了一种一直被你欺骗的感觉。而后就产生了这样一个念头——如果你消失了，Riru 不就自然而然地回到我身边了吗？这就是我曾经撞向你的原因。"

我拼命摇着头。"我不信！"

"当然，我过后很自责，但一直没有勇气告诉你。身边的大人们看到了，也就胡乱地解释说那是孩子间的恶作剧，不是故意的。我也一直没敢否认，就当是玩笑开过了头。被别人问'你小子是不是故意的'时，也从不点头说是，一直努力让自己深信自己不是故意的。我就是那样的一个狡猾的家伙，你原谅我吧。"

从机库的墙壁和天棚传来了咚咚声，向出入口一看，原来是几十名男女用车载着一台大机器正要进来。那机器好像就是移动式体外换气装置，给人感觉像是工业洗衣机似的。

那台移动式体外换气装置通过一个狭窄的通道运过来，被放置在船箱的侧面。矶良体外的导管重新替换接好需要花四五分钟。在此期间，我们之间的谈话不得不终止，也许刚好是个化解尴尬的机会。

当推车担架和洗衣机似的机器开始向治疗室移动的时候,我已经整理好了思绪,也想好了接下来要跟矶良说什么了。

"我还能再和矶良说几句吗?"跟在推车担架后面,我跟医疗队的主治医师确认道。

"当然可以。"他点头回答道,"为了让他时刻保持清醒状态,请尽量和他聊天。"

"好的。"我重新戴上了耳麦,"矶良,你在听吗?"

"哦,啊——我在听,我有点儿困了。"

"别!千万别睡!刚才你说的那件事,我得对你说一声谢谢呢。谢谢你跟我说实话,虽然我确实是有点吃惊,可是仔细一想,当时你也是实在没办法。如果换作我,说不定也会做出同样的事情呢。Riru对你那么重要,可以想象他就像你身体的一部分一样,即使是现在也是如此。虽然此刻有点疏远了,但如果安菲特里忒真的不在了,我也一定会不知所措。现在这个岁数都这么觉得,更别说10岁的时候了。那感觉岂止是寂寞,简直都快要疯了。虽然我不知道Riru为何会消失,但一想到幸彦你当时的心情,我就很自责。更何况是10年前了,不要再想这件事了。"

医疗队用了5名主治医师才把推车担架和体外换气装置弄好。因为还在窄通道中,为了不让导管掉出来,才移动得很缓慢。

"真希望你骂我傻瓜或者懦夫啊。"耳麦里传来了矶良混杂着喘息声的语调,"道,你真是个大好人,能跟你把事情说开,真是太好了。气氛一下子轻松了不少。感觉再说一句,我好像就能睡过去。"

"别!别!不许睡!说什么都行,你一定要说话啊!"

"虽然我要说的话跟刚刚说的有点儿矛盾,拜托你不要听糊涂了——我一定会正视我所犯下的罪行的。但我还是有个事儿无论如何都不能理解——为什么Riru会在那个时候、那个瞬间让我看见他一眼，就这事儿。"

"你说的那时指的是我掉入捕鲨鱼的海域时吗？"

"是那之前，你偶尔悬在交叉耦合的栅栏外侧，我偶尔在内侧。就是那时，我看到 Riru 在你的肩膀上，已经昏了头脑的我便把你推下去了。但是，Riru 终究没再回来，自那时起就再也没有出现。随着时间的流逝，我还是常常纠结于这个问题。"

"你是不是搞错了呢？"

"也可能吧。可我是亲眼所见啊，要是那时 Riru 真的出现了，就太棒了，简直像做梦一样。"

"你当时是不是被煽动的？"

"是啊，总感觉是被煽动的。不，我不想给自己找借口。实际上，我从很久以前就开始嫉妒你了。虽然还没到想要杀了你的地步，却总想通过某种方式发泄一下。Riru 一下子穿过我的身体，也是有可能的，这种想法是不是有点荒谬呢？"

"不，也不能说是荒谬。我最近也总觉得像是被安菲特里忒控制着。"

"的确如此，我在金井的时候就想过，假想朋友不会只是想象出来的东西，虽说也因此淡化了犯罪意识，但事实上是没能接受这个事实。"

"因此，到了 18 岁到外面闯世界的时候，我并没有马上就职，在环游世界的同时，也在寻找金井的老乡。"

"哎？找到了吗？"

"当然了。从金井出来之前，我就努力收集了相关信息，然后在工作地到处打听。此外，也借助了网络。只要肯下功夫，就能有惊喜。我和近 20 个老乡直接面谈过。通过互发短信取得联系的约 40 人。这 60 个金井老乡中，曾经有过假想朋友的有 6 人，占总人数的一成。"

"你居然联系到了那么多人?"

"很多,对吧?他们全都安装了相当于遗传基因水平的潜水装备,也就是所说的'鱼人'。但是,长大以后,就没人有假想朋友了。据说,在小时候就都消失了。我也是。"

"为什么呢?"

"真搞不懂……"话筒那边的声音变低了,"怎么这么困啊?"

"喂!等一下!等一下!我还没说完呢。"

"虽然如此——我好像血液里还有什么没注射——比如说精神镇定剂等药物。"

我环视了一下医疗组的情况。大家都只是默默地搬运着装置和推车担架等,并没有想进行什么。也没人在弄体外氧气交换装置,还是像刚开始那样只是输入了镇定剂。

"管不了那么多了,我现在想说的就是,在我们不知情的地方正在发生着某些与我相关的事情。那些也可能是自然现象,但人为的可能性更大。也有和我有同感的人,他们在捍卫鱼人权利的名义下,结成了地下团体。这个团体主要应对的并非肉眼可见的侵权,而是那些人们看不到的人权侵害。但是,因为不想被在那些肉眼看不到的地方工作的同伴注意到,表面上这个组织就像是个互助团队那样履行职能。我也加入到了他们的组织中,顺理成章地能利用更广泛的人际关系了。我之所以能潜入仙境,也是因为这个原因。"

"潜入?"

"哦,从初衷来说,的确可以这么说。据我所知,金井和仙境是同根的。没错,就是现在还有千丝万缕的关联,而且仙境和密克罗尼西亚联邦关系密切。密克罗尼西亚的澎贝岛上有海洋之子传说,设立人权团体的人想要知道假想朋友和海洋之子之间有什么关联。因此,我才能在仙境谋得一职。

"原来如此。"

"虽说至今未取得什么显著成果，只是有一点，就是新型水下仿生机器人，它好像是针对海洋之子开发的。"

"也就是说，新型水下仿生机器人要由被认定为海洋之子的人来操作。"

"的确如此。不清楚它和一般的水下仿生作战机器人有什么不同，只知道实验机搭载在'南马都尔'上。道，你被分配到那儿，这里头有什么猫腻，我们已经安排调查了。这样一来，就停滞在有关渥美半岛海域CR田井喷事故的报告书上了。那可是盐椎一真做的哟，那上面好像还记载了安菲特里忒呢，最终你可能要成为海洋之子了。"

"啊！真的是很像你说的那样呀。这真是让人一头雾水。"

"如果新型水下仿生机器人是为了海洋之子打造的，可能你开上它后就明白了。即使不能全部搞清楚，也定会明白一些的。我也想操作它试一试，可能因为我不是海洋之子，估计开动不了。但是，我想，只要乘坐上去，多少能弄懂一些事情不是吗？"

嘈杂声稍稍平息了一些，医务室已经出现在眼前，好多貌似医生和护士的人都戴着口罩和手套，做好了抢救的准备。

"幸彦，就快到医务室了，再坚持一小会儿，保持意识清醒！"

"医务室？啊，是医务室啊……道，我怎么感觉自己有些害怕呢，你还会留在我身边吗？"

"知道了，我会陪在你身边的，你放心吧。"

"好黑啊——我眼前一片黑暗，照明灯开着吗？"

"开着呢，因为这里是医务室。来，我们进去。"

推车担架越过了医务室的门扶手，护士在前方挡住了准备随之而

入的我。

"请留步!"

"不,患者说了,让我陪在身旁。"我用手指着耳麦。他从机库开始就一直在和我说话,好像还有什么要说的没说完。

"患者的确想要和他说话。"医疗小组的主任在旁边说了一句。医生对着投来询问目光的护士点了点头。

"好的,我知道了,请马上换衣服。"

"换衣服?"

"请稍等——"

不一会儿,另外一位护士给了我颜色有点泛蓝的手术衣、帽子、口罩和手套,虽然有些麻烦,却不得不依次穿戴好。

"喂!逍——你还在吗?"

"我在呢,幸彦。就在你旁边,现在正换衣服呢。"

呱嗒呱嗒的脚步声响起,安云出现在医务室的门口,紧身衣外面披着船上的防寒服,没干透的头发散乱地披在肩头。

她喘着粗气,一度咳嗽不止。等到恢复到正常的肺部呼吸,应该需要一段时间吧。

"逍——幸彦他?"

"没事儿了。"我摘掉嘴边的口罩说道,"到目前为止一直在说话呢。"安云还想要问下去,她眼前医务室的门一下子关上了。

"喂喂!逍——你们在哪儿?太黑了,看不到你们了,怎么这么黑啊?"

终于将手套等穿戴整齐的我,快步来到了被抬到手术台上的矶良旁边。在注意不妨碍医生工作的同时,我抓住了他的一只手。

"你听好,我就在你旁边。"

我稍稍用力握了一下,能感到手中的手指在动。

"哦，你在那儿啊，太好了。我总觉得我的意识不清了，好害怕啊，就像是死了一样，我——"

"不要做胆小鬼，我一直抓着你呢。"

不一会儿，听到他嘟哝着说着什么。肌电显示减弱，声音显示也变得不清晰了。

"你怎么了？你再说清楚点！"

经我这么一喊，他声音虽然很微弱，但总算说出了能让人听明白的话语了。

"那个——Riru——唆使我了，那家伙不出现的话——我就不会对你下手了——"

"不要再提那件事儿了。我不是告诉你把那些都忘了吗，以前那些事儿？"

"死之前——我很想知道啊。我们——到底，到什么时候能解脱，获得自由啊。难道只是——提线木偶吗？"

"不是你想的那样啦。"

矶良的手指一颤一颤地抖动着，我用双手将其包在中间握紧了。

"逍——"

"我在，幸彦。"

"那个新型水下仿生机器人——操作——去看看——"

"去看看？什么？"

"我——没能看到的——世界——"

"喂！幸彦！"

我双手用力握了起来。可矶良的手指不动了，多次摇晃、轻轻敲打也没反应，他的整只胳膊无力地从手术台上耷拉下来。

"幸彦！你醒醒啊！"

我跪在地板上，将他的手放到自己的额头上。他的手已经变得冰冷,仿佛我手里握着的是千米深的海水。

不知是谁一下子把手搭在我的肩头,我回过头来,看到的是摘掉口罩的医生,他带着悲伤的神情摇着头。我转过头来,像是要把头甩掉一样拼命摇着矶良的头。

再怎么努力,矶良也不会再和我说话了。

2

应该不会有人喜欢在水下 300 米处仅穿着一件紧身衣潜水吧?即便是冲绳,水温也只有 15℃左右,而且周围一片漆黑。

我抱紧发抖的双肩,漂泊在根本分不清上下的水中。可能再过 10 分钟也就习惯了,但是,到习惯之前能不能活着是个问题。

有流星!

有 30 个左右像蓝色 LED 灯一样的光束排列成了一排,在我头上照射出不规则的轨迹。那些光束可能是灯笼鱼的发光器吧。

此外,连接成环状的星星,闪闪发光的星星,呆呆地拖着尾巴的彗星,还有像枝形吊灯一样的星云,等等,点缀深海夜空的光芒真的是很有个性。基本上,都是海蜇类的水生物发出的光芒。

我此时的感觉就如同一个不知何故被甩出了宇宙飞船,如木乃伊般冻结着的航天员一样,以前的电影中的确曾经出现过这样的画面。

但是,矶良心中的不安肯定不是这样的。

水温,如果在 1 000 米以下的话,会低于 10℃,也许只有六七摄氏度。通常,薄款速干衣都会用温水泡一下,一旦被碎片划破,就可能从衣服的破口处进水。如果他意识清醒的话,肯定会身心俱痛吧？我真想替他分担一部分痛苦，而15℃左右的水温也就是稍稍有点温度。

虽说如此，裸潜的情况下，这个深度已经是极限了。除非他不想活着返回海面……

我一直抑制不住身体的颤抖。要是平时，即便身体异样，我也一定会尽情眺望神秘的星海。但此时的我，心头如同压着一座大山，惊恐万分却又束手无策。

再忍一忍……

我小心翼翼地将一只手在眼前挥了挥，能感觉触碰的是水，却看不到自己的手。好在，有蓝色的火星在萦绕，手指的轮廓逐渐浮现出来，就如同有人在施魔法一样奇妙。

发光的浮游生物貌似很多，一碰到我的手受到刺激就会发光。虽然很美，但光芒很快消失了。为了消除恐惧感，我重复施展我的魔法动作，用力大幅度挥动手臂，冰冷的火焰向上飘舞，很快蓝色的火星就聚集成了一个人形。

"再不马上上浮，就危险了！"是安菲特里忒在说话。

"的确如此。"

我暗自说道，表面却故作镇定。"一旦生命受到威胁，就只能仓皇逃跑吗？"

"那当然了。逍，你好像还不太了解你自己。"

"话虽如此，我10岁时让我差点没命的难道不是你吗？"

"开什么玩笑？"

"那你的意思是还是Riru那家伙干的呗？唆使矶良的假想朋友——是你的朋友，对吧？"

"你和矶良幸彦是朋友，那Riru就是我的朋友喽！"

"你怎么总说这些不靠谱的话糊弄人？"

"别啰唆了,快点上浮,已经到极限了!"

"不用你操心,我的极限,我自己最清楚。不用你管!"

安菲特里忒微微歪着脑袋,盯了我好一会儿。

"喂!快行动啊!"

用力用手一扇,安菲特里忒的形状就变得支离破碎,变成了无数的小火星了。

我身体有些发麻,真的是到了极限了。她真是太了解我了,问题是她是怎么做到这么了解我的呢。

"再见了!幸彦。"我对着海底说道,"我们后会有期!"

我看着深度计开始一点点移动脚步。数字减少的方向是海面,这棵救命稻草没了的话,我可能就得见阎王爷去了。

总觉得从深度250米左右,那种黑暗的程度发生了变化;到了200米左右,海水的颜色有点微微发蓝;在150米处,最终"天亮了"。

如果把自己比喻成宇宙飞船的话,可能相当于进入大气层的那一瞬间。

我的第一感觉就是:啊!终于回来了。

但是,体内的二氧化碳含量明显超过了危险值,应该还是处于一种缺氧状态吧。仔细想来,我刚刚的做法实在是太愚蠢了。

只顾着向海面上看,我就像是一颗吸附式水雷一样浮了上来。

在深度30米的地方,我曾不知不觉间丧失了意识。不知道为何,腿却一直能动。等我恢复意识的时候,我已经躺在海面上,随波摇摆了。一下子,我又清醒过来,强烈地感到天空有平时的一百倍湛蓝。

听到有小船靠近的声音,我变换成踩水的泳姿,高高向上举起双手。"錾"的复合型橡皮艇在船头掀起了白色的波浪,站在船上不停挥手的是盐椎一真。

"你潜水的时间可真长啊！"一真给我递过来一个冒着热气的茶杯，"潜到哪里了？"

"水下300米深左右。"用毛巾包裹住发凉的身体的同时，我接过了他递过的茶杯。喝了一小口热红茶后，我点点头说。

"这一带可是深海啊！即便是'南马都尔'也潜不了那么深。就算是鱼人，什么装备都不用也是很难做到的啊！"

"实际上，我刚刚差点死掉了。上浮的过程中，在水下30米处曾经失去意识了。好在，距离海面就一步之遥，我总算是浮上来了。"

"实在是太冒险了！"

"我本想潜到水下1 000米深的地方呢，但实在是不太现实。"

"那当然喽！你又不是抹香鲸。要是为了给矶良送行，到300米就够了。再往前就是阴曹地府了。"

"是啊。再把脾脏弄大些，胸廓再缩缩，还能再潜200米呢。"

在大约一个小时之前，我还把目光锁定在"南马都尔"的船帆耸立之处，那是矶良海葬的地方。从CR田开始发生战斗，已经过去3天了。

"差一点就能实现目标了。"

"啊，是啊。"我点点头，"谢谢你！让我感觉轻松了不少——至少比较安心。幸好你乘小船来救我，要是你不来，就没人认可我这种任性的做法了。我本来就是受过警告处分的人。"

"哦，你指的是在护卫潜艇上的那桩硬闯事件吗？可是，怎么说呢？我父亲在司令部以外的地方也是很明事理的，可能是矶良居然能从船帆处硬闯进去让他措手不及。"

虽说一真的话应该有一半调侃的成分，我的脸色还是有些难看。又想起了盐椎司令想都不想就驳回让"塞德娜"去支援"埃吉尔"的事儿来。

"可能他都快要成功了,这样一来还得再找机会。"

一真皱着半边眉,脸上依然没什么变化。

"的确有你说的那种可能,他原本就不是那么冷静的人。"

"在金井集团,我们一上船就开始接受'你要是明天还想坐好船的话,就要保护好现在这艘艇'的教育。当然,这里所说的船也包括全部船员,也可以理解为以后要想能遇到好的事业伙伴,就要珍惜眼前的伙伴。"

"我想我父亲也是知道这句话的。但是,他还是选择了放弃同伴。唉!真是个让人捉摸不透的人啊。"

自从因无人侦察机的导航招致协战机的攻击以来,"南马都尔"已经不在海面上航行了。基本上都是在海面下潜行,一点点地改变着位置,跟潜水艇没什么区别。

而在今天,时隔多日升起船帆,是为了给矶良治丧。海葬仪式很快,就进行15分钟左右。一把棺材投入海中,"南马都尔"很快就潜入水下。

前几天,一真告诉我说来自"錾"的一些船员也将出席,他们将派出一艘作业船和"南马都尔"会合,当然一真也会在其中。

我拜托一真,问他能不能单独坐船过来,并告诉他想目送死者到金井海域,他爽快地答应了。

"你每天还是在长池老师的催促下拼命干活吗?"我引出话题,抬头看了看这个年轻研究员的脸,"你看样子很憔悴啊!"

"哪里,幸运的是,我们现在刚好是工作告一段落,参加矶良追悼会的时间还是有的。时间上刚好比较充沛。"

"是吗?已经告一段落啦?"

"真是很惨烈啊,你看看那边!"

顺着一真手指指向,CR田海上钻井静静地耸立着。现在完全看不出 3 天前在它下面发生的那场激战的痕迹了。

平台下停着一艘穿梭油轮，可能是海底生产出的天然气的储存处吧。

"可能我们开发出来的细菌正通过钻井平台由那艘穿梭油轮送往海底呢。那是二氧化碳的替代品，在最近的两个月内，我们一直致力于研发一种以微米为单位的生物，可以说是寝食难安。像今天这种吹着海风，悠闲地眺望海景的时光已经是很久远的事情了。哦，可能我说得有些夸张了。"

"细菌？什么细菌？"

"是防止 CR 田井喷的细菌。"

"咦！靠它能防止井喷？"

"你还没听说过吗？"

我点了点头。

"嗯——今天好像有谁说过呢——不，应该是我记错了。"一真歪着头，"可能是我父亲说的吧，可能是点到为止了。"

"你偷偷告诉我吧！"我向前探了探身体。

"现在也不怕被人知道了。"一真冷笑着说，"我本来也想告诉你的，在这儿也就空中的燕鸥能听到。而且矶良不在了，你很可能会被派去参加接下来的战斗。这里发生了什么，你有优先知情权。"

"是啊，那你快告诉我，到底是怎么回事儿。"

像是要跑步似的，一真抬起了一只手。"就是在渥美半岛海域发生的 CR 田井喷事故——关于谜底我跟你说过什么，你还记得吗？"

"嗯——应该是游离相天然气的增加及可燃冰的分解造成的吧。还有——水变轻了等奇怪的现象。"

"你说对了。那么问题来了，就是怎么能预防那种事故的发生呢。现在，逍，你最后说的那个奇怪现象依旧是难以解决的难题，超出了

人类现阶段的智慧范畴,所以我们才束手无策。因此,天然气水合物的分解也是没办法预防的。这样一来,只能在游离相天然气上做文章了。"

"抑制游离相天然气的生成?"

"你说对了。我之前也说过,只有天然气水合物的分解不至于造成井喷,水合物的下方处于高压状态。大量的游离相天然气才是问题的关键。要做的是抑制它的生成,也要抑制硫化氢的生成。那样的话就可能预防井喷的发生。"

"利用细菌?挖孔一点点把它引出来,不是很快吗?"

"当然,也考虑过这个问题。实际上也做了除掉天然气的实验。结果发现,这个并不容易实现。"

"为什么呢?"

"那可是原本就存在于水合物之下的天然气呀,即使是挖孔把它引出来,到了一定的深处,它也一定会变成水合物,到时候孔很快就都被堵死了。"

"哦,是吗?"

"而且就算是高压,像一般的天然气田那样,地下几千米的深处,岩石之间并没有紧紧挤压在一起。岩石上通常承载的只不过是几百米的泥和几千米的水,压力达不到那么高。它势必会经常自喷,来自水合物的天然气生产就没什么意义了。"

"所以,井喷是因为——对啦,是水突然变轻了。"

一真点了点头。

"即使压力不大,将上面承载的东西突然撤走,也会一下子喷出来。如果不发生奇怪现象的话,只是这边在增加水合物,那边就横向扩散。如果想除去此时的天然气,就只能采用和减压法一样的原理,利用能量将其吸上来。这种做法费钱又费时间。"

"因此想到了利用细菌？"

"可能这是最经济的方法吧！"

"怎么实现呢？"

"设想是挺简单的。利用沼气菌以外的细菌去分解由沼气菌制造的天然气就可以了。总之，是将天然气酸化。现在也是通过硫酸还原菌和天然气酸化古细菌在进行，用硫酸盐将天然气酸化的时候，就会生成副产物硫化氢。这是我们不希望看到的，因此，必须采用不同的酸化方法。"

"直接用氧气？"

"这是方法之一，作为化学反应来说是最简单的。但是，海中虽然有氧气，可海底基本上没有氧气，我们自然不愿意用这种方法。而我们同样讨厌的酸化，如果使用硝酸盐而不是硫酸盐，生成的不是硫化氢而是氮元素或者氧化氮，也就是脱氮。这在深度约2 000米的海底，再做一下就行了。"

"生成氧化氮没问题吗？"

"一氧化氮及一氧化二氮等虽说不是完全无害，但比硫化氢的毒轻多了。我们通常不希望生成二氧化氮，通过一般的反应路径是不会生成的。"

"要是可燃冰变成了氮水合物就麻烦了吧？"

"不是的。在自然界中能形成可燃冰的温度、压力条件下，氮元素是不会形成水合物的。与此同时，氮元素在各种细菌和古细菌的作用下，很快被固定下来。换言之，会被转化为氨或者硝酸盐等氮化合物。"

"嗯，比生成硫化氢要好多了。"

"话虽如此，不管哪种情况下，形成天然气的碳元素会变成使天然气酸化、固定氮元素的细菌本身的原材料。它们一死，还会有一部分会从有机物还原回天然气。总之，比起形成天然气，如果被消耗的反应比现在更快的话，至少能保证游离相天然气不会增加。"

"那个——天然气现在被消耗着，但速度慢还形成了硫化氢。能更有效地推进这种反应，置换成副产物只生成氮或者是氮化氢的反应吗？开发出能实现这种反应的细菌的话就好了。"

"的确如此。顺便说一下，在使天然气酸化生成硫化氢的过程中，必须依靠我刚刚提到的硫酸还原菌及天然气酸化古细菌这两种生物的通力合作才能完成。同样的道理，使天然气酸化生成氮的过程，在自然界中，也需要某种细菌和古细菌的通力合作。我们开发了只要一种细菌就能实现上述过程的细菌，为的是可以最大化提高反应效率。而且，我们开发出的这种细菌还具备在有氧环境下，不通过硝酸盐，而是通过氧气使天然气酸化的能力。"

"即使这样，还是有其他问题。不只是氧气，硝酸盐也多半只存在于浅海海底。但是，天然气中的游离相天然气却是在更深处的海底，怎样能填平这样的鸿沟呢？"

"细菌也不能载着氧气和硝酸盐去天然气那里啊？"

"哦，虽说不能载着去，还是有类似的解决方法的。例如，天然气就在这里。"一真将装红茶的杯子放到了船板上，"这个茶杯就是氧气或者硝酸盐。细菌呢，嗯——就是这包方糖。如你所见，就这样下去，是没什么办法的。但细菌要是长出了长长的手臂的话，会怎样呢？手臂长到可以碰到硝酸盐，就能将天然气一起放到口中了。"

"那需要多长的手臂啊？"

"那一带的话，游离相天然气和海底的最近距离也要有一百几十米，所以至少也得那么长才够。"

"这太不现实了。"

"那我们就设想有手臂，手臂没有那么长。即便如此，我们假装结果能够到，好不好？"

一真将方糖放到了水壶和茶杯之间，放了6块左右的方糖。

"是让细菌们手牵手吗？"

"对，对，让它们手牵手进行天然气和硝酸盐的接力，简直就像大家一起传水桶，这个挺难的啊。的确，进行化学物质的接力的确不容易。因此，我们稍微调整了一下思维。总之，作为细菌，能够实现代谢、获得能量就足够了。归根结底，是进行酸化还原反应。进行酸化还原反应时，电子从天然气移至硝酸盐上就可以了。"一真用食指比画着摆放在水壶和茶杯之间的方糖，"只有电子转移了，天然气和硝酸盐相距远近就无所谓了。"

"你指的是进行电子接力吗？"

一真点了点头。

"这就是我们常说的细胞外电子转移。作为细菌的代谢方式，这很常见。作为运输电子的载体，虽然有时会利用环境中的水溶性物质，但更多是延长细菌自身像是纤毛一样的细线。这些细线常常被称为'纳米电缆'，也就是电线。只是单独一根也就能延长至几厘米，但通过细菌之间的连接，理论上可以达到无限长。在自然界常能看到长达几米的细菌输电线，而且它们不是一根电缆，而是形成了一个电网，能覆盖几米的区域。如果仔细寻找的话，一定还能发现更长的。"

"可是，一百几十米的话不太可能吧？"

"不，并非不可能，在实验室都已经做到了，那是我们用改良后的细菌完成的。细菌的网络化实际上是长池老师很久以前就着手研究的题目之一。在他的研究中，通过细菌实现的不只是电子的转移，还有信息及能交流的网络。那些研究成果，好像也用在了新型水下仿生机器人上。"

"细菌用到了新型水下仿生机器人上？哎——"

"这次,我们用的就是这项技术,实现了长距离的电子转移。也就是说,所开发的细菌,我们将其命名为'NiRAMO1',它在海底通过纳米电缆形成了一个大的网络,通过表层的氧气和硝酸盐使游离相天然气层的天然气酸化。嗯,一定能做到。"

"听上去,它好像是很精致、复杂的一种生物啊,你们居然这么短的时间就开发出来了,真了不起啊。"

"哎,你别忘了我们的长池老师可是'神人'噢。一些作为前期基础的细菌早就存在于大自然当中了,可以说,作为遗传基因的部件都已经事先准备好了,只要把它们好好组合一下就可以了。就像是做一幅粘贴画一样,一切并非是从零开始的,细菌模型也是针对新型水下仿生机器人开发的。不管怎么说,NiRAMO1的能力还只是在实验室和被隔离的人工水池中实践过,还没进行真枪实弹的检验。所以,它到底行不行,还是个未知数。为了防止意外,我们人为地将硝酸盐注入了不同深度,直至将其导入细菌网表层。"

"难道使细菌在海中繁殖你们这是初次尝试吗?"

"是的,通过尼拉公司包租的穿梭油轮,将细菌送到海底下面,是从一周之前开始的,今天是第三次。如果一切顺利的话,半个月左右,我们应该就能看到效果了。"

"要输送很多吗?"

"嗯,利用CR田生成的天然气,我们培养了很多细菌。在'鳌'上也培养过,还借用了尼拉公司自有的底盘船中的一整艘,用作细菌培养的工厂,通过穿梭油轮从那里运送出去。而且,我们培养的细菌的繁殖速度可以是深海中原本存在的细菌的繁殖速度的100倍。"

"咦——散播出那么多的细菌会不会出问题啊?"

"的确会在短时间内打破海底地层环境的平衡,但这也是没办法的事儿,原本,这里的天然气中的游离相天然气随着高压而增多,自身就已经不平衡了,它比我们更早地打破了平衡。"

"这么说来,你的意思是,海底地层能帮忙散播被改良的细菌。你之前好像也有提到。"

"是的。我们偷偷地在渥美半岛海域的 CR 田采集了海底地层的泥浆,发现甲烷菌在快速增加。它们生成的天然气气体的量是平时的 20 倍左右。相反,也有不增加的天然气菌。可能,那些本就存在于它们之中吧。快速繁殖型天然气菌和传统型天然气菌的比例平均是二比三左右。今后,这一比例会变为一比一。随后就会反过来,就可能接连不断地发生置换反应。"

"也就是说,这种快速繁殖型细菌是人为的了?"

"虽说证据还不清晰,但我认为这种可能性很大。我们查了查 DNA,这种快速繁殖型和传统型的 DNA 差别不大,基本可以认定是同一物种了。但是,比较细微之处被精确地改动了。如果是通过自然进化形成的话,不考虑代谢及增殖,好像还存在变异的可能。"

"不存在浪费……"

"是的,这之后 DNA 完全相同的快速繁殖型细菌很快就出现在系满海底峡谷的 CR 田了,也会出现在相邻的知念海底峡谷。奇怪的是,在位于稍北面的金武海底峡谷的 CR 田却完全没有出现——两者相距还不到 20 公里。更奇怪的是,无论是在渥美半岛海域,还是在这一带海域,在没有 CR 田的地带就只能看到传统型细菌。在尚未开发的被勘探出有天然气水合物及游离相天然气的地带,跟之前用同样的方法采集海底泥浆,还是没有发现快速繁殖型细菌。"

"的确如此啊。从采集的样本来看,之所以不能形成像 CR 田那样的细菌传播,应该还是自然效应吧。"

"现在,长池老师好像也和我持一样意见呦。"

"用人工细菌去分解通过人工细菌增加的游离相天然气——总

觉得好像要变成奇怪的细菌了。如果不对海洋整体产生不好的影响就好！"

"话说，我们研究出的 NiRAMO1 是搭载了安全装置的。它是有寿命的，现在我们给它设计的分裂上限是 500 次，之后就死去。因此，无论如何，都不会波及海洋整体的。"

"反过来说，也就意味着它在死亡之前都一直在减少游离相天然气呗？"

"是那样的。它的分裂次数多少是可以调节的，也能跟踪它的分裂速度。这次散播的细菌还没有达到预期效果的话，下次我们就投入能分裂 1 000 次的细菌就可以。那就算是我们的一次实验失败吧。不管怎样，现阶段还是把 NiRAMO1 作为调节海底地层中天然气和硫化氢量的一种工具来考虑的。"

"如果成功了，就不会再发生 CR 田的井喷事故了。"

"同样，用这种方法陷害仙境集团，煽动国家间争斗的手段之一就不复存在了。"

"而且，在深海中，人们之间的相互追杀也将不复存在。至少目前……"

我又回头看了看钻井平台和穿梭油轮所在的方向。貌似在存储二氧化碳的同时，向海底注入了上百兆甚至上千兆个细菌。要是不知道的话，估计谁都想不到会发生这种事情。

"哎呀，得马上去接人了。"

一真将手放在胸口处，然后从夹克衫的衣兜里掏出了 iFRAME。"南马都尔"再次浮上去时，它的位置和时间都是通过"鳌"告知的。不知道一真在和谁通电话，突然，他的表情变得严肃起来——好像不是迎接的事儿，而是出了什么事故了。"

"糟了！"从刚刚挂掉电话的一真口中溜出的是这句话。

"怎么了？"

"有人闯进我刚刚跟你提起的尼拉的 MPS 上然后逃跑了，他们可能盗走了我们培养的 NiRAMO1。"

"啊？是那艘作为细菌培养基地的船？"

"就是那艘船。可能是戒备疏忽了，几乎是同一时间，好像也有人试图入侵'錾'的电脑网络，好在我们这边安保森严，他们没能得逞。NiRAMO1 的相关数据没被破坏。"

"可细菌被抢走了。"

"通过一个被破坏的培养箱来判断，他们刚刚离开不久。"

"也就是相当于被黑客攻击了呗？"

"还谈不上吧。如果对方没有像长池老师那样的天才，就一定无法领悟 NiRAMO1 的整体。但是，DNA 的排列是比较容易弄懂的，通过分析 DNA 上包含什么样的遗传基因，基本能大致掌握它的性质了。之后，在培养阶段观察要消减什么或者添加什么的话，至少在代谢这方面是能够完全弄明白的。"

"要花多长时间呢？"

"要是我的话，也就两三天就够了。"

"怪不得他们要把培养基地当目标了。连我都不知道的事情，敌人却知道了。"

"应该是不太好对付的对手啊。他们一定对'錾'及穿梭油轮等情况都了如指掌，是战争高手啊。这个敌人一定是提亚玛特，不会错的。"

"是的，根据无人巡航艇发现的敌人的地下轨道飞行器及船形特征，都可以认定它是提亚玛特的。仙境公司那边好像一直用'长棘海星级'的代码名称来称呼它。"

提亚玛特最近好像在急速发展势力，彼此间的冲突早晚都不可避

245

兔，终于还是等到这一天啦。

iFRAME 好像又震动起来了，一真看了看手里握着的设备，没有像刚刚那样贴在耳边，而是把它扩成了方框。可能是来信息了。

"一定是因为 NiRAMO1 被盗的消息已经传到'南马都尔'上了。"

一真坐到操作座椅上，发动了小船的引擎。而后看着 iFRAME，在自动领航系统上输入了目的地坐标。应该是信息上写着的吧，要在那儿和"南马都尔"会合。

"我们这是要去哪儿？"

"西南 5 公里处。"

小船开始缓慢启动，但一真好像并不想马上提速。他握着方向盘，像是在思考着什么似的。

"那个，逍——"一丝微风拂过脸颊，一真回头看了看我。

"怎么了？"

"在得知 NiRAMO1 是分解天然气的细菌的时候，提亚玛特一定会对我们发动总攻的。"

"总攻？"

"是啊，3 天前的攻击，应该是它一边牵制，一边试探'南马都尔'的实力吧。这回要动真格的了。不管怎样，只有减少游离相天然气的生成，才能抑制井喷的发生啊。被对方破坏的话，我们特意散播出去的改良版的天然气菌不是都浪费了吗？所以，要是现在行动的话，还有希望。"

"你是说马上就行动吗？"

一真点了点头。

"即便不是明天，最晚后天。估计我父亲也是这么打算的，这才赶忙接你回来的吧。"

我缩了缩肩膀。"你是说已经没时间了吗？"

"就是这个意思，矶良已经不在，估计'埃吉尔'也修不好了，你必然得被赶鸭子上架。一旦对手是提亚玛特，我们不得不动用我们的新型水下仿生机器人。据我所知，能操作它的就只有道你了。"

"受过警告处分的家伙还能成为操作员吗？"

"你受到警告处分的地方是美索。如果你操作技术不过硬的话，估计早被开除了。"

"那倒是——"

"在我父亲心中，你还是算得上数一数二的。只是像我之前所说的，你不是士兵。即便你不服从命令，最多能把你从'南马都尔'上赶下去罢了。到时候我接收你，怎么样？我去和长池老师争取，让你留在'鏧'上就是了。"

"谢谢啦！既然是让我操作新型水下仿生机器人，我可以先试着操作一下，我现在也是仙境的一员。只是单纯的安保任务的话，我定当义不容辞。若是仙境也是被攻击的目标的话，那就更不用说了，我必须要守护好家人的安危。"

"家人？"

"同船的人都是我的家人。"

"哦，是这个意思啊。看来你这家伙也铭记着'你要是明天还想坐好船的话，就要保护好现在这艘艇'那句名言啊。"

"这也是幸彦的遗言之一。我必须代替他去看看他想看却没能看到的世界，可能这对我自身而言也是非常重要的事情吧。"

"是吗？我知道了。但是，要量力而为啊。"

"嗯！"我将空杯子放到船底，点了点头，"一真，谢谢你的红茶，很好喝，终于不那么烫了。"

3

　　无论什么时代，什么世界，打斗都是少年们最常见的游戏。对了，不仅是少年，应该说男人们都有手握细长的东西挥舞的习惯吧。雄性大猩猩就有挥舞树枝展示自己力量的天性，都过了几百万年了，人类好像还是没怎么进化。

　　在船上长大的金井男儿们多多少少都玩过类人猿的游戏，去仓库或者是工作室时总会手握细长的东西。金属的东西比较危险，可能很快被没收的，拿根塑料管就没人管了。

　　记得当时我手比较巧，常将LED和电池放进管子里，做成"发光剑"。矶良羡慕得很，我还得给他也做了一把。好多次，我们在夜深人静的甲板上畅想着刀光剑影的武打场面。

　　因为有掉入黑暗的大海中的危险，一旦被大人发现就会被痛骂一顿。就连痛骂，如今回想起来都很相像。

　　虽说如此，自认为已经习惯了舞刀弄枪的我却不知道"正确的"挥舞方法。这是我这些天在"南马都尔"的练武场领会到的。

　　贾鲁西亚副司令带领大家做的水中柔术训练即便这时也未间断。可能，越到这种关键时刻，越应该加强训练吧，只是训练内容有调整了。

　　首先是使用剑和手杖的时候多了。剑指的是木刀，做得和真剑一样重，手杖是断面呈圆形的细长木棍。

　　由于木刀模仿真剑做出了剑刃和剑柄，因此到底应该握住哪儿是固定的。可是，我却没太弄清楚正确的握剑方法。

　　不多想的话，自然而然地就会将右手放在护手附近，左手放在柄头附近去握剑。这时两手之间就会出现缝隙，缝隙的宽窄就会影响移动。小孩子们打斗时应该不会注意到这些细节吧。

握剑时两手之间的缝隙较大看上去更威武些，而且摆招式时更容易稳定。但不只是做向下砍的动作，横砍或是接招时，都会感到肩、肘及手腕不够灵活。左右胳膊的长度和伸展程度不一样好像是主要原因。

副司令教我们握剑时一定要把两只手靠在一起，让两只手之间不留空隙，这样才能保证左右两只胳膊基本上伸展得一样长。而由于两只手腕可以根据剑的角度灵活地翻转，就会比较容易控制好剑。

据说，以前的武士在实战时就是这样握剑的。

从左右两侧使劲抓剑柄的话，好像是行不通的，要从上面用力。这样一来，腋下自然就收紧了。

靠手臂舞双刃剑的野蛮人另当别论，在日本的武道界，张开腋下是禁忌。这种姿势不容易传递后背及腰部力量——这种使劲抓的动作好像被称为"抓耙耙"。

还有最重要的一点，也是曾让我深感意外的是，我不能紧紧握住剑。我在握剑时，手有些松动，手掌和剑柄之间总是出现些空隙，好像没法只依靠腕力，只是为了让剑快速地滑动似的。

拳击比赛时，好像也只是在击中对方身体时才攥紧拳头。同样的道理，握紧剑也是在剑刃割破对方肉体的瞬间吧。

此外，还有合剑的方法、脚法等各种各样的技巧。在短时间内被接二连三地灌输这么多，老实说，我的大脑已经混乱了。

为什么突然教我们剑法呢？是使用 EMP 巡航导弹时要用到吗？因为好像合气柔术中最基本的内容就是剑术，可能是又要回归到合气柔术上吧。

另一方面，赤手空拳的徒手格斗术中也加入了新的要素。被称为

"直击要害"的一招,大致是用手掌根部直接击打对方的身体的招式,想练的话用拳头或指尖也可以。

可是,徒手格斗也好,拳击也罢,都要尽量使自己不被击中。两种好像都是在被对方攻击时或者是诱惑对方发起攻击时,掌握好时机借力反击的技巧。

这一点对我而言深感意外。之所以这么说,是因为我实在是理解不了。我至今所学的种种柔术招式,其出发点都是如何躲避对手的攻击,或者是借力将其转化为对自身有利的身法。比起硬碰硬来,我们一直被教导要避开锋芒——但这好像与击中要害的思想相违背。

在多次进行这样的训练后,大脑一片混乱的我不由得对着副司令满口怨言。

"不好意思,我彻底糊涂了。这样一顿被灌输,实在是消化不了啊。"

眼下没能接住安云劈下来的剑,肩膀被重重地砍了一下。即便是这种招式训练,她也不放松,打得我好痛。这样下去我可能很快就要崩溃了。

"你的心情我能理解。只要你练一次就有用,再忍一忍!"

一向开朗的副司令在手下矶良去世后,的确很少露出笑脸了。从他此时的回答,也不难听出他心中的郁闷。

"比起这些训练,练习点儿实战方面的技巧不是更好吗?我连新型水下仿生机器人上的模拟装置器都还没碰过呢。"

"因为比起模拟装置器,我们得先进行这些训练,所以我们才练这些的。"

"真的假的……"我夸张地歪着头。

"可能距离敌人下次进攻的时间不多了。我之前说过,可以说新型水下仿生机器人是穿的,不是开的。也就是说,它会成为你身体的一部分。所以，首先必须要记住自己身体的使用方法，等时间充裕了，再进行模拟装置器的训练。"

一看怎么都拗不过副司令，还是要进行这些训练，我脑海中忽然冒出个念头。

"副司令，其实我一直有个问题想问。"

"什么问题？"

"杀死幸彦的那个貌似头足纲软体动物的水下仿生机器人——它难道懂得水下合气柔术吗？"

"可能是吧！"副司令淡淡地回应着，"也可以这么说吧。"

"而且对方应该是高手吧？"

"你是这么想的？"

"因为连副司令您都没有插手的空隙。"

"你观察还挺仔细的。"

"不，那是金城班长告诉我的。它在和矶良激战的时候，我就觉得它厉害得很。那家伙的身法和动作像是真正的章鱼或鱿鱼一样柔软敏捷，实在是让人吃不消啊。"

"是啊，我也这么认为。"

"您是不是已经知道了那家伙到底是什么了？"

"嗯！倒是能猜到。"

"是谁啊？"

"操作员可能是叫库托鲁夫，男的，那个机体是'达贡'。"

"库托鲁夫——'达贡'？"

"库托鲁夫应该是统称吧！不知他本名叫什么，具体身份也不得而知，以前在海盗界可是很有名的。库托鲁夫原本是海盗，他后来成了提亚玛特的一员，领导着一伙私人武装力量。关于他专用的新型水下仿生战斗机器人有各种版本的传说，那艘如果是的话，那也是我第一次见到。它的机身看起来好锋利,不知道它有没有名字,在仙境都用'达贡'这个代号称呼它。"

"库托鲁夫是在哪儿学过水下合气柔术吧?"

"应该是历史较短的武道。没准儿,他是创始人天野正道的嫡传弟子呢。"

"唉!那么说来他可能和副司令您在同一个道场——"

"我们没准是同门师兄弟呢。现在回想起来,当时的确有个家伙挺像是他的,只是一直没什么证据。"

"他是怎样的家伙呢?"

"好像是日本和俄罗斯的混血儿,名叫阿列克谢……阿列克谢·杜松,但不知道那是不是他的本名。他非常开朗健谈,总是自信满满的样子,英俊且拥有超凡脱俗的魅力。尽管如此,总有些地方让人摸不着头脑,感觉有些不对劲。可能天野老师当时也这么认为。不管怎样,他在武道上还是有出类拔萃的天赋的,听说他还是俄罗斯格斗术桑博式摔跤的高级教练呢。师从天野老师时,他也是进步神速,3年下来,好像是因为没什么可学的了就消失了——连同崇拜他的很多道场弟子都一同消失了。"

"他那么厉害吗?真的都学会了吗?"

"说实话,他从道场消失的时候,我真的远不如他。在他走后,我是踏踏实实地学了。"

"会不会库托鲁夫就是阿列克谢·杜松呢?"

"那太难对付啦,到时候只有屏住呼吸了。可不能再像矶良那样白白送命了。"

"用新型水下仿生机器人能战胜他吗?"

副司令一直眯缝着眼睛。

"新型指的是什么不得而知,仰仗机体性能其实是本末倒置,新型水下仿生机器人也不过是机体的扩大而已。到时候能不能灵活施展，还得靠操作员。"

"是这样啊——"

"用一句话概括就是，求胜欲过强，会随之产生力量，身体会变硬。而一味使用身体末梢的力量，就会使躯干的力量不起作用。总之，要时刻保持冷静。"

"面对那家伙，你能做到心平气和吗？"

"我会以平常心对待的，要不然就正中他下怀了。"

"我要为幸彦报仇！"安云一下子从旁边插嘴说道，我狠狠地瞪了她一眼。

副司令也对着她挑起了眉毛。

"你想说我畏缩不前吗？"

"哎，不是那样的。"

"武道本就讲究一招制敌，高手间的过招也经常是瞬间的胜负。那时，胜负之前的相互瞪眼也是攻防战术。但是，那时最后的呼吸是不在一个频率的，因为双方的顾虑而发生干扰，就会错失战机。"

"顾虑？"

"我本想在你和矶良等人返回到'南马都尔'之前先把'达贡'钉住，而后再一决胜负。可是，好像没多久由于对方的原因，可能是时间到了，也可能是他的母舰'长棘海星级'被我们发现了，抑或是看到日本海岸警卫队开始行动了吧。总之是不凑巧吧，这种情况下，着急胜出而出手就会不战而败了。我不能认输，所以又重新摆出架势来。"

"哦，是吗？"

"可是，终究还是要面对的，这可能是一种宿命吧。因此，在安云受到'达贡'的直接攻击期间，她无法还手，矶良也不能。那家伙的目标是我。"

"来，我们接着训练。"

虽说他对着安云重新摆出了剑式，我还是觉得有些地方难以理解。可能那时我还是只把它当作一个机器吧，还是无法理解用它进行水下战斗和我们用肉体在道场上练武有什么关系。

反正是没有实战经验就没办法理解。

我真正开始理解副司令所说的话，是从再一次被扔进鲨鱼群聚集的海域开始的，那正好是矶良死后一周。

J 是 Juliett 的 J

1

在 NiRAMO1 被盗之后，在冲绳本岛周边海面及海中，开展了迅速驱除"病毒"的行动，目标是电子病毒和物理病毒，双管齐下。

首先检查了船上电脑网络中有无病毒或是叫特洛伊木马的恶意软件。检查对象自然包括疑似被黑客入侵的"鳌""南马都尔"和尼拉公司的地下轨道飞行器（SSO）潜艇，以及几乎全部的多功能基地船。目前为止，并未发现高危病毒。

在系满海底峡谷及知念海底峡谷的 CR 田，也对网络及设施的安全性进行了复查。检查范围不仅是海上钻井平台，还包括从输油管道一直到其他管道的末端。就连基本不太可能监控的设备，也被设想可能被敌人偷偷安装了什么。

此外，"鳌"的调查用自律型无人潜水器也在 CR 田的海底进行了详细的盘查。主要是通过被称为辅助底部传感器的一种声呐，它能透视出埋藏在泥沙下的物体。

通过这次盘查，真的取得了预期成果——发现了貌似敌人放入的多只"大虫子"。

为了除去它们,我方出动了包括"塞德娜"在内的4艘战斗新型水下仿生机器人。我也远距离操作了一艘作业用的远距离无人潜水器,并成功捉住了一只。那虫子长约不到一米,粗粗的,叫鬼海蛆,是一种长得好像沙蚕精一样的机器人。

它们都被放到了"鳌"上去做分解调查了。据中间报告称,它们在浅泥里移动的同时,经常将传感器延伸至地下,像是在测定天然气及硫化氢等气体的压力,所得数据可能被送至提亚玛特的船舶所在处。

提出并指挥这一系列驱除害虫行动的正是盐椎司令。担心我方行踪被对手一一掌握,他理所当然采取了这一措施。虽然行动貌似很彻底的调查背后,却是另有用意。到目前为止,仙境方面一直都是处于被动的。在武道上,就相当于被攻击后的被动防御之立场。

但是,我方接下来想先发制人。也就是在意识到敌人发动进攻的那一刻开始,力求迅速反扑的"后动手先制人"——贾鲁西亚副司令解释说。

实在是太抽象了,我没太懂。我知道的就是,这是和除虫防虫同步进行的为了洞察入侵黑客的动向而采取的措施——这依旧来自一真传递的信息。

用一句话概括的话,叫反黑客行动。

我们把在"鳌"上抓到的鬼海蛆机器人中的一些没做分解,直接"养"了起来。为了不让它们逃跑,我们只是破坏了它们的驱动机构。在它们的传感器上耍了小花招,一直让它们读取假的测定值。然后分析这些鬼海蛆机器人输送数据时的应答,探寻敌方入侵网络的方法。简单的做法,就是让对方抓住数据中伪装的病毒,这样就可以打开入侵之路。

我们设想入侵的黑客还会再次破坏"錾"的电脑系统，于是在网络上设计了诱饵系统，计划故意将其导入到安全性迟钝的系统，将伪装的病毒传递到 NiRAMO1 的信息上。

为了完成这项作战计划，仙境公司火速从密克罗尼西亚招募来了三名顶级黑客。

物理性攻击的战斗力也持续增强了。

仙境公司和尼拉公司到目前为止一共失去了三艘战斗新型水下仿生机器人和一艘辅助战艇。为了补充战斗力，双方经过协商，又各自出动了一艘中型 SSO。也就是说接下来的战斗中，算上"南马都尔""阿马米克"及"悉尼雷克"，将有五艘战船参战。

新参战的两艘 SSO 上分别搭载了两艘水下仿生机器人和三艘辅助战艇。比起之前，整体上多了一艘水下仿生机器人和五艘辅助战艇。当然，这里没有将新型水下仿生机器人计算在内。

所有计划都是争分夺秒地进行的。

来自一真的报告称，NiRAMO1 的效果在最初投入后，经过十几天逐渐显现出来。即便如此，仅凭游离相天然气压力上升速度减缓这一现象，不能判定主要是由天然气菌的增生停止导致的，也无法排除其他原因。

不管怎样，有井喷危险的状态还持续着。

在将矶良水葬的四天后，紫外线强烈的冲绳上方空气中飘来一股不稳定的气流。最先带来这股气流的是无人侦察机，"南马都尔"的无人侦察艇捕捉到了它在日本领海和专属经济水域边境线上飞行的身影。

当然，由于仙境公司和尼拉公司的 SSO 全部处于潜行状态，现在并未被侦察机发现。无法隐身的"錾"为以防万一，受命开进了冲绳本岛的中城湾港。在日本领海内，敌人必然不好发动攻击。

可能只是要先来查看一下 CR 田周边海域的情况吧，敌人的无人侦察机很快飞走了。仙境公司这边也没冒险去追。

但是，在海中，形势突然愈发紧张起来。

不知道是鬼海蛆的反黑客措施还是"鳌"上的诱饵系统哪个奏效了，好像已经成功入侵敌人的网络了。据说可能是进入了"长棘海星级"SSO 的网络了。

当然不是说想要什么信息就能得到什么信息。实际上，现阶段能访问的资源还非常有限，但至少应该能获取一些必要的常规信息。

例如，据黑客们讲，他们好像能成功监控 SSO 上许多发射舱的开关情况了。换言之，如果水下仿生机器人和辅助战艇等上面的发射舱一起或者陆续打开的话，可以判断敌人就要发起进攻了，我方必然能预想到其数量及种类。

据说，现在还不能掌握"长棘海星级"的位置，正在寻找。可是，动作太大的话，可能容易被对方发现已遭到入侵，所以形势貌似比较严峻。

我和安云等人再次开始了模拟训练。穿着和实物一样的紧身衣，进入了和实物一样的操作舱，要体验虚拟海洋环境中的模拟战斗，越发有战斗一触即发的感觉了。战斗对手有电脑，也有同时演习的安云和贾鲁西亚副司令。

当然，紧身衣和操作舱都浸满了水，通过体外气体交换呼吸也和实战一样。

曾经训练过多遍，已经习以为常了，不喘气也不觉得痛苦，这种体验很奇妙。即使是现在当气管和肺部有液体流入时，我都会感到相当不安。但是一结束，过后就很轻松，不如说是一种莫名的静寂和平静涌入心头。

当裸潜至水下 100 多米深度时，想呼吸的冲动就会变弱。虽然感到呼吸困难，但是肺部被水压压垮了，也就忘记紧张害怕。那时，多半会莫名其妙地变得沉着冷静。

我会忽然冒出这样的想法——人是因为要呼吸就会变得不安的。

单纯依靠脑电波和肌电图等驱动水下仿生机器人（假想的）的手脚，也是需要一定熟练度的。刚开始的时候，无论如何一定会让自己手忙脚乱。可是，操作舱内很狭小，胳膊肘往前伸都困难。因此，"想象成已经驱动了"是必要的。

要通信时，由于辅助呼吸设备都被液体充满而无法发声。因此，就想象自己"已经说了"——肌电信号就转换成合成声音了。

不可思议的是，采用同样做法，后背的推进翼也能启动起来。

人类当然无法长出翅膀。话虽如此，即使把手臂比作推进翼，也只是水下仿生机器人的手臂启动，到头来不能同时操纵推进翼和手臂的话还是无法战斗。

想象着在后背长出了翅膀，挥动那双翅膀，好像背肌就会不由得紧张起来，也就是肩胛骨附件肌电在行走。电脑读取它之后，就会一点点驱动（假想的）推进翼了——这是一种回报或反馈。

虽然难，但是坚持不懈反复操作的话，逐渐就能按照预想的那样展翅高飞了。单纯依靠后背的肌电是不够的，最终还是要读取脑电波的。一旦成功了，就不想再回忆没成功时的感觉了。

这可能和有些人能动耳朵是一个道理。

虽说人类和猫狗之类的动物不同，不太动耳朵，却保留了动耳朵的肌肉。可能人类也搞不懂在什么地方怎么用力，但一旦在某个节奏下抖动了耳朵的话，往后就搞不懂为何会做不到了。比如我自己吧，在做延长假腿的鳍的练习时，就有类似的经验。

一真用"这是脑的可塑性"这样晦涩的话给我解释过，总的意思是说成人的大脑在训练后会有各种可能性。如果说这是理所当然的

话,那似乎是理所当然的事。

可能库托鲁夫这个人能操控"达贡"的触手,也经过这样的训练吧。只是,推进翼之外又加上四只触手,将之变成自己的身体形象,实在是让人很诧异。

我们还在实训室进行了剑术训练。可以看到,在虚拟空间中,水下仿生机器人的手臂握着类似木刀的东西,但那东西不是 EMP 鱼叉。

鱼叉终究是单手握的东西。虽说"奥克隆"专用的鱼叉是双手握的,但是操作方法比较接近拐杖。

我歪着头,姑且在模仿水下的虚拟空间中进行着挥剑练习。

与道场不同,由于脚不能着地,情况大不一样。我必须利用推进翼和水的黏性很好地控制住身体,这一点在用拳和手刀进行攻击时也同样适用。

安云挥舞的刚之剑,很快就进入了状态。但在水下,好像还是我练得更好些。

"塞德娜"的三维 CG 模型很快就伤痕累累了。

"好窝心啊——"

耳边传来了安云像是咬着牙说话的合成声音,多少有些让人毛骨悚然。

即便是模拟实验已经很熟练了,但到了真正的战场操作者也可能失控。

她自然不是贾鲁西亚副司令的对手。无论从哪个方向发起进攻,或是被副司令躲开,或是被挡开。而且,一瞬间说不上从哪里就被砍上一刀。的确是叫人无机可乘。这就不难理解:高手之间一旦对峙起来,谁也不能轻举妄动了。

训练的最后一环是和"北海巨妖"进行对决。它是传说中的海怪,长得很像巨大的章鱼。当然,毫无疑问,这个受电脑控制的三维 CG

怪物是在模仿"达贡"。遗憾的是,其动作一点也不像,速度好像也很迟缓,可能研发得还不到位吧。

我和安云两人联手将北海巨妖的八根触手砍剩至三根时,模拟实验突然结束了。

"训练到此结束!"传来了副司令的合成声音,"马上准备行动!提亚玛特开始行动了。"

最初从"长棘海星级"发射出来的好像既不是新型水下仿生战斗机器人,也不是辅助战艇。发射它们用的都是中型或小型的发射舱,所以可能是鱼雷或导弹。

它的目标可能是"南马都尔""阿马米克"及"悉尼雷克",它应该还不知道我们的方位。虽说如此,这种不设定目标就胡乱攻击的做法真让人捉摸不透。

"鏊"上的黑客和"南马都尔"战斗班的结论是,那可能是侦察用 AUV。如果是那样的话,就对上了。

找到 AUV 并且能判断出它的类型的话,也就大致能估算出它的巡航速度了。因为知道从射出到到达 CR 田的时间,乘以它的速度,就是距"长棘海星级"的距离了。这样一来,如果被发射出的是新型水下仿生机器人或辅助战艇,也自然能估算出它们的到达时间。

CR 田的警卫一如既往,但系满海底峡谷西侧的警卫除了两个水下仿生机器人外,还加了两艘辅助战艇,而且都各自配备了替身用的水下仿生机器人和辅助战艇。也就是共有四个水下仿生机器人和四艘辅助战艇,足以伪装成对 CR 田严防死守的样子——这种"伪装"对这次行动是很重要的。

所谓的替身,实际上是"鏊"的小模型——将相机、压载、简单的自动控制装置和浮力发电机装到了模仿水下仿生机器人和辅助战艇外形的纤维增强塑料壳上。

通过改变装了油的橡胶袋的体积，极大程度地降低了使物体上升和下降的浮力发电机的耗电量。虽说基本上只能沿垂直方向移动，但当有水下滑翔效果时，多少也能沿水平方向移动，足以躲避障碍物和欺骗敌人。

现在，在系满海底峡谷西侧执行任务的水下仿生机器人是隶属于"阿马米克"的"红摩多"和"黑摩多"。它们和护卫潜艇、两艘辅助战艇及追加派出的三艘警卫用AUV构成了天罗地网。果不其然，今天终于发现了敌人的AUV。

敌方的AUV应该是航速很高的那种。通过它计算出的从系满海底峡谷西侧CR田到"长棘海星级"的距离约为22公里——那是相当近的距离了。

可是，要用水下仿生机器人和辅助战艇发动攻击的话还是有些远，可能要再靠近些才行。

作为仙境公司和尼拉公司联合部队总司令的盐椎对五艘SSO下达了准备战斗的命令。

终于结束了训练，又开始用肺部呼吸了。刚缓口气，我们就匆忙喝了口果冻状的营养补充剂，换上了紧身衣，跑进了操作员候机室。安云比我晚三秒左右赶到。"一场复仇大战啊！"她一开口就冒出了这句话。

我虽然心里很抵触她这种陈词滥调，却也没说什么。之后，她大模大样地靠近我，戳了我的脊梁骨一下。

"你干什么啊？"

"你怎么无精打采的啊！"

"无精打采？被你这么一戳，谁还能有精神头儿了？身体都僵了，不灵活了。"

"你就嘴硬吧，是不是开始害怕了？"

"才没有呢！"

"好了，不会有事的。"

这回，她亲昵地把手搭在了我的肩头，把脸靠了过来。感觉她最近好像雀斑少了些，是怎么少的呢？

"你放心好了，我会替你保密的。"她涂成玫瑰色的嘴角向上一挑。

"不，没那个必要。"

"你太不可爱了。初次实战，说实话，小心脏是不是都怦怦乱跳了？"

"你就别瞎操心了，好好担心你自己就行了。"

"哦，这样噢。"安云扬起一侧眉角，顺势走开了。

"那我向那个章鱼混蛋屁股上放鱼叉时，你一定要帮忙哦。"

"好无耻啊，你小子——美女要哭喽！"

"这个节骨眼上，你还装什么高尚啊！"

"'达贡'应该是副司令的战利品吧。"

"是啊，你不憎恨它吗？它可是杀害了幸彦的家伙。"

"是很可恶，可是幸彦求我的并不是帮他报仇。"

"不是报仇，那是什么？"

"嗯，有好多呢。"

"好多？举个例子吧。"

"好多就是好多嘛。不可以吗？这是我和幸彦的秘密。"

"哎？真讨厌！"

"讨厌？什么——"

我正要回答时，贾鲁西亚副司令走进了侯机室。他身上的紧身衣还都湿着，训练后好像连口气都没来得及喘。

"作战按计划进行。"副司令把我、安云及其他五人集合起来，做了最后的简要说明。

"被发射出去后,水下仿生机器人和辅助战艇先沉底。然后如果有指令,水下仿生机器人徒步在海底移动,辅助战艇保持在高度3米以内移动,到达指定位置后再回到海底待命。大家都听明白了吗?"

"明白!"大家齐声答道。

"可能时间不多了,我还有个事要嘱咐大家。最初从'南马都尔'派出的水下仿生机器人只是'奥克隆'和'塞德娜'。来自其他SSO的水下仿生机器人也就一到两个参加作战。加上在CR田执行警卫任务的'阿马米克'的'红摩多'和'黑摩多',一共9个。此外,辅助战艇一共是15艘。这样一来总算是一个小时之内可以解决了。虽说是在海上,但是持续进行大规模的战斗的话,肯定会把海岸警卫队招来,恐怕国防军也得过来。如果短时间不能结束战斗的话,可能还会增派水下仿生机器人,其中也包括新型的实验机。可能大家已经有所耳闻了,它在这艘'南马都尔'上,操作员暂定宗像。可是,正因为是实验机,不到万不得已,我还是不想派出去的。我相信,只要大家齐心协力,应该能尽早结束战斗。我要说的就这些,大家还有什么疑问没有?"

"我有问题。"安云举起了手,"如果真到了不得不出动实验机的地步,宗像非但没有操作实验机的实战经验,就连操作仙境公司的水下仿生作战机器人的经验都没有,真的没问题吗?"

"当然,这也是我担心的事情,但是从各方面来看他还是最合适的人选。这是我和盐椎司令,还有包括长池老师及前园老师在内的很多专家集体讨论决定的。我们能做的就是要相信他。"

"前园老师也……"安云稍微噘了噘嘴说道,"那个,考虑一下我就不行吗?"

"你的话,我们可能会安排适合你操作的新型机的。但是,实验机还是宗像最适合。这次,你就好好和你最熟悉的'塞德娜'一起作战!"

"知道了。"

"别人还有问题吗?"

"那个——"我也战战兢兢地举起了手,"那个,实验机有名字吗,或者是代号也行?"

"是啊,这个问题问得好。"副司令点头说道,"此前大家一直用'ABI001'给它命名,就在几个小时前,将它正式命名为'主神'。"

2

一走进"奥克隆"右船舷的一个机库,就听到远处传来了低沉的男声,像是在低吟着什么,又像是在歌唱。那声音回荡着,营造出了一种不可思议的神秘意境。

不可否认,这有些不合时宜。印象中我听过这个声音,却怎么也想不起来是谁。

一直到中央天桥,我都和贾鲁西亚在一起。上次出战时我是操作助手,一直坐在"奥克隆"的操作室里。但是,这次必须去反方向的那一侧了。

在摘掉了锁链和"禁止入内"的牌子的拐角前,我和副司令四目相对了片刻。"我们本来也不想让你去冒险,参加这种大战我也是第一次。结果如何,难以预料。"

"我早有思想准备啦。"

"'主神'是非常特别的水下仿生机器人。即便是我也操作不好——事实上好像是不可能的。实际操作时应该会有很多不懂之处吧,这也是我不急于模拟训练的原因之一。'主神'的模拟还没完成,

也可以说根本无法完成。"

"是吗?"

"至少也想让你先用实体机进行真正的海域训练一下。但包括司令在内的仙境公司的高层们并不想把它暴露给敌人,还是想把它当作秘密武器,因此就有了直接上战场的可能。可是,要说经验不足,你也好,安云也罢,包括我在内也不过是五十步笑百步。武力不是为了拿来炫耀,而是作为威慑力存在的时代持续很久了。最近几十年一直貌似和平,但这种平静就要被打破了,这要追溯到6·11事件。"

"是啊,不至于在深海中进行肉搏战吧?我可想都没想过,估计全世界没几个人能想到。"

"今后,更多的应该是在电脑空间及宇宙进行的大规模战斗,人们再怎么不希望也难免会被卷入其中。真希望这种时代早点结束啊。"

"是啊。"

"那行,我走了。"副司令轻轻地拍了拍我的肩膀,"现在,我只想对你说一句话——要相信自己!"

"明白!"

我向副司令敬了个礼。副司令点了点头,一下子转身离去了。而后,和支援人员一起向"奥克隆"的操作舱走去。我呆呆地看着他们离去的身影,许久才转身离去。

我跟随两名支援人员向"主神"的发射舱走去。习惯了跟在别人后头,走在前头总觉得有些不好意思。

可是我很快皱起眉毛,停下了脚步。

操作舱的侧面有两个不熟悉的身影,好像是一男一女,刚才听到的低语似乎就是其中一人发出的。

两人的打扮和装着与最尖端武器的机库一点不协调。我不由得不停地眨眼,他们穿的好像是澎贝岛的民族服装——披着一身轻飘飘的短蓑衣，蓑衣像是木槿树的纤维制成的。

他们上半身赤裸着，女人用香蕉叶做的东西挡着胸部。男人戴着草编帽子，女人用可爱的花朵制成的帽子装饰着头部，皮肤上像是涂了椰子油，散发着黑光。

两人身上都散发着刚从热带雨林逃出来的野性。

女人的身材纤细，尤其是细腰很亮眼，面相上是东方人的长相，却明显带着一种异域风情，给人一种奇怪的感觉。男人体型优美且肌肉紧实，没有一丝多余的赘肉。

我终于想起来他们是谁了——我在南马都尔遗迹附近的海底洞窟见过他们，是科兹莫和美月。

科兹莫搬来一块中间有一点凹陷的大石头，然后稳稳当当地坐在了它前面的地板上，好像在做一种叫卡瓦胡椒的饮料。他将一种胡椒科植物的根撒到岩石的凹槽处，然后用石头将其捣碎，使其均匀地摊开。

他随着敲打的节奏，哼着小曲。我们自然听不懂他哼唱的内容。

虽然是天然的实心大石头，却发出了令人意想不到的叮叮当当悦耳的声音。当植物捣至黏糊糊的状态时，加入水，用木槿树干的树皮将其包住并挤压，黏糊糊的绿色液体拉着丝滴落下来，美月用椰子当容器将其接住。

经过多次反复敲打和挤压，接满一杯后，科兹莫就不再唱了。这才看向我，向我慢慢招手。

"这个到底是怎么——"

正要说话的我被科兹莫用一只手制止了。然后，他坐在我身边做动作，那感觉就是不容分说。我没办法，只好弯下腰。

科兹莫单手拿着椰子容器，好像开始祈祷着什么。他眼前是岩石，岩石对面摆满了好像是铺满了香蕉叶的供品。那上面当然有卡瓦胡椒,还有烤全猪、薯蓣、木薯及面包果等各种水果,还有色彩艳丽的鱼类。

祈祷了一会儿,科兹莫就给美月使眼色。她就拿着装着卡瓦胡椒的容器,扭动腰肢向我走来,然后跪在我面前,将容器端给我,空气中弥漫着一股椰子油的清香。

"你喝吗?"

"可以喝吗?你闭着眼睛,是在作法吗?"

"是啊!"

看我犹豫不决,美月微微歪着头微笑着。被她那从花冠上洒落的笑容吸引,我不知不觉就接过她手中的器皿。

她手上有一股青草味儿,虽说那气味儿太冲,让人想闭眼捏鼻子,但我还是一咬牙喝了一口。黏糊糊的液体流入喉咙,虽然没有想象中那么苦,但也谈不上好喝,稍稍有些辣舌头。这可是澎贝岛神圣的饮料。

喝了一口后,我想把器皿还给她,却被她要求再喝几口。我勉强又喝了两口,她才没再逼我。

"你们两个到底什么时候来的?"

"4天前就来了。坐'鳌'的作业船来参加矶良的葬礼,然后就到了'南马都尔'上了。"

"真不知道你们来了。"

"你很忙吗?"

"是很忙——哎,你们在做什么呢?"

美月沉默了,将视线转向科兹莫,他开口说话了。

"将创造神主神的灵魂安放在这个水下仿生机器人上,然后祈祷精灵守护你,举行了这个仪式。"

"哦,原来如此。"

对于他如此坦诚的回答，我只有不住地点头。"是创造神和精灵啊——太谢谢你们了。那么，现在可以操作了吗？"

"可以了，仪式已经结束了。"

"那好吧。"

我站起身来，终于可以看一下自己的紧身衣了——腿和手臂上印有花纹，它们像是黑墨画的一样，好像是模仿密克罗尼西亚的一种传统文身的图案。

"这个，是什么咒语吗？"我用手指指着花纹回头问道。

科兹莫不住地点头。"本来要将花纹直接刻在你身体上的，那样会更有效果的。"

"别，你还是饶了我吧。"

我摇头大声说道。

仔细想想，日本大大小小的船只上好像都供奉着叫"金毗罗"的守护神。虽说现在没有以前那么盛行了，但是，即便是在当代一些发达国家，人们对此好像也没什么疑问。所以，对于默许科兹莫的做法的仙境公司来说，这也算不上封建迷信吧。

"要是你在水下仿生机器人中有什么麻烦的话，就叫精灵！"

"你所说的精灵是指安菲特里忒吗？"我稍稍皱眉蹙眼道，"那家伙最近可有点不讲信用啊。"

"守卫海洋之子是精灵的职责。"

"话虽如此——"

"你给我记住，把你和创造神联系起来的是精灵。"

"不用解释了，算了，我明白了。"我模棱两可地点点头，打断了谈话。

"你要记好啊！"

支援人员他们也微微点头，好像强忍着笑一样。

　　我将陆地上用的隐形眼镜换成了操作员用的隐形眼镜，眼前一下子模糊起来。我借助支援人员的手，将身体滑入了紧身衣，大小和形状的确和模拟时穿的有所不同。

　　不远处，升降机开始启动了。副司令也换上了紧身衣，是要去操作舱的升降台吧。

　　安云那边怎么样了呢，可能"塞德娜"的操作舱正在注水吧。

　　一进入紧身衣中，就可以看到现实中不存在的东西。可是，那并不是安菲特里忒——现阶段所需的各种信息在眼前相互重叠着出现。

　　我戴的操作员用的隐形眼镜，严格来说不算是镜片，不能折射光。取而代之的是将通过无线传来的画像和信息直接投影到视网膜上的一种显示设备，原材料是一种特殊的水凝胶，能在水下使用。

　　现在我所看到的是"主神"保养、维护所需状况信息的概要，和模糊的机库的风景重合着。画面上还出现了三维CG做出的机体全身及内部构造图等。

　　我是第一次和"主神"面对面。实物还在发射舱中，无法直接看到。用一句话形容它的样子的话，可以说它就像是长了翅膀的人鱼，头部像是猛禽类的头部。

　　此外，它的背部长着大大的推进翼，前臂及后腿处长着三角形的类似鱼鳍状的东西，把手臂紧贴在两侧的话能看到腹鳍，将双腿紧紧合上能看到尾鳍。

　　可能只是在水下移动时需要采用这样的姿态吧。

　　虽然它像"奥克隆""赛德娜"及"埃吉尔"一样，没法将手脚收入身体，但是它在保持游泳姿态时身体基本没有凹凸不平之处。

　　头部左右较窄，从头顶到脖子再到肩膀的轮廓呈现出吊钟形。要是人类在水下生活几百万年的话，应该也会进化成这样的体型吧。当它快速发动推进翼时，应该能产生很快的航速。

不仅是推进翼,它的各个鳍柔韧性非常好,能弯曲成细长筒状,或是缠在前臂、后腿等处。这样一来,在不使用的时候也不会碍事。这叫我想起了日本蝠鲼的嘴角长着的一种叫作头鳍的鱼鳍。

通过三维 CG 模型进行动作确认的同时,我先将其基本构造装入了大脑中。问题是将它想象成自己的身体,能像控制与生俱来的身体一样自如吗?

不只是推进翼,手臂和腿上的鳍要怎么划动呢?也只能靠想象力了。向"奥克隆"的发射舱注水的声音响了起来,一定是副司令就要飞向海中了。我可能一进操作舱就得在那待机了吧?

我不再去看这个巨大玩具的说明书,对紧身衣的手臂和腿部的灵活性等进行了一系列检查,将输血用的输液管连接到大腿根的人造血管处。然后,支援人员帮我关闭了上半身的开口。

"怎么样?有什么情况吗?"

"一切正常,感觉很好。"我模仿矶良,用机械手给出了 OK 的手势。

完成了最后一道检查,穿好紧身衣,接下来是去往操作舱的升降台。我启动了头上的升降机。

没什么特别要做的。当我感觉到身体有些倾斜的时候,不知不觉已经进入操作舱了。

随后是向紧身衣注水,切换至体外气体交换状态,停止用肺部呼吸,向气管和肺部输液,关闭操作舱……但这一系列的操作都要等发射命令下达之后才能进行。在此之前,我必须一直躺在这里。

总觉得自己像是躺在棺材里,等着被火化的死尸一样。

等我感到呼吸困难时,就打开紧身衣的开口,挺一挺上半身——这是被允许的。但我不想浪费这段时间,"主神"到底是什么水下仿生机器人,我必须尽量弄明白。

后背感觉到了熟悉的震动,好像是"奥克隆"被发射出来了。

从紧身衣的开口处只能看到机库的棚顶,我将重叠显示在那里的"主神"的状况信息转换成了战略信息。

方法很简单,只要在大脑中想"显示战略信息"即可,布莱恩人机界面(BMI)就会捕捉到那个脑波活动信号。

通过转换画面可以看到,四艘辅助战艇已经在海底了,"赛德娜"紧随其后。现在的深度大约是一千三百多米,"奥克隆"开始潜航了,现阶段好像没什么故障。

我再次看了看状况信息。因为菜单中有"数据一览表"一项,我马上选择了那一项。虽然几乎都是数字,想理解很难,但是渐渐能看到"主神"的特征了。

首先,它体长15米——和伸出脚的"奥克隆"和"赛德娜"等潜艇没什么不同。

但是,它在空气中的重量不足六吨,几乎是"奥克隆"和"赛德娜"等潜艇的一半重,感觉其整个机体像是用石墨烯和叫作碳纳米管的碳纳材料做成的。

近年来,石墨烯作为替代金属的材料用途十分广泛。但是,老实说它到底是什么物质,我也不太清楚。总之,据说它像空气一样轻,比橡胶更柔软,比钢铁还强韧。

我隐约记得,好像它的拉伸强度是铁的一万倍,硬度和钻石相同,而且还有一定的自我修复能力。

此外,因为它还有电子的移动度高等特质,从21世纪初就被认为是人类"梦寐以求的新材料"而备受推崇了。如今,这个梦想成为现实了。

但是,它的构造却很简单,只是由碳原子形成的六角蜂巢晶格的平面薄膜,即二维的结晶。

顺便说一下，碳元素的三维结晶是钻石。因此，把石墨烯想象成是薄膜状的钻石就可以了。碳纳米管则相当于把石墨烯卷成了筒状。"奥克隆"和"赛德娜"等机体的推进翼上用的就是这些材料。

虽然石墨烯本身是二维的，但是，将它加工成三维结构体上的材料后则可以作为推进翼表层的装甲，即"皮肤"。在它的下面，是以碳纳米管束为纤维的人工肌肉，用来拉伸推进翼。

好像"主神"的整个机体用的都是和推进翼相同的碳元素"皮肤"和"肌肉"。

而由于"奥克隆"和"赛德娜"的机身和手脚主要用的是常见金属或是陶瓷等材料，所以比它重一倍。

3

"司令部通知全体成员，"忽然，船内的广播中传来了盐椎司令的声音，"来自'鳌'的黑客部队的报告称，'长棘海星级'的大型发射舱处于全部打开状态，估计是让水下仿生机器人和辅助战艇出击了，估计约3分钟后到达系满海底峡谷西侧的CR田。全体成员，请做好战斗准备！"

终于要开战了，已经没有回头路了。

包括我在内的水下仿生作战机器人和辅助战艇的操作员全员进入了战斗准备状态。因此，我们要做的就是按兵不动。现在，唯一能做的也就是做好心理准备吧。

估计有的人也会暗自祈祷，而我已经有科兹莫代替我祈祷了，而且是相当夸张而周密的祈祷。

虽然我不太认可他的做法，但是，也可能正因为他的祈祷才使得我此时的心情比较平静。只喝了三口卡瓦胡椒酒的镇定作用应该是微乎其微的，不如说是被科兹莫扮成的威风凛凛的巫师征服了吧。

此时，我的脉搏和呼吸正常，心电图和脑波好像也正常。我静下心来，再次仔细研究起"主神"的内部构造和数据一览表来。

一个非常重要的问题，也是之前一直没弄清楚的一个问题——"主神"的动力源是什么——非常奇怪，我没能发现。

"奥克隆"和"赛德娜"使用的是混合燃料电池，即燃料电池和蓄电池。船体上都装有过氧化氢油槽和人工鳃（从海水中摄入氧气的装置）。

"黄艇"也是如此，每个仿生机器人的情况都大致相同。

可是，"主神"上却没有类似构造，貌似也没装备小型核反应堆，好像就只装了蓄电池。

我仔细看了数据一览表，上面的确记载了应该是锂空气电池蓄电池性能的相关数值。但是，它终究只能用于辅助或是紧急状态下，不能成为主要动力源。

最奇怪的是，在数据一览表里一个叫"人工光合成系统"的项目里，罗列了许多专业词语和数字，我几乎看不懂，可能都是通过太阳光获得什么能量的意思吧。但是因为基本上都是在海中活动，所以必然会把能量以某种形式储存在哪儿。

在构造图上有个"葡萄糖·容器"的东西占了机体中很大一部分。在状况信息比较显眼的项目里，也有显示葡萄糖·容器的剩余量，现在是加满状态。

如此说来，它的机体上很可能使用了人工合成制造的葡萄糖，再通过触媒分解它的燃料电池，或者是通过酵素分解它的生物技术电池。可是，在构造图和数据一览表中都没能发现相关发电设备。

可能是一种我不知道的发电方式吧。

一扭头，在视野的角落中有什么东西在闪闪发光，好像是谁的通信呼叫信号。应该不是来自一直开着回线的司令部或是战备后勤的。

"显示通信呼叫的内容。"

脑海中一冒出这个强烈的想法，闪闪发光的图标处就出现了一个对白框，上面显示着发出请求者的名字。是"赛德娜"，它遇到什么了？

我用个人模式接通了请求，对白框中出现了安云的脸。

"呀，蕾拉，你怎么了？"

战略信息画面显示"赛德娜"的现在位置是距离系满海底峡谷西侧CR田6公里左右，深度为2 180米的海底。

"我没事儿。现在我的整个机身都潜在泥里一动不动，感觉像是变成了一个白瓜贝似的。"安云的语调几乎没有抑扬顿挫，"你那边怎么样？实验机能用吗？"

"我还没启动它，不知道啊。不过，它的系统倒是蛮有意思的。"

"真好啊，新型水下仿生机器人呢。"

"不一定因为是新的就好啊。'赛德娜'嫉妒了吧。"

"没关系，它有我宠着呢。"

"哦，是吗……那我们就聊到这吧，都是些废话。"

"废话怎么了？反正你也闲着呢。"

"才没闲着，我正在仔细研究'主神'的各部分呢。"

"给你添麻烦了？"

"不，不麻烦——你是怎么了？有点不对啊。"

她迟疑了一会儿答道："那个——刚刚有个人影，是幸彦的脸吗？"

"啊！人影？"

"总觉得他的影子浮现在我脑海中，最后看到的面无血色的脸庞……就像是蜡像一样。"

"喂！喂！打住吧，不要胡思乱想好不好？"

"话虽如此，可是像我现在这样埋入深海的泥土里，难免会胡思乱想——他的尸体也埋在这泥土中——他会觉得很冷吧。"

"根本不可能的。我们认认真真地治丧了。而且，我裸潜至300米深处送的他，他不可能还活着。"

"虽说如此，他可是被放入棺材从甲板上扔下去的。就孤零零的一个人，被扔到了好几千米深的海底啊。"

"所以，他的魂魄一定会返回大海，回到海上漂民的故乡，那里有先前去世的列祖列宗和亲戚朋友，会把幸彦接回他们的船上的。幸彦的肉体早已经在万分饥饿的海洋生物的肚子里了，不可能在海底的泥里震动的。"

"是吗？真的如你所说就好了。"

"这不像是我认识的蕾拉啊，给我来个身法意象练习好吗？"

"别开玩笑了。总之，一个人在这儿，就会意志消沉的。"

"那你就保持通信电路畅通吧。把你那边的摄像图像和激光扫描图像传给我，因为我要继续监控。"

"那我还需要做什么呢？"

"你什么也不用做，我只是想营造出和你在一起的气氛而已。两个人的话就不容易分心了，虽说我有点儿靠不住。"

她又是好久没反应。

"逍——是不是已经向紧身衣注完水了？"

"不，还没。"

"这么说，你是处在空气里呗。哎——"

"你惊讶什么呢？"

"没什么，谢谢！那我给你传图像喽。"

"哦，好吧。"

虽说还有点没释怀，我还是决定先等10秒左右再说。我检索了一下"南马都尔"所属部队传来的在线视频里我能接收的部分。在检索结果菜单中，我看到了"赛德娜"，我随即按下了选择它的选项。

窗户开着，灰色的泥浆映入眼帘，那就是安云看到的海底吧——非常近，感觉它就在距相机一米左右的下方。

因为安云说机器人的头都埋在泥土里，"赛德娜"的"眼睛"的高度实际上应该距离海底约一米左右。

"真的是很无聊的风景啊，蕾拉。"我开口说道。

"对吧？就在刚才，这里还泥沙弥漫，连景色都看不到呢。涨点潮才变清了一些，周围全是泥沙啊。"

"这的确容易让人走神儿。"

"要是有海参或是片蛇尾（一种海星）什么的陪在旁边就好了。"

"你带饵料了？哦，我看到了。片蛇尾这类动物鼻子好灵啊，用沙丁鱼头就可以很快让它们嗅到，然后聚集过来。"

"是啊。不过最好别聚集太多过来，太多了让人恶心。"

"这个要求好像有点难啊。"

"没办法啊。把我这样的美女弄得满身是泥，那得是多么高雅的作战啊。"

"你对盐椎司令讲好了。好像是在一定程度上模仿上次从海底偷偷靠过来的敌人的做法，不管怎样，满身泥浆的不是你就是'赛德娜'。"

"我和'赛德娜'是一回事儿。哎，这些泥巴太恶心了，身上痒得很，像是有沙蚕什么的爬来爬去似的。"

"倒是挺有意思的，且不说感觉，应该没有触觉反应了吧。"

"可是，真的有感觉啊。"

"明白，明白了。"我一边点头，一边接收激光扫描图像的在线视频。

"中层水域好像没什么显眼的生物，像是蒲原奈氏鳕或是黑线银鲛的鱼类正在西侧约 150 米左右游动。"

"又是那些东西，就不能换点品种吗？来个蝙蝠章鱼或人脸章鱼什么的。"

"先不用管那么多了，敌人好像要出现了，令人郁闷的捉迷藏游戏快要结束了。不知道敌人从哪边来，已经到了可以露脸的时候了。"

"就算真的出击——即使发射舱开着，也不一定来我这边吧。"

"你说的倒也有道理。"

"可以使护卫潜艇在 500 米或 1 000 米高度上方盘旋。即便受阻的话，也是在两者其中的一个高度上，现阶段……"安云貌似在检查影像。

条件允许的话，可以使扫描雷达的探知范围接近 500 米。即便如此，在浩瀚的大海中，也只不过是如同点了一个小电灯泡而已，敌人迫近也可能发觉不了。

潜伏在海底淤泥里的不只安云，7 个水下仿生机器人和 9 艘辅助战艇也都潜伏在 CR 田的外围的海底随时待命，每个水下仿生机器人都配备了 2 艘护卫潜艇。

也就是说，加起来就如同有 30 双"眼睛"在监视着海下。再加上外部执行警戒任务的 5 艘 SSO，一共 35 艘舰艇了。想要偷偷穿过这张天罗地网的确是不容易。

"逍，那个——"

"我在，怎么了？"

"你看一下这个。"话音未落，安云给我传过来一张图像。"这可是来自 1 000 米之上的护卫潜艇传来的。"

这是一张距离我们很远的一个物体的扫描雷达图像，虽然有些模糊不清，但是能看出呈现的是鱼的形状。

"距离是多少？"

"210米。"

"这样说来，它的大小应该有10米了。"

"那——"

"我对这个轮廓有印象，一定是那家伙，是那头姥鲨……"我的脉搏显示值升高了一点——是利维坦。

在接到安云的报告后，"南马都尔"向利维坦发射了两个特殊的AUV。依旧是"鳌"上的一真他们研发的，在离开密克罗尼西亚之前交给"南马都尔"的。

AUV上面带着"海蜘蛛"的名字——与海洋中真实存在的叫海蜘蛛的节足动物没有丝毫关系。不如说它更像陆地上的蜘蛛，具有织网把物体捆住的本领。

那张网的成分是一种糖蛋白，这一点和蜘蛛丝一样。

蜘蛛将储存在毛茸茸的屁股里的液体，通过细管流到空气中就会形成结实的丝。与此相似的液体从"海蜘蛛"的侧面排列的小孔射到海水中，就会形成黏着性很强的果冻状绳索。

我总觉得它的成分是一种叫蒲氏黏盲鳗的鱼类分泌的黏液。

虽然终究无法像蜘蛛那样织成精巧的网，但是，它可以将数根黏液索同时发射出去缠住目标物。如果目标物是大型动物的话，基本可以不伤到它就限制住它，再把它拖拽到海面或是陆地，生擒活捉。

话虽如此，即便是生擒活捉了利维坦，也必然没地方饲养它。如果把它带到"鳌"所在的中城湾港（冲绳附近）附近，在调查之后就会把它杀掉吧。

只是一头姥鲨？它和燃气井喷有关联吗？仙境公司好像很想弄明

白这一点。

虽说称"海蜘蛛"是AUV，实际上它的构造更接近鱼雷，据说以泵喷推进的方式能获得50节的航行速度。

但是，它不能进行较精细的作业，只能接近猎物，捕捉后将其拖至预定场所。虽然它上面也安装了音响迷彩，但对远距离处的猎物的探知和追踪还要借助声呐。因此，在捕获猎物时花费的功夫蛮大的。

大致从正东方向游过来的利维坦，悠然自得地摆着尾巴从"赛德娜"头上游过。安云给我传来了护卫潜艇上拍摄的光影图片，没错，就是姥鲨！至于它是不是我在渥美半岛海域碰到的那头，自然是没办法核实。

巨大的鲨鱼目标直指系满海底峡谷西侧的CR田，还有6公里多的距离，它懂得方向所在，实在不可思议。虽说听说过有的鲨鱼能嗅到几公里外的血腥味，但吃浮游生物的姥鲨应该没有这种能力。当然CR田也不可能流血。

它身体里面一定藏着人工产物。

不管怎样，利维坦有点太悠闲自得了。在被"赛德娜"的护卫潜艇监视着游了100米左右后，被两只"海蜘蛛"追上了。

从激光扫描图像来看，就像是两只猎犬正向一头野猪猛扑过去一样，只是"海蜘蛛"没咬它。它们左右并排把利维坦夹在中间，从斜上方浇着黏液索。

之前一直我行我素的姥鲨也开始慌了，因为有黏糊糊的半透明发白的东西缠绕在身上，恐慌也是理所当然的，它的大胸鳍无法摆动了。

利维坦扭动全身试图摆脱绳索。可是，它越是挣脱，越是被缠绕得更紧，这一点和蜘蛛丝一样。

虽然比姥鲨小一圈的海蜘蛛也稍稍被摇晃着，但是绳索好像伸缩性很好，控制很稳定。将利维坦向北朝着和系满海底峡谷相反的方向拖行，手法非常巧妙。

就这样，它们消失在激光扫描仪的探知范围之外，貌似这次的捕获之战大功告成了。

由于中城湾港还很遥远，只求它不会逃脱。

"这个开场秀还可以吧。"安云让护卫潜艇向东掉头。

"很快就动真格的了。"

"凭我的经验判断，姥鲨大军就快迫近了。"

"无所谓啦，能不能早点到啊？我身体实在是痒得很，在泥沙里都泡腻了。"

"顺便来个泥浆美容浴吧，皮肤会变美的。当然，是'赛德娜'的皮肤。"

"我和它都不需要变美了……啊！"通信好像一下子断了。

"怎么了，蕾拉？"

"它们好像来了，好多头啊。"

来自护卫潜艇的激光扫描图像又传过来了。虽然现在看上去只是一些白点并排排列，但是数量相当多，接近 100 个左右吧。

"距离多少？"

"380 米，这些不会全是姥鲨吧？"

"咦！你等一下。"我突然感觉有点不对，"再给我传一些图像！"

隔了 10 秒左右，安云又开始给我发送图像了。白点逐渐变大，形成了更复杂的轮廓。看着像是鱼类，但是还不能肯定。

可如果说它是鱼群的话，组群方式有点不自然。让人觉得个体间的距离参差不齐，有点太大了。

在水下 1 000 米左右，距离海底 1 000 米的中层水域，水体也很宽阔，没有地形限制。来自护卫潜艇的数据显示，没有较强的潮流。

因此，如果没有搅乱鱼群的其他动物的话，鱼群个体间的距离应该大致类似的。这一点，凭我在海中见过很多鱼群的经验是可以下结论的。很难想象，虽有社会性，却不养育孩子的姥鲨会全家出动。

可是，从图像上看，每个地方白点的密度都变高了，好像是"隐藏"了什么似的。

我用脑波移动光标，在图像的一部分加上了圆形记号给安云传了回去。

"蕾拉，你把激光扫描仪的激光束再聚拢一些，仔细看看我给你发的画圈的地方好吗？提高一下分辨率。"

"嗯，收到！等一下。"

过了 30 秒左右，她又给我传了新的图像。可以看出有 6 个呈鱼类身形的白影。此外，由于朝向的原因，可判断是生物影子的有 4 个。

在它们中间，我发现了隐约可见的光滑的直线。

我大声说道："是它。蕾拉，是辅助战艇，隐藏在鱼群中。还有一些一定也混杂在鲨鱼集中的地方，一定是水下仿生机器人来了。"

"果真是。逍，谢谢！其实我刚才就想说谢谢你了，但是气氛不太合适。"

"你这是在夸我吗？"

"当然了。等回去的时候，我给你一吻奖励你一下。大戏就要开始了。"

K 是 Kilo 的 K

1

从安云那接到"确认是敌人的战斗部队"报告的"南马都尔"也收集了正在海底待命的其他水下仿生机器人和辅助战艇的信息。作战室迅速展开分析,计算出至少有 8 个水下仿生机器人和 12 艘辅助战艇隐藏在姥鲨群中。

实在是难以想象,它们都搭载在一艘"长棘海星级"上,可能提亚玛特拥有多艘地下轨道飞行器(SSO)吧。

想不了那么多了,眼下,目标已经确定了。

敌人可能还不知道利维坦已经被抓了,因为事发地区在激光扫描仪的探知范围之外。

如果利维坦是人工产物,它应该已经和随后赶来的水下仿生机器人和辅助战艇通过水下高频通信交换过信息了。但是,从它被抓后没什么动作这一点看来,这种可能性好像很低。

此前出现的提亚玛特的侦察用自律型无人潜水器,我们既没有破坏它,也没有捕捉它就让它溜走了,其实是我们故意装作没看到的。

因此，敌人一定认为有 4 个水下仿生机器人和 4 艘辅助战艇守卫着系满海底峡谷西侧的 CR 田。

它们混进姥鲨群里，就是想偷偷靠近那里吧。

可是，在 CR 田前方，有严阵以待打算从海底进行袭击的安云等人驻守着。按照"南马都尔"的指示，他们正迅速向泥沙上方移动，以确保靠近被分配的目标。

很快，姥鲨群覆盖了他们头顶的水域。敌人的水下仿生机器人和辅助战艇存在于鱼群中大家也已经明了了，但他们没有行动。

要做到"后发制人"，时机很重要。太着急了，就会被敌人猜透。给安云分配的猎物是一个水下仿生机器人和两艘辅助战艇。

我和她的通信回路暂时关闭了，但是"赛德娜"拍摄的影像还可以在线收看。虽然没有护卫潜艇传过来的那么直观，但还是可以在一定程度上了解相关状况的。

当一艘目标辅助战艇通过 1 000 米上方时，"赛德娜"从泥沙里抽了出来，穿透不断向上翻涌的弥漫的悬浮物全速向上开去。两分钟后，最初的猎物进入了光学相机的视野中。

也就是说，安云距离猎物不到几十米了。

为了配合姥鲨的游速，敌人的辅助战艇以接近最低速度航行着。在它身后悄无声息偷偷靠近的"赛德娜"将 EMP 鱼叉插到了推进器附近。

顷刻间，水中青白色的火花四散。

控制系统被烧毁失去推力的辅助战艇慢慢地垂下了艇头。可能操作员不知道发生了什么，正惊慌失措地为了保持平衡向压载注水呢，其推进泵应该也发动不了了。

于是，敌方的辅助战艇失去了动力，高度持续下降，从姥鲨群里跌落出来，就这样悄无声息地消失在最底层水域。

敌方操作员有没有逃出去不得而知。的确没时间确认了，安云已经向下一个目标靠近了。

不到一分钟，她又看到了一个辅助战艇的推进翼。由于高度稍稍上升了，"赛德娜"一边上升，一边从侧面靠近它的腹部，最终顺利地瞄准了它的推进器插入了鱼叉。

真是悄无声息的高效攻击。敌方的第二艘辅助战艇和第一艘一样失控了，静静地坠向了海底。

到目前为止，一切顺利。不只是"赛德娜"，仙境公司的其他水下仿生机器人和辅助战艇也都相继攻克了既定目标。也就10分钟左右，敌人的战斗力已经削弱了一半以上。

此刻，我们如同潜入了家畜窝里的野狼一般，一边哼着小曲，一边享受着狩猎的快乐。

最终，敌人还是觉察到了情况有变。

因为鱼叉的攻击，敌方的通信装置基本不能用了。即使还能发出警报，也是被小型鱼雷或是吸附式水雷攻击后的苟延残喘。也可能只是因为失联的同伴实在太多了。

"赛德娜"的最后一个攻击目标是一个有点纤细的水下仿生机器人。它借助姥鲨的掩护频繁地变化着位置，可见它已经很有戒备心了。

通过激光扫描图像可以看出，它好像只有两只胳膊、两条腿，并没有看到长有和"达贡"一样的触手。

取而代之的是它的后背伸出了4只细长的推进翼，每只都单独摆动。非要形容一下的话，那么它比较像蜻蜓吧。

那家伙上面设有水下机枪，它一觉察到"赛德娜"的靠近就射击了。好像是处于射程之外，安云没有理会它，继续突击。从上一战中就不难看出，安云好像把握战机的能力比较强。

虽然冒着枪林弹雨，她极力克制着自己，一发现危险迫近，就来了个紧急翻身，然后以犬牙形向前移动——这是为了不让对方瞄准自己，一步一步地缩短距离。由于受限于水下机枪，蜻蜓形水下仿生机器人的移动不固定，比起赤手空拳，它的平衡不好——机枪的重量、水的摩擦阻力以及射击后的反作用力等相互复杂地作用着。恐怕是受到了这些因素的影响，它怎么也无法射准目标。

最终，"赛德娜"没受什么大伤，成功迫近对方腹部，安云当即对准它的机体中央，用 EMP 鱼叉猛刺过去。不过，此举倒不如说是诱敌。

蜻蜓形仿生机器人扔下机枪，为了不让鱼叉刺中，把手伸了出去——应该是妄图把鱼叉抢过去吧。在即将被对方抓到的瞬间，安云把鱼叉扯到自己这边。趁着抢夺的瞬间，蜻蜓形仿生机器人一下子跳进了"赛德娜"的攻击范围，毫无防备的肩膀和后背就暴露在安云的眼前，安云顺势将吸附式水雷贴了上去。

"漂亮！"

我忍不住叫道，这可能就是剑和棍棒训练的成果吧。

"赛德娜"果断地放开了被蜻蜓形仿生机器人握住的鱼叉，大幅度展开了推进翼。用力拍打了一下、两下，速度一下子提了起来，顺势急速上浮。

此时，被挂着吸附式水雷的蜻蜓形仿生机器人再次握住鱼叉，回过头来想要被迫进行反击。然而，一切已经太迟了。

蜻蜓形仿生机器人的后背上冒起了大大小小的气泡，不一会儿又都消失了。四只翅膀中的一只被撕碎脱落，受到水压的影响，虽然没有发生激烈的爆炸，冲击波应该也到了机体的各个角落了。

被抢去的鱼叉不规则地旋转着回到了"赛德娜"那里。蜻蜓形仿生机器人斜着身子大幅度晃动着，像水母似的漂浮在海中。手脚和推进翼都不动了。

"成功了!"

可以说,安云没有像上次那样蛮干就取得了完美的胜利,太棒了,而且是单打独斗。我想要向安云祝贺一下,向她发送了通信呼叫。

安云给我回信儿是在一分钟之后了。当然,她应该先向"南马都尔"汇报战果后才能和我通信。

"任务完成!"

本想她此时应该无比欢欣雀跃,而她的语气却异常安静。

"恭喜!干得漂亮!"

"敌方的操作员没出来。"

蜻蜓形仿生机器人被潮水冲走,在光学影像中已经看不到了。只是通过激光扫描仪能看到它的样子没什么变化。

"是啊。可能是昏迷状态吧。也许是逃出操作舱后害怕被袭击,在观察形势呢。"

"吸附式水雷可是贴在了操作舱的内侧,估计他已经死了。"

"照你这么说,也是有这个可能的。"

"那家伙如果是'达贡'的话,不必介意。"

"没办法啊,如果不出手就会被攻击。现在就是这种状况吧!"

"话虽如此……"

在"赛德娜"一片漆黑的光学影像上忽然挤入了一个发白的东西。我想到这可能是敌人,一下子屏住了呼吸。

"哎?是鲨鱼。"

安云说道。我定睛一看,的确是姥鲨的尖鼻头儿。

由于它在鲨鱼群中,自然没什么好惊奇的。安云因为一直追踪敌人,已经把它们的存在忘得一干二净了,或者好像眼里看到的只有障

碍物了。

安云让"赛德娜"像芭蕾舞女演员那样转了一圈,能看到有一头姥鲨正从背后靠近她。而在激光扫描仪的探知范围里,有七八十头鲨鱼。

有两头姥鲨在一圈圈地绕着"赛德娜"游着,动作悠闲自得,虽然看样子不像是要袭击,但总让人觉得不放心。

"要干什么啊?这帮家伙。"安云好像也摆好了架势,"想要饵料吗?"

"不,不像是。你还是离它们远点较好——"

我话还没说完,突然发生了很奇怪的事情。

之前还很光滑的姥鲨的皮肤突然变得凹凸不平了,全身慢慢变得像螃蟹一样,可以看到里面有很尖锐的东西在向外顶。

"发生什么了?好奇怪啊。"

"恶心,这是恐吓行为吗?"

"不可能。它们既不是章鱼,又不是鱿鱼,能改变体表质感——一定不是鱼。"

而后,姥鲨的皮肤被穿破,到处都长出了刺或碎片一样的东西。那些东西被"赛德娜"的投光器一照,反射着白光,不清楚到底是什么。

"蕾拉,快跑!"

"咦,往哪儿跑?"

姥鲨突然爆炸了——场面非常宏伟,可以说是炸成了粉末状了,而"赛德娜"好像没有受到爆炸的冲击波影响。

被闪闪发光的沙粒状物体包围,光学影像上出现了银色的光晕。拿潜水镜对着群星闪烁的银河系中心张望也就是这种感觉吧。美是美,却是不太现实的景象。

"你没事吧，蕾拉？"

"不知怎么搞的，我的机体没什么异常却动弹不了。"

"不能动了？"

"刚才我想以最大航速离开这里，但巡航速度没有提起来。想改变方向也反应迟钝。"

"哎——"

我脑海中出现了强烈的画面感。涌现出在井喷的渥美半岛的CR田，自己抱着"黄艇"往海面上冲时的感觉。

"蕾拉，你有觉得海水变轻了吗？"

"感觉强烈，好像空荡荡的。"

"你看一眼深度计！"

"啊？深度？深度——好像在迅速地变浅啊。好奇怪，我也没有启动上浮啊。"

"高度计呢？"

"在减少——为什么呢？"她的声调提高了，"印象中，我没有潜航啊——这不是矛盾吗？"

"所以说正在变轻啊，海水——这和我在渥美半岛海域时的经历完全相同。"

"真搞不懂。"

"不知道怎么了，可能海水密度在减小，所以水压也在降低，深度显示也较浅。而实际却是'赛德娜'密度没变，由于比重变大而下沉了。"

"那我要怎么办呢？"

"为了尽量不下沉，最好启动上浮操作，虽说那一带应该不会发生燃气井喷，但是最好以防万一。如果实在上浮不了，就只能让紧急上浮用的气球膨胀。海水的异变估计几小时就结束，渥美半岛海域的

那次异变就是——"

"好像有什么东西过来了!"安云的声音盖过了我的声音。

"啊?"

"速度超快——我可能躲闪不及了。"

我看了看"赛德娜"的激光扫描图像。

的确有个白影在靠近。眼看着它越来越大,由于形状复杂无法掌握它的体态,至少不像是辅助战艇。

总之,速度快得令人不敢相信。

"可能是高速鱼雷,快躲开!"

"我已无法躲开了!"

就在我们说这些的时候,白影已经迫近到百米之内了。看样子比鱼雷要大,而且途中一分为二了。其中一个保持着 100 节左右的航速,只几秒就飞向了"赛德娜"的两肋。连光学影像都没来得及确认出它的体态。强大的水流翻弄着"赛德娜"。

而另一个则是急速降速,但至少也以超过 50 节的航速向前突进,好像不打算避让。光学影像只是在那一瞬间捕捉到了它的姿态。

是水下仿生机器人!在大幅度展开没有煽动的推进翼的下方,可以窥见它的 4 只触手——是"达贡",没错!

"糟了!"

我再怎么尖叫也无济于事了。它的一根触手对准了"赛德娜"尖尖的前端,这是"赛德娜"发给我的最后一张图像。

画面变得一片漆黑。之后,出现了"ERROR"字样,通信线路断了。

"蕾拉!喂!"

我又发出了通信呼叫,但没反应。我改变了请求对象。

"司令部,我是宗像。现在'赛德娜'好像受到敌人攻击身负重伤了。我想可能是被电磁脉冲击中，通信突然受阻了。"

"宗像，这里是司令部。我们已经收到了，请你在原地待命！"

待命？有些奇怪的面无表情的盐椎司令的面容浮现在大脑中。

"司令部，我是宗像。请让我操作'主神'去营救她吧。敌人是'达贡'，'赛德娜'很可能被它破坏的。"

一直没有回复。正当我焦急万分的时候，传来了金城班长的声音，"宗像，作战室正在分析详细情况。原则上来说，救援'赛德娜'的任务会派执勤中的水下仿生机器人，但你也得做好救援准备。通知完毕。"

"作战室，我是宗像，具体情况我很了解。不知什么原因，战斗水域的海水变轻了。这种情况和我在渥美半岛海域遇到的情况一样，因此'赛德娜'的控制失灵了。但'达贡'可能是搭载了火箭引擎的助推器，能在那一带海域自由穿梭。如果水的密度减少了，不依靠这种超级空穴现象，也能产生很快的速度。对方一定是作为攻击和逃跑的手段预备好的，其他的水下仿生机器人和辅助战艇也可能会受到攻击。"

"宗像，战斗时，一定先听指示再行动！"

在此之后，有一分多钟没有应答。我一看战略信息画面，已经有3个水下仿生机器人和4艘辅助战艇失联了，正在确认数量的过程中，又有一艘失联了。

在海水异常现象出现之前，仙境公司的战斗部队没有受伤，而现在，其战斗力在CR田之外只是短短的五六分钟就减半了——"达贡"真是一个恶魔啊。

只是，敌人的战斗部队一定损失更惨重，可能已经接近灭绝了。

所以，他们可能已经放弃让CR田发生井喷的想法了吧。现如今取而代之的是通过海水的异常现象封锁我们的行动，这并非是他们本来的目的。

搞不懂他们是自暴自弃还是早早转换目标了。可是，可以肯定的是，对方是一个遇到困难就退缩的对手。

战略信息画面更新了。

又有一个水下仿生机器人被袭击了。搞不懂司令是怎么想的，就那么舍不得使用"主神"吗？

幸运的是，副司令的"奥克隆"平安无事，它好像在快速降低深度，应该不是下沉，是在积极潜航吧。

的确，越深的地方海水密度越大，一定也是受到了异常现象的影响。

我在紧身衣中不停地扭动身体，对操作室的墙壁又是敲打又是猛踢，无论如何也冷静不下来。虽曾想过干脆出去和待在司令部的司令直接谈判算了，那样的话一切又不得不从头再来。

"司令部，我是宗像——"

就在我实在忍无可忍，打算开口交涉的时候，传来了司令的声音。

"'主神'，这里是司令部。马上奉命出击！"好像突然挨了当头一棒似的，我一下子没反应过来。

"哦……司令部，'主神'收到！马上出击。"

"'主神'，这里是作战室。我再重申一下司令的指示。"

紧接着是司职副司令的金城班长说道："你先给我把'赛德娜'救出来！除非不得已，不然不许参战。通知完毕。"

"作战室，这里是'主神'。先去救出'赛德娜'，任务收到。顺便问一下'达贡'的动向。"

"'主神'，这里是作战室。来自'奥克隆'的报告称'达贡'正在独自潜航，推进器好像被它扔掉了，可能是燃料用尽了。"

我很快反应过来，答道："'主神'收到。"

司令应该等的就是刚刚这个时机吧。

在变轻的海水中也能使用的推进器使"达贡"一直处于压倒性的优势。就算是"主神"的性能再高，用不好推进器也可能会被摧毁的。

只是不用普通的推进器，在用火箭引擎超高速推进器的情况下，续航距离必然大打折扣。根据推进器的不同，同样用火箭发射的鱼雷的射程为 20 公里左右，应该就那么远吧。

如果以最大功率持续奔走，预计六七分钟燃料就会耗尽。实际上，在进行攻击的时候，"达贡"好像是在降速后再次执行操作的，这期间至少要降低输出功率。这样算来，其燃料最长能用 10 分钟左右。

如果能撑住 10 分钟的话，"达贡"失去推进器，就会变成和我们处于同等条件作战，司令可能就是在等待这个时机。

代价就是包括"赛德娜"的 4 个水下仿生机器人和 5 艘辅助战艇。虽然祈祷全体操作员能逃出去平安无事，但是可能已经有伤亡了。

如果这种损失也是在经过计算后做出的判断的话，那真是相当无耻了，简直就像是一台冷冰冰的机器。

"'主神'进入发射准备！"传来了金城班长的声音。"开始向紧身衣内注水！"随后，传来了重复金城班长命令的负责人的声音。从脚下流进来了不冷不热的水，这就要开战了。

我下意识地大口吸气、吐气。可能是由于紧张吧，空气有点堵在了喉咙处，遮着嘴和鼻子的口罩非常闷，让胸口如此波动的状态还得坚持几分钟。

水顺着耳孔流入，升到太阳穴。眼球一被清洗，视野就变得清晰了。水面很快变得和操作舱的舱口一样高了。

"向紧身衣内注水完毕。"又传来了负责人的声音。

"请大家确认注水完成。现在开始切换至体外气体交换——"

2

即使是被放逐到深度为 200 米的海里，也不会马上有明显的感觉。虽然加速飞驰而过，但感觉像是在"南马都尔"的发射舱里似的，眼前依旧像封闭的操作舱里一样——一片漆黑。

刚刚出生的婴儿是怎么抹去在母胎内的记忆的呢？

很快，被好几层薄膜包围的感觉就袭来了——实际上进入了紧身衣，待在操作舱里。但是，这种意识渐渐在淡化。

分隔开自己和海水的是好多层薄膜，感觉像是蛹或茧一样，被层层包裹着。

薄膜一层层被剥掉了。为什么身体会瑟瑟发抖呢？可能是冰冷的海水渗透进来，刺激身体的缘故吧。

接下来，我发现周围模模糊糊泛着青白色，飘着松软的像白色花瓣一样的东西。很像被风吹起的雪花，中间有把红伞在摇动着。

不，那不是伞，是海蜇，像雪花一样的东西是海雪。

当意识到眼前这一切时，我很快清醒过来。包裹我身体的薄膜已经一片不剩了，取而代之，冰冷的海水正抚摸着我的肌肤，但我并未感觉到不适。

视线的角落里，好多个指示图标之类的东西显示着时间和深度。现在是水下 213 米，这个深度应该是一片漆黑的。总感觉眼前的水体被投光器照射着，我向前伸了伸胳膊，手掌有点泛白，发着光。

"咦！"

我暗自惊讶道。这个惊讶变成肌电，又被转换成人工声音传到自己的耳朵。有一个非常微妙的时间滞后，听起来像是回声。投光器的光反射的并不是我"肉身"的双手——那双手滑溜溜的，像是人工加工出来的。散发着微弱银光的皮肤有点硬邦邦的，但是手指能屈伸自如。

手腕到肘部之间垂下来一块三角形的厚皮，一动胳膊就跟着飘荡。可是，一握拳头，它就变得像一块富有弹性的板子。

我脑海中浮现出"主神"的结构图。很快，表示状况信息和维护信息等的指示图标变大了一圈，呈高光显示，可实际上并未调出图像。

"这个，是鱼鳍吗？"

由于心中的默念能传到耳朵被听到，我切断了声音转换机能。而后，我试着向上抬了抬腿，稍稍向下点点头，小腿肚侧面的鳍进入了眼帘。

"太神奇了。"

我和"主神"融为一体了。不只是屈伸的感觉，连敲打、揉搓它时的触感都能传到我身上。

反之，本来的身体去了哪儿，我不得而知。

这么一想，我一下子陷入了恐慌。虽说没像萨姆沙一样变身为毒虫，但是觉得自己已经变为了一个甲壳动物——到底还能不能返回真身，真叫人惶恐不安。

模拟训练时也经历过这个，但训练终究只是训练。或许是最先进的水下仿生机器人目前已经实现了人脑和机械的无缝对接了。

我越想越后怕，将声音转换打开了。

"作战室，这里是'主神'。我感觉良好。"

"'主神'，这里是作战室。报告一下情况。"

"作战室,这里是'主神'。现在深度是 214 米,处于停止状态,身体机能没有异常,但是遇到了点儿麻烦,因为操作面板和训练时不同。"

"'主神',这里是作战室。需要什么信息或是支援吗?"

"作战室,这里是'主神'。不,不需要,已经逐渐习惯了。"

"'主神',这里是作战室。那你暂时升到和'南马都尔'一样的深度!"

"收到!"

我的意识移到后背,很快就感觉到了推进翼的存在。操作它的要领幸好和训练时一样。

轻轻一拍打,嗖地一下上浮了 10 米左右。再拍打一下半左右,就到达了"南马都尔"所在的深度了。可是,在光学影像投影的网膜里什么也看不到。

于是,我将视野切换至激光扫描仪的图像上。

"主神"那很像虎鲸的巨大身影出现在 100 米左右的前方。由于现在是人机合一的感觉,感觉比以往更有压迫感了。向这边开过来的像鳐鱼一样的东西应该是两驾护卫潜艇。

"'主神',这里是作战室。由于事出紧急,请省略机体各部分操作检查,启动音响迷彩!"

"'主神'收到!马上启动音响迷彩!"

嘴上应答着,刹那间却不知如何是好,在训练中熟练操作的操作面板找不到了。可是,就为这点小事儿去看操作指南实在是麻烦。

"启动音响迷彩……"

在心中试着默念了好多遍,却什么也没发生,机体本体的操作好像和面板画面的操作方法不一样。

"能浮现在脑海中吗?"

忽然耳边响起了不知道谁发出的窃窃私语。"披着斗篷的形象。"

回头一看，谁也没在。但是那声音很熟悉。

"安菲——你在哪？"

我又仔细检查了一下光学影像，可是没发现科兹莫所说的精灵的身影。

"'主神'，这里是作战室，还没有启动音响迷彩吗？"

"哦——作战室，这就启动。"

虽然也感觉自己有点愚蠢，我还是试着在脑海中给身上穿上了透明的斗篷。结果，视线中央瞬间出现了"音响迷彩——启动"，紧接着角落里显示的身份指示图标变化了。

原本"主神"是模仿长了翅膀的人的，现在变成了"放晴娘"（为祈祷晴天而挂在檐头下的偶人），这可能就是披斗篷的意思吧。

"'主神'，这里是作战室。已经确认启动音响迷彩了吗？'赛德娜'那边还是音信全无。请在进行状况确认后，救出操作员！"

"'主神'收到！我这就去救操作员！"

我再次切换至激光扫描仪的探头。在确认过战略信息后，将航向设定在了"赛德娜"失联的地点，首先向1 000米的深处潜航。

就像平常的裸潜一样，我低下头，两手一划。和身长15米的水下仿生机器人已经人机合一的我，在航行过程中一点点适应着新的身体——首先就是五种感官。

视觉系统的操作由于和训练差不多，没什么大问题，但也有新的情况。

光学影像和激光扫描图像的切换、护卫潜艇的调用影像、变焦镜头和射程的变更等操作，还能用之前的专用操作面板。但是，在脑海中可以实现更换眼镜看潜水镜和放大镜。习惯之后，还是靠大脑想象来得更快些。

这应该是比所谓的"智能人机交互界面（IUI）"还先进。

历史悠久的"图形化人机交互界面（GUI）"就要成为过去式了。

听觉系统通常只在水下 HF 通信时使用，所以几乎没有操作必要。而在启动音响迷彩的状态下，是听不到本来的"声音"的。在这方面我多少有些受挫。

通常在裸潜时，周围可谓是喧嚣的世界。海浪声、石头翻滚的声音、短脊鼓虾开闭大螯之指发出的声音、海豚的叫声、鲸鱼的号叫和船舶马达的声音等各种声音经常回荡在一起。

可是，现在披着透明斗篷的我却一点声音都听不到，耳孔像是被什么东西给堵住了似的，感觉很不舒服。

海洋原本就是个喧嚣的世界，不能利用其间蕴含的大量信息太可惜了，这是有朝一日要解决的问题。

而我的触觉还有，这真是太令人激动了。不管怎样皮肤还能感知到水流和冰冷感，这对掌控自己的姿态和移动很有帮助——无法想象是如何实现这种反馈的。

虽说水下仿生机器人的移动按惯例都用"航行"来称呼，但事到如今，我却感到非常不自然。究其原因是水下仿生机器人不是乘坐物了，我能感觉到水流从头到背或者腹部抚摸着我——没错，我是在"游泳"，而且是在飞速地游泳。即使不逐一看仪表，通过感觉也大体能估算出速度。

刚开始的时候，虽说"主神"只靠推进翼游泳，速度也能达到近 40 节。游着游着，当我想起自己腿上还有鳍，要是腿上的鳍也用上的话，得有多快呢？

双腿紧紧并拢的话，很像海豚的尾巴，从小腿向左右两端展开的三角形的皮自然和尾鳍一模一样。我这么想着，开始试着海豚式打腿。

和想象中的一样，产生了很强的推动力，可速度却没有提升得那么快。仔细想来，应该是没有使用推进翼吧。我把注意力都集中在了尾巴上，忘了后背上的推进翼了。

因此，有点混乱。

怎样才能同时使用推进翼和尾鳍，高效率地游泳呢？好像一时半会儿也想不出来代表性的动物。海豚和海豹等动物是靠尾鳍或者鳍状后肢的，海狮和海龟等动物是靠前鳍的，它们或是只使用前鳍，或是只使用鳍状后肢。

因为想也想不明白，我就先试着轮流划水、踩水了，最终和蝶泳一样。

这么一试没想到效果非常好。

掌握了要领，速度超过60节时，我忍不住欢呼起来，海豚估计也追不上我，和金枪鱼、旗鱼，还有泵推式鱼雷是一个水平。还想更快的话，就只有使用火箭推进器了。

之前裸潜的时候，我从未有过这种体验。几年前，我曾试过乘坐水下摩托车从海中向海面跳跃，那时的最大速度也不过20节左右。

60节的速度，的确让人感觉都不是在游泳了。

总之，由于黏性阻力，感觉水是有硬度的——像是硬往嘴里塞着吃琼脂或果冻似的。从流体力学的角度来看，"主神"的一个问题就是凹凸有些过多了。

另一个问题就是它的续航距离，以这样的速度航行不知道能持续多久。

当前，"葡萄糖·容器"还没怎么减少。可是，我现在还无法确定它到底是不是"主神"的能量来源。

我想先把速度降一降，降到50节左右。而现在我已经开出了很远的距离了，再有四五分钟就能到达"赛德娜"所在之处。

"主神"也有味觉。半开玩笑地讲，你可以想象一下喝水的时候发现水变咸了，和海水味一模一样——就是那个味觉。

可能这也一定程度上反映出了盐分浓度的实测值了，也就是说在"主神"上安装了电导率、温度、水深探测仪等测量仪器。我嘴里还有一点镁离子的苦涩味道，可能还能进行更细致的成分分析。

更让人吃惊的是嗅觉。

在裸潜的时候人自然不会闻到气味，即便偶尔有海水进入鼻腔，也只是感到疼痛而已。但是，和"主神"融为一体的话，我好像就能像鲨鱼一样根据气味去追踪猎物了。

在冲绳的深海中，微微散发着煮鸡蛋的气味，那可能是从海底渗出的硫化氢的气味吧。这种气味必然反映在某种化学传感器的实测值上。

一靠近目标，我就能闻到一种焦煳味儿。如果这和鱼雷或吸附式水雷的爆炸有关系的话，我应该真的已经踏入战场了。

水的触感总让人觉得有点空荡荡的。深度计显示的数值是720米。可是，一用深度声呐测量到海面的距离，却是1 080米。

好像海水变轻的那种异常现象还没有解除。现在只是变轻至三分之二，可能是快要平息了。在渥美半岛海域，最多曾经变轻至四分之一。

我停止了摆动尾鳍，从容地只靠推进翼游着，在同一地点兜了好几个圈。

"赛德娜"就是在这里被"达贡"袭击而失联的。大致可以确定它被电磁脉冲击中了，因此它靠自身已经动弹不得了，可能就这样沉在海底，也可能被海流冲走了。

我停了下来，想要感受一下水的流动。让意志集中在自己的肌肤，即"主神"表面，触觉会变得更敏锐，传感器的敏感度会提高吧。

我能感知来自西南方向的舒缓的水流，姑且推测"赛德娜"沉没的时候，也是这样的水流。

我在认定那里的水流方向的同时，再次一头扎向海底。虽然距离海底还有 1 200 米，但以现在的航速用不上一分钟。我真切地感到自己就像是身处四五米的浅滩一样。

虽然想要马上确认一下海底的情况，但不太可能用精确定位找到"赛德娜"。我停在了距离海底 200 米处附近。

在那儿，我通过扫描声呐的探头环视了海底，微微起伏的泥沙平原一望无际。"赛德娜"那样的人工产物要是在上面的话，以现在的距离，应该根据形状就能发现。

可是，我没能一下子发现类似的人工产物迹象。

顺着海流，我一边慢慢游动，一边四下张望。结合司令部说过有两艘辅助战艇距离它不远并排行驶的说法，将这 3 个目标组合在一起，我在海底 600 米左右宽的带状区域内寻找着。

虽冰冷刺骨但宁谧而平静的深渊被搅乱了，现在连个生物的影子都看不到。好像鱼类啊，海蜇啊，章鱼啊，都仓皇逃跑了。可能有海参和海星之类的动物，但太小了，看不见。

偶尔能碰到像"赛德娜"的一部分的东西，但大都是碳酸盐岩石的碎片。也有很多像是船上扔的垃圾，实在让人难辨真假。

正当我开始怀疑这种寻找方式是否合适时，终于有了一个让人眼前一亮的通知。

"'主神'，这里是作战室，和'赛德娜'联系上了。操作员平安无事，但是她现在好像在海底逃不出来，你要想办法尽快找到她！"

"作战室，'主神'收到！你们那边有'赛德娜'当前位置的信息吗？"

"'主神'，这里是作战室。很遗憾，'赛德娜'完全瘫痪了，好像惯性航行装置也启动不了了。因此,我们也不清楚它现在在哪。因为电磁脉冲电气系统处于过负荷状态,机体和紧身衣之间的连接会自动切断,以保护操作员和生命维持装置。"

"作战室,这里是'主神'。我知道了,我先在附近找一找,能直接联系上安云吗?"

"'主神',这里是作战室。紧身衣的通信装置没有问题,她应该能直接和你通话。"

"'主神'收到!"

我马上向安云发送了通信呼叫,很快她就回话了。

"蕾拉,你怎么样?"

"还算活着。"虽然是人工声音,但是能从她的语气中听出疲倦,"感觉我又退回到泥沙里了。"

"受伤没有?"

"应该没有,但可能需要仔细检查才知道,我好像刚才有 30 分钟左右失去意识了。"

"是受电磁脉冲冲击的吧?"

"不是的,那个死章鱼,我不会放过它。"

"怎么了?"

"尽管在注入脉冲后,我知道我这边机能已经停止了,我还是将吸附式水雷装上去了。我不知道对方是想破坏'赛德娜'还是想在我逃脱之前杀掉我,或是想双管齐下。总之,它一点骑士精神都没有。真是个变态的混蛋,幸彦那时候就是这样的,对方一定是那种敲诈别人后再杀人灭口,以此获得快感的类型。"

"你被吸附式水雷的冲击波伤到了吗?可能对方搞错了装吸附式水雷的地方了,你没有受伤,真是万幸。"

"我想应该是吸附式水雷没有吸住,在爆炸前脱落了吧。虽说比较幸运,但是却无法从操作舱逃出。操作舱舱口没开,由于电气系统被破坏,只能手动去开,但是纹丝不动,'赛德娜'就一直趴在泥沙里了。"

"虽然我感觉离你越来越近,眼前却没发现比较像'赛德娜'的东西。一般来说,在只是沉没的情况下,不应该全都陷入泥沙里的,可能是潮流变化了。"

"对了,那时候我跟你说过水变轻了吧?"

"是的,你说过。"

"的确,即使我试图上浮,也无法停止下沉。操作失灵了,也就一下子一蹶不振了。"

"的确是那样,那是有可能的。下落后是深深地冲进了软泥里了吗?那样的话,用激光扫描仪搜索可能也是徒劳的,需要使用地层探测装置。"

"啊?可我现在的情况怎么找地层探测装置啊?要是你在附近,就快点给我找一下。"

"哦,我是想给你找找。"

我现在脑子有点儿反应不过来了。

要是有能进行地形勘测的声呐的话,应该能在一定程度上探测海底之下的。可能"赛德娜"埋得比较浅,应该用不上海底辅助图像分析仪。

无论如何,我无法想象在"主神"和护卫潜艇上有探测用的声呐。"南马都尔"的合成声呐自然能用,可是一用就会暴露身份了。虽说让装有相同声呐的"鏊"支援也是个办法,可是好像只是返航就得花很长的时间。

因为都行不通,我决定试一试更简单的方法。为此,我降低高度,跪在海底的泥沙里。

"蕾拉,你手脚能动吗?"

"手脚吗?当然能动了。像是在棺材中,跳舞是跳不了的。"

"那你试着敲打,或者踢一踢操作舱的墙壁或舱口,先发出点声音来。"

"啊?什么情况?"

"别开玩笑了,赶紧发出点声音吧。尽量不要模仿自然界存在的声音,发出点人工加工过的节奏,爵士乐也行,拉丁也行,或者是摩尔斯电码之类的。"

"你是想通过听音探测到声源的位置吗?"

"是的。"

"要是音响迷彩开着的话,就听不到了吧?"

"马上关上吧。你现在在海底,不太显眼。而且,我想由于敌人的水下仿生机器人和辅助战艇通常开着音响迷彩不使用声呐,所以不用担心。"

"你说的也有道理。"

"那就关上呀!快点来个现场演奏。"

我在脑海中已经脱掉了透明的斗篷,像"放晴娘"一样的图标变成了原来的形状。

然后,我开始了洗耳恭听。

声音的大潮正慢慢地迫近。

最初只是小鸟的叽叽喳喳声,很快就仿佛置身于森林之中,可能是海豚们的聊天声吧。

老电影中出现的飞碟圆盘在空中飞过的很有年代感的声音从头上飘过,这种摇晃的声音一定是小型船舶的螺旋桨声。

还有像是脑海中充满深仇大恨的幽灵从地下发出的诅咒的声音——是银河鲸鱼吧?

是这样的，大海就应该是这样的。在沙漠中只能听到风沙声，但是在海中，即使身处深海平原的正中间，也总有什么在窃窃私语。

不过，好像是因为人类——有时候人类弄出的声音是太吵闹了，会有海豚和鲸鱼的听觉因此受损。最近，潜水艇不再使用声呐，配备消音装置的船只增加了，而且这种增长势头非常迅猛。

我稍稍缩短了被动声呐的作用距离，还没办法识别出稍远处的声音。我的目标是在几百米范围内，重点是从海底传来的声音。

很快，我就听到了不一样的声音，很像是岩石炸裂或崩塌的声音。仔细一听，就发现它重复着同样的模式。

稍稍尖厉的声音响了三声，隔一段时间低沉的声音响三声，然后高音又响三声，"咔咔咔、咚咚咚、咔咔咔……咔咔咔、咚咚咚、咔咔咔……"，是这样一种节奏。

是很明显的求救信号声。

"蕾拉，我听到了，是SOS吧。"

"你听到了？太厉害了。"

"我们离得很近啊，你再接着敲打！"

我一点点地转动着脖子。

如果是人类的话，在水下做声学定位是基本不可能的。由于声速比在空气中快4倍，无法检测出来自同一声源的声音到达左右耳时的时间差。由于左右视差消失，就失去了立体感。

但是，"主神"的耳朵——也就是被动声呐有4个，它们之间都相距一米，这样一来，不仅可以估算出方位，还可以估算到很远的距离。

"我懂了。"

我转换了身体的朝向，轻轻地向上浮到水域中央，听着那摩尔斯电码，移动了150米左右。这样一来，在泥沙上方就变得盛况空前了,宛若火山口一样。

呈研钵状的地形的正中间,有两个尖锐的东西很突出,像是人造物。

一靠近,我才明白,原来是"赛德娜"头部的水下 HF 通信用天线,应该是激光扫描仪也没发现。

"蕾拉,你不用再敲打出声了。'赛德娜'现在就在我眼前,整个机体好像都在泥沙里。我这就想办法把它拽出来。"

"谢谢了,太好了!就这样满身是泥地死去,实在是讨厌死了。"

"可不是嘛。"

我试着从"赛德娜"的头部两侧向海底伸手,咕嘟咕嘟地像是被吸进去了一样一直伸到了胳膊肘附近,非常柔软。

手指尖碰到了很硬的东西,可能是"赛德娜"的肩膀吧。我再将胳膊往泥沙里伸,就触碰到了它的两肋。然后,我将手腕扣在那里,慢慢地往上抱。

"赛德娜"好像是俯冲到泥沙里的。正要往上起的时候,由于带着泥沙的重量,"主神"反而陷入了海底。我从那里一点点后退,最终斜着从泥沙里开了出去。

很快,大量悬浮物漂了起来,通过光学影像也只能看清 30 厘米以内的东西。待到把脚也抽出的时候,我把整个机体翻了过来。这样一来,操作舱的舱口就一定在上方了。

"怎么样,能出来吗?"

"你等会儿……"

我在一片混沌中将脸靠近了"赛德娜"的胸部,勉强能确认装甲的表面。那里有一部分出现了矩形的裂缝,舱口一旦沉入内侧,就开始横向滑动。

在突然打开的矩形的裂口处,我看到穿着紧身衣的安云挺着身子。

"啊,这么亮怎么什么也看不见啊?"

"哦,对不起!"我扭头说道,"是投光器的光乱照着。"

"带起来好多泥沙啊。不管怎么说,谢谢你把我救出来。我身体好像还能正常行动。"

"作战室,这里是'主神',已经发现'赛德娜'并成功救出操作员。'赛德娜'遭到了重创,但操作员好像没有受伤。"

"'主神',作战室收到。不要动,就待在原地待命。在你们附近,'奥克隆'和'达贡'正在激战。"

"啊——"我条件反射似的耸了耸肩膀,"'主神'收到,就在原地待命。"

我又仔细听了起来。

声呐的探测范围徐徐展开,远处传来阵阵砰砰声。非常不规律,却反复出现。上次我听到这种声音,还是在加利福尼亚海域遇到海狮的时候。

海狮们好奇心很强,总是近距离靠近人类。而船只马上就要撞到它们的时候,它们扭动身体游走时就会发出这种砰砰的响声。

那时,它们像鳍一样的前肢划水时发出的声音让人很震惊,非常有力量。所产生的这种冲击波,人类是无法模仿的。

如果说什么机器能够发出这种声音的话,应该是水下仿生机器人的推进翼。

可能是"奥克隆"和"达贡"在激烈地缠斗着。

正想着,好像和什么撞到了一起似的,不时传来磕碰声。

消音装置不起作用,可能是由于海水密度异常,无法发出正确的逆相位声波。

"逍,你怎么了?"

安云从操作舱出来,站在了"赛德娜"的前面。

"副司令好像在附近和'达贡'交战,我好像听到他们打斗的声音了,消音装置可能是不起作用了。作战室让我待在原地待命。"

"不用去救他吗?"

"我的使命是救出蕾拉你,不到万不得已是不能参加战斗的。"

"我现在没事了。就是没能把那个死章鱼怎么着,感到不甘心。现在,我自己应该能回到'南马都尔'上。"

"别开玩笑了,你要游着去吗?总之,我预感事态正向'万不得已'发展着。"

"预感?你有什么根据吗?"

"声音越来越近了——'奥克隆'和'达贡'在激战的同时正向我们这边靠近不是吗?"

"什么声音?"

"那种含混不清的闷声,应该是推进翼打水的声音。你没听见吗?"

"没有,从哪边传来的?"

我向西指去。由于紧身衣的颈部不能转动,安云僵硬地把身体转向了西方。与此同时,又一轮更有威力的冲击波来了。

"哦,现在的这个就是?"

"是的,非常近。可能是在 500 米左右的前方。高度可能有 150～200 米吧。通过激光扫描仪,很快就能看到了。"

我向发出声音的地方看去,前方一片漆黑,目前能听见的只有微弱的噪声了。

一艘护卫潜艇靠近后,眼前传来了与想象一致的画面。画面中,两个水下仿生机器人的剪影像是保持着一定的距离在快速移动着。

双方在向着比较方便打斗的战场移动的同时,好像到了海底附近了。也可能是没时间上浮,自然而然地就下沉了。

"他们要过来了,还有300米了。"

"哦,看到了。是两个水下仿生机器人。没错。"

"你能看出哪边更强一些吗?"

"不能,还看不出。就现在这个距离,连分出哪个是'奥克隆'、哪个是'达贡'都难。可能是它们移动太快了,护卫潜艇的相机根本无法捕捉到它们。"

过了一两分钟,由推进翼产生的冲击波变得更猛烈了。同时,传来了烟花升空时发出的声音。

安云皱着脸,因条件反射想要堵住耳朵。几秒后,"奥克隆"和"达贡"从我们头上100米左右处掠过。此时能看清它们的样子了。

"它们俩都要沉底吗?一定会扎进泥沙里的。"我又启动了音响迷彩,"蕾拉,你最好躲起来一段时间。"

"躲起来?往哪里躲?"

安云在"赛德娜"上缩了缩肩膀。我把一只手插入海底,挖了一个两米左右的洞。

"进这里去!"

"你想让我再回到泥沙里?开什么玩笑!"

"没别的办法了。"

"不行,我哪也不去,就在这儿待着。如果死章鱼来了,我就把它瞪回去。"

"啊,已经——"

我把双手伸向"赛德娜"的胸部,把安云托起来放到了刚挖的洞口上,让她沉了进去。

"住手啊,你太坏了。"耳边传来了安云那能刺穿人听觉神经的

非常有穿透力的高音,"你把人家当成什么了!"

想不了那么多了,我撒了一些泥沙,当作标记,把正从"赛德娜"上脱落的零件放在了腋下。

"你这么干,我不会饶了你的——"

我切断了和安云的通话。与此同时,海底有微微的震颤,可能是两个水下仿生机器人触底了——它们可能就在前方10多米的地方。

很快,高约20米的黑烟般的泥浪滚滚而至。

3

最初的浊流通过后,激光扫描仪的视野大概经过了一分钟才算基本恢复正常。在此期间,海底好像也进行着攻防转换。再次出现在我眼前的"奥克隆"和"达贡"相距非常近,好像要抱在一起一样。

但是仔细一看,"奥克隆"的双手正放在"达贡"的胸部,要往外推它,而"达贡"的触手前端则勒进了"奥克隆"的肩头。

——副司令被击中了?

突然,"奥克隆"的腰像是要折了似的,难道——在我边想边看时,"奥克隆"好像正在慢慢瓦解,它似乎是被电磁脉冲击中了。

而"达贡"也摆出了很奇怪的动作,它一只触手刺向"奥克隆",而另一只触手则放在自己的胸前。

不,不是的,操作舱的舱口开着。它是将触手前端插进了舱口,从里面把操作员拽了出来。

由于触手没有手指,不如说是操作员紧紧抱着它更贴切。触手一伸长,转向推进翼的背面,爆炸就发生了。"达贡"的胸前很快泡沫四溅,那些泡沫又瞬间四散而去——它一定是被挂上吸附式水雷了。

"这是要同归于尽吗?"我低声自言自语道。

或许是"奥克隆"舍身给"达贡"挂上了吸附式水雷了。为了不被冲击波伤害,操作员从操作室逃脱了。

"达贡"开始摇晃倾斜。由于水的阻力,它慢慢底朝上倒下,巨大的躯体横卧在海底,随即带起来大量泥沙,视线又变得有些混沌起来。

击中了吗?

如果这就算是战斗结束的话,我必须得马上确认副司令的人身安全。我向"奥克隆"发出了通话请求。当机体被电磁脉冲击中时,操作员的紧身衣一定能接到呼叫信号。

无论我怎么呼叫,副司令一直没有回话。

可能他在向"南马都尔"汇报呢,又或者在想办法脱身,没空通话。我一边自我安慰,一边等待着。

"宗像吗?你在哪?"

我正要慢慢靠近机体,直接确认一下的时候,终于等到了回话。副司令的语气异常坚定,我都快无法忍受发出叹息了。

"我就在你附近,13米左右——通过激光扫描仪看到了。'达贡'底朝上倒着,应该是机能停止了。"

"操作员呢?"

"好像在爆炸前从操作舱脱身了,刚刚被它的触手抓着。"

"被触手?"几秒后,副司令继续说道,"喂!你一定要小心!"

"啊?小心什么?"

"好像有人说'达贡'即使是一部分受伤,还能再生出来的。"

"是有这样的说法。其实'主神'好像也有这样的机能。除非是致命的损伤,不然它自己定能在某种程度上修复的。"

"啊——"

我想起了石墨烯具有自我修复能力的事情来——可能两者有一定联系。

"敢于不选择从操作舱发射逃出，而是使用触手一定是有原因的。"

的确如副司令所说。在吸附式水雷爆炸前的紧要关头，为什么没有选择最简单的逃脱方法呢？

理由很快就要清楚了。一只触手从已经在那里躺成大字形的"达贡"的腹部抬起了镰刀形的脖子，它前方好像是操作员的身影。

"他是要返回到操作舱吗？"

只穿紧身衣被发射到海中的话，只是游泳就很够受了。就那样能逃回母舰或是海面还好，要想再次操作水下仿生机器人可就难了。虽说不是绝对办不到，但一定是非常费力的。

可是水下仿生机器人本身使其回到操作舱的话却是轻而易举的。

实际上，触手已经飞快地伸展到了"达贡"的胸部，当它到达操作舱上面时，操作员顺着它跳回舱去，不费吹灰之力就"破镜重圆"了。

"副司令，'达贡'的操作员好像被它的触手运回到操作舱了。"

"到底还是——可能是没有遭受什么致命打击吧。虽然很遗憾，也是没办法的事，我是动弹不得了。安云呢，她怎么样了？"

"她没事，'赛德娜'也因电磁脉冲冲击机能停止了。幸运的是，她脱身了。现在，我让她在'主神'脚底附近的泥沙里躲着呢。"

"既然这样，你快带她逃走！"

"不，我不能那么做。"

"'达贡'的操作员是库托鲁夫，基本是可以确定的，即使我们用上'主神'，也很难仅凭 4 个月左右的训练就击败它。这一点在一交手时就明白了。"

"你说的我也承认,可是,也不能弃你而逃啊。那是违反海务集团规定的。"

"规定?现在不是说这种老掉牙的话的时候。"

"不,遵守规定也是一种处世哲学。老话说得好——'你要是明天还想坐好船的话,就要保护好现在这艘船。'这里所说的船也包括船员,之所以不能把副司令弃之不管,也有我自己的考虑。"

"好了,我不会有事的。我逃出去后,自己就能回到'南马都尔'上,也可以将护卫潜艇当水下摩托车用。"

"那怎么可能呢?恐怕'达贡'——库托鲁夫会杀了副司令。即便对方无力反击,也不会放过你的,安云就差点儿被杀掉。"

有触手的、可怕的水下仿生机器人霍地从海底挺起了半截身子。已经没时间再讨论这些了,我必须从安云隐藏的地方离开。

我拍打着推进翼,上升了百米左右,同时合上双腿展开尾鳍,还将双手手腕处的鳍向上卷成了细长的圆锥形——这是我在寻找"赛德娜"时发现的,它可以代替 EMP 鱼叉,形成了导电性超强的如钻石般坚硬的两根硬刺。

我一边将硬刺刺向前方,一边拍打着推进翼和尾鳍,然后一口气向下冲向了"达贡"。如果对方还未从冲击波中恢复过来的话,我想自己还有获胜的可能。

这勉强算是突袭吧,但我已经别无选择了。

我到达"达贡"前方时的速度是 60 节左右。我已经想好了要将刺状的鱼叉插到它的双肩稍下方推进翼的根部,从常理上来说它几乎逃不掉。

不知道"达贡"有没有发觉,它纹丝未动,还有一种可能是它动不了。可是,当鱼叉的叉尖马上要插入的瞬间,目标一下子消失了!

在我惊讶的同时,感觉自己的肘部好像被什么东西碰了一下。当我反应过来的时候,我已经处于在水中打转的状态了——就要跌入海底的时候,我在泥沙上狼狈不堪地打起滚儿来。

好不容易要停下了,腰部以下却陷入了泥沙里,"主神"只能趴着了。

一时间,我搞不明白到底发生了什么。

我也曾经有过类似的经历。在道场时,有一次我曾经用木质的短刀刺向副司令的后背,却被他借力抛飞到了难以想象的远处。

"达贡"的速度可是那时速度的几十甚至几百倍呢。更何况,我还处于坐在海底的状态呢。

"宗像,你没事儿吧?"

传来了副司令的声音。

"对不起。"我通过状况信息确认过没有异常了。

"我没事儿——可惜最终还是没能成功。"

"我以前就说过吧,从一开始就需要留意那个最佳的时机——别忘了对方可是个高手啊。"

"实在对不起。我真是太笨了,因为自己已经暴露了,只能硬着头皮打下去了。"

"赶紧将二号护卫潜艇叫过来,然后取出货舱里的武器,徒手战斗还是不行的。"

"那是水下机枪吗?"

"不是。行了,你先取出来!"

我按照副司令的吩咐,喊来了护卫潜艇,打开了那个货舱,从里面取出来一个长两米半左右的筒状的东西,它的一头呈圆盘状展开着。"主神"握着它,粗细正好。

"我取出来了,这是什么啊?"

"声震长剑。"

"什么？"

"是一种能发出数千根强力超声波电子束的换能器阵，使它的电子束缠绕成螺旋状，形成一个旋涡状电子束，就能产生角动量。声震长剑就是利用这种角动量的武器。物如其名，基本可以像刀剑一样使用。水下仿生机器人的关节等较柔弱的地方，它好像都可以砍断的。在有效距离内刺杀的话，应该可以破坏敌人的内部结构。同样的技术已经在外科手术等领域应用了，只是规模不到千分之一。"

"居然有那样的武器？"

"它胜过真刀真剑的地方是，挥舞它的时候不会受到水的阻力，而且很轻盈。此外，因为刀刃自带能量，在砍杀或刺杀时不需要额外加力。可以说，它就是水下专用的武器。不好的一点是，它在最大输出功率的工作状态下只能用10分钟。"

"就只有10分钟吗？"

"是的，虽说如果能在'主神'上充电的话，还能再持续几分钟，但为了安全起见，最好不要那么做。还有一点就是，它的破坏力比不上吸附式水雷。总之，必须得考虑它的能量补给问题。想只靠声震长剑制敌的话，就只有一个方法。"

"什么办法？"

"穿透操作舱。"

"那不就……就等于要杀掉操作员吗？"

"是的。当然，这也是比较棘手的地方。最终，还是要通过给对方挂上吸附式水雷，或者用EMP鱼叉来攻击。但是，可以通过声震长剑创造机会。"

"我懂……"

我话说到一半又咽了回去——视线的角落里有个东西在动。我回头一看，从泥沙中窜出一只白色大章鱼，那细细的触角尖儿已经伸到了我眼前，真是神速啊！

我迅速用鱼叉把触手挡开了，可是好像没法阻挡它的气势。

慌乱中，我从海底跳了起来。同时，借助推进翼和腿上的鳍，转动着身体跳到一旁，勉强躲过了一击。

我又用力拍打尾鳍，试图迅速和它拉开距离。而后重新握住声震长剑的剑柄，准备发动攻击，可是至关重要的剑身却没动。

我不知道怎么样才能产生旋涡状超声波电子束——这也是 IUI 输入吧。

半埋在泥沙里奋勇前进的"达贡"悄悄地站了起来。虽然它的机体大小应该跟我差不多，但看上去还是大了一圈。它和周围烟雾状的悬浮物一起，形成了一种意想不到的气势。我可能有点被吓到了，等反应过来时，才下意识地启动了推进翼，连连后退。

我没有深呼吸，而是摇了摇头，死死地盯着"达贡"。冷静下来一检查，发现自己好像并非安然无恙，可以肯定的是自己的整体平衡出了点问题。

"达贡"右半身的一根触手从中间被扯断了，另一根触手也耷拉到了脚下。左半身的两个触手貌似并无大碍，在水中形成了一个平滑的曲线。它的左臂有点不自然，随着海流摇摇晃晃地摆动着。也可能是没有发力的原因，右臂虽然也收到了侧面，却一动没动。

可能是受到了"奥克隆"的攻击受伤了。虽然"达贡"有再生功能，但好像还没完全修复好。可要是它假装的话……

不过，打到现在，库托鲁夫理所应当已经看透了我的实力了，应该不至于对我这种水平的对手用这样的小把戏。

这家伙能用的就是左半身的触手和右臂了……难道必须得从左右一侧发动攻击不成？不，在攻击前先启动我的声震长剑。

真是越想越烦。

我先在脑海中试着浮现出剑的形象，可是握在右手中的长管子没什么反应。我又轻轻晃动了几下，敲打也不行。

正当我做这些的时候，"达贡"正一点点地靠向我。这回，它采用的是正常姿势，像是在泥沙上滑行一样走了过来。

或许是为了表现自己的从容，他的脚步很悠闲。但是，它正在向我靠近却是千真万确的，我不由得又向后退去。

"啊，对了——"

我在瞟着"达贡"摆弄着长管子的时候，突然一个想法在脑海中闪现出来。

在水下合气柔术的练习中，其实是用木刀代替剑，在我脑海中自然而然浮现出的是木刀的形象，可 IUI 很可能无法把木刀理解成真正的剑吧。

也许谁听了都会觉得有点荒唐，实际上，我一在脑海中想象出从刀鞘拔出日本刀时，就成功了——既无声，也不震动，只是通过光学影像的眼睛可以看到，白色的剑身迅速地从管子两端伸展开来。

长度好像能有 8 米左右，可是搞不清哪头儿是剑尖。使投光器的光变得非常刺眼的正是那些细小的泡沫旋涡，可能是超声波产生的气穴现象。

我左右一扇动，那些小气泡就一下子扩成扇形。虽说如此，却完全感受不到水的阻力，就像在空气中挥舞木刀一样。

虽然感觉太轻了，有点无依无靠的感觉，可总比什么都没有要强。

我将声震长剑摆在胸前又一次降到了海底。一到海底，泥沙就淹没到了脚踝处。

"达贡"很快就要到达光学影像识别距离的范围内了。

——夹紧两臂！

　　我不知不觉用力紧紧地握住了长剑的剑柄,这样一来,就不能让它自由乱舞了。为了能更轻地从上面劈下来,我好不容易才想起练习时刚学会的技巧。

　　"达贡"此时已经来到了我面前。

　　通过光学影像,我观察到近在眼前的貌似头足纲软体动物的水下仿生机器人的姿态,在深海中阴影的映衬下,它看起来像恶魔一样——样子像极了学名叫"地狱吸血鱿鱼"的蝙蝠章鱼的放大版。或者,可以说它就是传说中的海洋怪物——北海巨妖。

　　——一定要保持冷静,不要先出手。

　　我脑海中想着副司令的表情,再次提醒自己。是等着对方发起攻击,还是想办法引诱它攻击好呢?

　　然而,据说对方是个高手,估计不会上当的。

　　也只能伺机而动了。

　　这可不像说的那么容易。我脑海中忽然掠过了副司令当初和"达贡"怒目而视的情景。这的确更像是一场心理之战,而且,攻防已经开始了。

　　我像平时副司令教导的那样,把注意力集中到对方的双肩附近。尽量保持视线不被手指尖和触手等诱导。一旦被诱导,就无法看清对方整体的动作,自己的姿态也会乱套。

　　和大活人面对面的话,目光交错,乃至怒目而视也没什么。可是,对视的是水下仿生机器人的眼睛的话,通过眼神就传递不了什么了。

　　本来,"达贡"的脑袋就像跳蛛的脑袋,上面像眼睛一样发光的东西(可能是相机或是各种传感器)大大小小的有8个,真不知道要瞪向哪一只。我在盯着它双肩的同时,也小心提防着它的右臂和左侧触手的动作,不知不觉地就瞄了过去。虽然想要抑制这种冲动，但是这种想法愈发强烈，可能是过不了自己那一关。

印象中，自己好像从未和自己较过劲，因此感到非常辛苦。

"这种状况要僵持到什么时候呢？"

"你倒是快点发动攻击啊！"

这种念头不断地在大脑中浮现，心情也焦躁起来。

——就这样等下去真的可行吗？即便是谋求后发制人，最终也可能发现根本就不适用。

我的注意力变得不集中了，心跳也加快了。

——大事不好，声震长剑还能用不到5分钟了。

而就在此时，"达贡"行动了。

令人吃惊的是，它刺过来的是右侧触手——这完全出乎我的意料。

我连忙挥动长剑，尽可能挡开像鞭子一样甩过来的触手。可能正好打中它的关节处了，它锋利的指尖被打得七零八落。

与此同时，我感到右肩受到了撞击，很快全身感到麻木了。一回头，才发现不知什么时候，肩膀和脖子的接合处被它另外的触手刺穿了。

我睁眼一看，之前和我一体的"主神"已经和我分开了。

——被刺中的难道是我？

我大脑一片空白。到底是怎么回事儿？

在各种警告信号不断闪烁的显示器中，我找到了答案，而且好不容易又找到了它的右侧触手。

原来，"达贡"是用右手握着指尖被切断的触手，触手在它的手上耷拉着。

它好像刚刚是在用右臂快速挥舞着已经不动的触手，所以看上去就像鞭子一样。我就这样被耍了。

原本就用不了的武器被砍碎，"达贡"当然是不痛不痒。我反倒误认为它的触手是活着的,所以就拼死拼活地挥舞长剑去劈它。在这瞬间我被钻了空子。

浑身麻木的感觉还在持续。虽然不是手脚都麻木,却很像被电磁脉冲击中后出现的感觉。

"主神"已经不是我身体的一部分了,在狭小的操作舱中被封闭在紧身衣里的肉体的感觉被唤醒了。

忽然觉得自己一下子枯萎、缩小了似的,感到特别无助。

——游戏应该到此结束了吧?

——抛弃同伴就无法生存这一为人处世的教诲终将应验,我们三人都将被杀掉。

除了刺入我肩膀的触手之外,又一只触手缠住了我的胳膊。对方就这样将"主神"一点点从泥沙里往出拽。我想要抵抗,但脑波和肌电都没反应。

毫无感情的8只眼睛靠近过来,"达贡"右手中不知何时抓了个吸附式水雷,不是在手掌中,是在手背。

偏偏"达贡"开始把玩起吸附式水雷来,将像硬币的爆炸物在手指间灵活地翻转着。

那一瞬间,我的心都提到嗓子眼儿了,死去的矶良那苍白的面孔清晰地在眼前闪现。

——开什么玩笑啊!

我恍惚中猛地握起了拳头。

而后,我的右手掌好像碰到了什么东西似的,就像是手里抓着个圆乎乎、软软的东西的那种感觉。可是,我从没将任何东西带进过操作舱。

——什么东西,这是……

我猛然间冷静了下来。

被"达贡"的触手吊起来的"主神"的右手上还握着声震长剑，受到 EMP 的冲击本应该丧失机能了，它却没有。如果是"赛德娜"或是"奥克隆"的话，可能早就失去握力了。

说起来，能够这样观看光学影像真是不可思议。不知为何相机功能还正常，还能和我的视觉一起运动，可能右手的违和感和握着长剑的感觉都被反馈着吧。

也就是说，"主神"还活着。

虽然受到了 EMP 攻击，但"主神"并未完全瘫痪——我也不清楚它的具体构造，只能这么想了。

我又试着将右手反复握紧又松开，很快就能感觉到反馈增强了，逐渐能感觉到手里握着的是圆筒形的硬东西了。

机能在逐渐恢复。

全身发麻的感觉也略有缓和，我和"主神"又要合为一体了。甚至，我觉得为了力争恢复到几分钟之前的一体感，彼此在相互靠拢着。

——这家伙，不只是水下仿生机器人，它是有生命的。

我可以肯定。

声震长剑的剑身还有 30 秒就要消失了。"达贡"一边摆弄着水雷，一边不断地观察泡沫旋涡。于是，我决定最后放手一搏。

我将右手手指展开。为了表现出精疲力竭的样子，我使劲地摇着头，这样一来，我手中的长剑很自然地滑落下去。

——还有二十秒、十九秒、十八秒、十七秒……

我暗自倒计时起来。长剑画出了一道泡沫轨迹，慢慢沉了下去。我用余光注视的同时，开始确认左手的位置。

我完全不知道"主神"要多久才能恢复机能，但最好的办法就是等待时间的临近。在此期间，我不停地祈祷，哪怕对我有百分之

一的帮助也好。

——十、九、八、七……

长剑几乎横在了左手中。

——时机已到!

我尽量扭动腰部,这和合气道中的身法有异曲同工之处——硬要保持左臂下垂一动不动,用扭动身体的姿势使其自然地跳起来,这样就能提高速度了。

左手指尖虽然触碰到了长剑,但只是轻轻地抓取,还要逐渐修正剑身的轨迹。小心翼翼地不敢太用力,因为终究还是在恢复机能的过程中。

但是,幸运的是可以发动全身。令人惊喜的是,我看到长剑画出了一道优美的扇形轨迹,剑尖儿处挂着两根触手。

——三、二、一……

超声波的旋涡状电子束消失了,我和"主神"同时获得了自由!

这次,我将力气集中到了腰部和大腿上,使腹部两侧到肩胛骨之间的肌肉也紧张起来。为了尽量逃得远一些,我拼尽全力发动了尾鳍和推进翼。

而尾鳍却像灌了铅似的非常重,腿部机能好像还没恢复。也可能是我的脑波和肌电等产生的连锁效应不够吧,推进翼也是如此,完全没有展翅飞翔的意思。当初,要是猛砍"达贡"的触手就好了,"主神"的逃跑速度简直是慢得可怜。

——混账东西,动啊!

我在心中一呐喊,一下子就有了加速度。可是,这个推力不是来自我自己,而是什么东西在背后推了我。

"主神"猛地跌向海底,脸朝下一头扎进了泥沙之中,胸腹之间因摩擦生热而感到一阵炙热。刚刚感到不那么热了,右臂又被拽了起来。

我完全动弹不得,"达贡"简直快如闪电,"主神"的胳膊被它夹在了双膝之间。

好像它即使失去了所有触手和一只胳膊,摁住一个奄奄一息的水下仿生机器人也是不费吹灰之力的。

我彻底绝望了,敌人太厉害了。真倒霉!

"能告诉我你的名字吗?"

操作舱中,一个格外沉着的声音回响起来。是我幻听了吗?即便是合成的声音,我好像也从未听过。

通信系统并未发声,所看到的状况信息中,就没有和外部交换的状态。

"你,还有这个仿生机器人的名字是?"

再次清晰地响起了男性用英语讲话的声音,不像是幻听。这种情况只有一种可能。我感到后背一阵寒意。

好像"达贡"上的操作员直接通过声波在和我说话呢。在我们相互挨着的状态下,音响迷彩没有任何意义。无论是通过合成还是直接说,借助机体就能传导声音。

我虽然也犹豫要不要回应,但心想多少也能争取点时间吧。也许就这么一会儿,救援就到了呢!

我开始在辅助功能中寻找水下通话机的菜单。我相信,机体上一定有在电波和水下 HF 通信无法使用等特殊情况下作为备用通过声波进行通信的功能。

然而,还没等我找到,我脑海中刚一出现水下扬声器,那个功能就打开了。之后,就只剩下怎么选择和人类声音接近的周波数的问题了。

"你先告诉我你叫什么吧。"

虽然听得非常清楚,但为了以防万一,我先反问回去。从头上的发信机传来了"主神"的声音,伴随着想象中的威严。

"我叫库托鲁夫。这个仿生机器人正如你们所说,叫它'达贡'就行。"

果然跟之前预测的一样。

"库托鲁夫,也就是阿列克谢·杜松?"

我又刨根问底道。

"哼,好久没人这么叫我了。你是从罗伯托·贾鲁西亚那儿听到的?"

"我叫宗像道,是贾鲁西亚副司令的部下。我这个仿生机器人叫'主神'。"

"'主神'——大洋洲的创造神?"

我后背被硬物碰了好几次,总觉得应该是"达贡"在用什么东西敲打着我,可能是吸附式水雷吧。

"好一艘神秘的机体啊,我还是第一次见到这样的水下仿生机器人。而且,你这个操作员也很有趣。虽然可能你今后才能掌握真正的水下合气柔术,但你这身肌肉还真不赖。罗伯托收了个好徒弟啊。"

"你为什么要攻击 CR 田和仙境集团?幕后主使是哪个国家还是什么公司?"

"哈哈哈!这个你自己去想吧。"

后背的硬东西还在不停地敲打着我,貌似乐此不疲的样子。

要杀我就快点下手吧,反正我也无路可逃。想杀我的话,只要在我的操作舱里面挂上吸附式水雷就好了。

"达贡"停止了在我后背上的敲打,许久,一声不吭。我想通过"主神"后部的相机看一看它,可相机好像被泥沙遮住了,什么也看不见。

"你运气不错啊。"耳边再次传来了库托鲁夫的声音,"我的大脑中放入了一粒骰子，刚才我滚动它算了一下，结果是把你的独特机体毁掉太可惜了。我想把与你的作战作为今后的乐趣。'主神'也好，你也好，好像都可以给我带来很多灵感。"

"灵感？"

"是的。能够相互刺激的伙伴越多越好，人生就能变得更充实了。"

"我可不是你的什么伙伴。"

"你也是海上漂民吧？你敢说你从未和我同乘过一条船吗？昨天的敌人就是今天的家人——还是随时做好再次相遇的心理准备比较好。大海是千变万化的。"

"你凭什么教育我啊！"

虽然我这么回击了，却无法真正反驳。很遗憾，库托鲁夫的话也有一定道理，原本我们就是无依无靠的漂泊一族。

"有缘再会！"

我的腰部一下子轻松了不少，被勒住的双臂也自由了。好像"达贡"离开了。

我迅速站了起来，但是整个身体太重，好像功能就恢复了一半。

终于把脑袋从泥沙里抽离出来，我可以环视水下了。"达贡"好像在距离海底20米左右的地方漂浮着。虽然看上去伤痕累累，却从容不迫。

这时候，有个意想不到的东西如约而至。

是最初探查CR田的那架侦察用AUV，它不知何时出现在那里了。它上面装的应该不是火箭发动机，可速度却达到了40节左右。

"达贡"非常娴熟地骑上了丝毫没有减速迹象的AUV。当我终于离开海底的时候，它已经消失在漆黑的冥界入口了。

L 是 Lima 的 L

我让贾鲁西亚副司令和安云乘坐在"主神"的双手上,当我们返回到"南马都尔"上时,已经是和"达贡"开战约两个小时之后了。被电磁脉冲击中后,我已经恢复了八成动力了。

这算快还是慢,我也不清楚,但是这一定已经成了具有划时代意义的事情了。因为到目前为止,水下仿生作战机器人一直都横卧在海底。

将他们俩从潜水员用舱口放入船内之后,我决定返回"主神"的机库。这时,盐椎一真那边发来了通信呼叫,好像事态紧急,我暂且停在了海中。

"什么情况,一真?"

"逍,你没事吧?真是太好了!"

"哦,算是捡了条命吧。"

"你好像和'达贡'争吵过吧?说实话,我都想过你可能回不来了。"

"是啊,差一点就死了。"

"真险啊！虽然我本应该跟你说让你好好休息一下的——可是还是忍不住想让你听一下我的不情之请。"

"没关系，我还能动呢，只是'主神'还在恢复过程中。"

"其实，那头姥鲨——是叫利维坦吧——那家伙好像逃跑了，现在到了久高岛附近。距离中城湾的入口还有 12 公里左右，但黏液索好像要破了，具体情况不详。"

"该怎么办呢？"

"你现在能去一下现场吗？要是可以的话，就想点办法不让它逃掉。不能活捉，杀掉它也行。虽然有些遗憾，但它的尸体可以做成珍贵的标本。"

"杀不杀它我倒没什么，可我的确曾想过要再会一会它的，这一切都是它自作自受。我这就出发。"

"真是损失惨重啊。这次仙境方面已经或者正在损失一半的水下仿生机器人和辅助战艇，剩下的必须负责 CR 田的安保或地下轨道飞行器（SSO）的防卫工作，派不出来，所以我才私下里求你。"

"我理解，那我先去看看吧。"

我轻轻地将机体脸朝上，将尾鳍朝向了半开着的射出孔，以这样的姿态慢慢后退。在距离"南马都尔"还有 100 米左右的距离时，我开始给推进翼加速。

在提速的同时，我按照一真告诉的定位设置了航线。可是，还不到 10 秒，就传来了盐椎司令的声音。

"'主神'，这里是指挥中心。你驶向何处？"

"啊——指挥中心，这里是'主神'。我正前往久高岛海域，要去支援捕获利维坦的作战。"

"不许去。马上返回！"

"啊？可是这么珍贵的标本逃掉了多可惜啊！"

"'主神'可比它珍贵多了。在功能完全恢复之前,什么行动也不许参与!"

"可这是弄清井喷事故真相的好机会——"

"别啰唆了,马上回去。"

怒吼声刚刚响彻头顶,身体就突然动弹不了了——动弹不了的不是操作员的身体,应该还是那种分裂现象——我和"主神"人机分离了,应该还是 EMP 的后续影响。

"宗像,这里是指挥中心,现在我们将'主神'的驱动系统紧急停止了。它可能要在那儿老老实实地浮着了,我们现在开始强行回收。"

"啥?紧急停止?"

——怎么回事儿?

我在操作舱中一下子手忙脚乱起来,可"主神"却完全没反应。

指挥中心那边是怎么操作将水下仿生机器人的功能停止的呢?我真是闻所未闻。

我不知道他们为什么要这样做,可能是担心我这边失控吧。

不管怎样,我失去了再次近距离观察利维坦的机会。如果它跑掉了,今后我可能再也不能与它相遇了,我不能再错失机会。

——"你在水下仿生机器人里无论遇到什么困难,都可以喊精灵过来。"

猛然间又想起了科兹莫的这番话。是啊,我怎么把这件事全忘了!

虽然总觉得有点不太想见她,可现在也顾不了那么多了。

"安菲——喂,安菲,"我在心中暗自呼唤起来,"你在吗?能现身一下吗?"

光学影像中充斥着和黄昏时的天空相似的颜色,那是被称作"海洋中层"的水域——现在的深度有150米左右。长着宇宙飞船形状的栉水母们将投光器的光反射到栉板上，形成了七彩霓虹般的效果。

但是，蓝色精灵的身影却依旧没有出现。

"求你了，安菲。之前我对你不够热情，我道歉还不行吗？"

"你用不着道歉。"

终于传来了那熟悉的声音。一遇到紧急情况就叫她过来，也许是从我小时候开始的。

"你在哪儿呢？"

虽然我想转动脖子找找，可由于"主神"没反应，我只好快速转动眼球来找了。有一只栉水母摇摇晃晃地来到了相机前——不知道什么时候，安菲特里忒跑到了它透明的身体里。

相机的右侧相位与左侧相位正天真地追赶着栉板上的光芒。

这一幕的确很像精灵现身。

"你是在那儿吗？"

"我可是你身体的一部分噢，你冷淡对待的可是你自己。"

"好了，我知道了，待会儿再跟你解释好不好？你能先帮我看看现在是怎么回事儿吗？就像你看到的那样，我现在是紧急停止的状态了。你能帮我解除吗？"

"你认为我可以吗？"

"那当然了。'黄艇'之前不是就曾被黑客入侵了吗？而且科兹莫一直说你是我和'主神'之间的沟通大使。"

"你不是被命令返回'南马都尔'吗？"

"是被命令返回——可是眼下的事儿更重要。"

"可是，你这次要违抗命令的话，可能要被赶下大船的。"

"那是以后的事儿了，我本就是海上漂民，也无所谓。与此相比，那头姥鲨——也就是利维坦——可能与我的命运息息相关呢。不，可能不只是我自己，就是为了不明不白死去的幸彦，我也一定要盯紧它。正因为如此，我才选择要操作这个水下仿生机器人的，这不只是为了战斗。"

"就是说，你终于开始为自己考虑了。"

"哎？说什么呢——一副高高在上的样子，"我低声嘟囔着噘起嘴来，"我不过是事先考虑而已。"

"考虑什么？"

"得考虑自己是谁——从哪儿来，要去哪儿。谁都会考虑这些事情吧？"

"对吧？我还以为你和别人想的不一样呢。"

"怎么不一样啦？安菲，你当我是傻瓜吗？"

精灵虽然面无表情，但我总觉得在被她偷偷取笑。

"好了，我明白了。你过来看一下，看一下你命运的起始。"

感觉像是被束缚的手脚突然被解开了似的，紧急停止被解除了。

意想不到的是，我把"主神"的两只手拿到了眼前，试着屈伸手指，又软又硬的石墨烯和碳纳米管组织又成了我身体的一部分。

"谢谢你，安菲。"

我对着栉水母竖起大拇指来，可是对面的蓝色精灵已消失得无影无踪——她总是这样。

我尽情地展开推进翼和尾鳍，在昏黄的水域中穿行。

久高岛被称为冲绳最神圣的岛屿，也就是最神圣的圣地。

在琉球王朝时代，作为人们精神支柱的神女——"闻得大君"，会从首里城遥拜一个叫斋场御岳的拜神之处。在斋场御岳可以遥拜久高岛，而且她也偶尔去久高岛视察。

来自传说中的乐土"他界"的眷顾也会先降临这个岛屿。

虽说如此，它只不过是被珊瑚礁包围的细长而平坦的小岛，环岛步行一圈也不过两个小时左右。它位于距离中城湾入口东南约7.5公里处。

距久高岛东南4公里处水域，就是海怪利维坦胡作非为的地方。附近的海底水深100米左右，变得相当浅。

我到达现场的时候，黏液索乱七八糟地缠在了一起，已经搞不清什么是什么了。好像已经用光黏液的两个"海蜘蛛"正以一两节的速度小心谨慎地行驶着。

"一真，我是宗像。感觉如何？"

我对着"鳌"上早已焦躁不安的生物学家喊道。

"哦，感觉不错。你在哪儿呢？"

"我在久高岛海域。我的眼前就是你的战利品哟，可是所看到的像大蚕茧一样的东西，好像正悬挂在两驾自律型无人潜水器上。捅破蚕茧壳，马上就要诞生什么吗？"

"我在线播放光学影像，你自己确认一下。"

"好的，等我一会儿。"

在破了的蚕茧下方，像是姥鲨的脑袋的东西斜着突出出来。可是靠近一看，好像正变得越来越像个妖怪。

"这是要变成什么啊，这是——"我的耳畔传来了一真的声音，"比起姥鲨来说，更像是螃蟹的脑袋。"

"所以说嘛，它就是利维坦呀，这家伙可难对付啦。活捉的话，还是尽早放弃吧。"

"为什么啊？"

"通过安云蕾拉的'赛德娜'的经历就知道了。她在姥鲨群中战斗的时候，游在附近的好几头都是这么变化的，而且最后都爆炸成了粉末，海水密度随后开始减小。"

"那就是说是因为这家伙——"

"只是一头，可能没什么太大影响，不用那么担心。可也不要太

刺激它了,只是以防万一。"

"你还盼着多来几头不成?"

"即使来了你不也没辙吗?万一发生海啸了,怎么办呢?这可是我们的责任啊。"

"你这么说也是。"

"逃跑的话再说逃跑后的事,还是有机会的。海啸是让人头疼,即使捅出什么篓子被人变成粉末,粉末就粉末,一切归零,不至于吧?"

"嗯,不甘心啊。'海蜘蛛'也不是那么容易研发出来的。"

"不想那么多了,观察到最后再说吧。我就负责用眼睛看,你告诉我想看哪儿我就去哪儿。"

我在说完这些后,进一步缩短了和利维坦之间的距离。我将推进翼和尾鳍都做好了应急策略,如果万一发生什么,可以随时逃跑。

"哇!它头上隆起的凸起还是呈锯齿状的。"一真大声说道,"真像一把锯啊,它就是用锯齿切断绳子的吗?"

"像是如此,它自己的皮肤也正在裂开。"

"应该是人做出来的吧。那凸起的前端闪闪发亮的,是金属?"

"不,不是,像是透明的板子,感觉比较像玻璃碎片。"

蚕茧的破口像是在一点点滑动一样,一直到了利维坦的胸鳍处,破口越来越大,黏液索的网就要绽开了。事到如今,利维坦应该迟早能跑掉。

和到目前为止我所熟悉的海洋生物完全不同,它身上显现出了一些不同的特质,我逐渐被怪物变样的状态吸引了。

从深陷的鳃裂附近开始,它的皮肤像要剥落下来似的,而埋在其中折叠成螺旋状的脖子边转动边伸展着。

那个脖子也在投光器的照射下一闪一闪地发着白光,转成圆筒状，但是仔细一看它的表面，会发现它是由复杂的立体构造组成的。可以看到那上面大小、形状不一的玻璃碎片密密麻麻地堆积在一起。那也许是某种结晶吧，也可能是冰。让人联想到严冬时节，在荒凉的大海上航行时，船的栏杆、管道、钢丝等上面结的冰。

我最近就看到过跟这个很像的东西——南马都尔遗迹附近的被称为"卡尼姆韦索"的海底洞窟——在两块奇妙的玉石附近，有个祭坛似的圆锥形的东西。就是那个东西，它们之间一定有什么联系。

它像鳄鱼一样的头颅现在也化为了精巧的玻璃工艺品，将脖子弯曲成"U"形的同时，长满锋利牙齿的大嘴正在咬断黏液索，同时也在剥下自己的皮肤。

很快，就露出了长在胸鳍附近的长着锋利钩爪的前肢，而从后背中央展开了蝙蝠状的翅膀。那翅膀像镰刀似的挥动着，也在砍碎绳索。

"这家伙——是龙。"一真呻吟似的声音传来，"它不是什么鲨鱼。"

"千真万确，利维坦就是那东西——在传说中就是龙。"

"可是——可是身披玻璃铠甲的龙，还没听说过吧？"

"我是没听说——可那是铠甲吗？至少脑袋和脖子看上去都像是玻璃的，几乎是透明的。"

"那么，它是玻璃制的龙吗？是人造的？是新型的水下仿生机器人？"

"搞不明白啊。看它的移动方式很像是种生物，不像是人在那儿移动。也许是一种自律型机器人吧。"

最后，利维坦向海中游去了——从蚕茧中飞快地冒出了蛇一样的尾巴，尾巴尖儿很像扁平的箭头，没看到像后肢的东西。

"虽然玻璃龙曾瞬间将头转向我，但好像对我没多大兴趣。"

"终于逃跑了。"

皮肤上的碎片虽然挂得到处都是,但利维坦全身都发着漂亮的光芒。当然,这也是"主神"的投光器的功劳,像栉水母一样发着五光十色的光芒。

正当我不知不觉看得入迷的时候,龙迅速游走了。

"喂!道,我有一个不情之请……"

"什么?"

"只要一片碎片就行,你能给我弄到它的一片碎片作为标本吗?"

"标本?你是说从它身上掐下一片吗?"

"不,哎,你是切也好,掐也好,怎么都行,随你便。"

"你说得好轻松啊!"

"不是吗?"

"嗯。"

我带着疑惑,开始追赶利维坦。

虽然不知道它游向哪里了,但一定是远离冲绳本岛的方向。现阶段它的速度还不算快,应该很容易就缩短距离。在我眼前,那根箭头似的尾巴在左右摇摆着。

我再次提速,靠近了它尾巴根部附近,然后看到了它的整个身体。那长长的脖子向前伸展着,大概向前伸出了 10 米长。它大概还没觉察到我已经追上它了。

被生物学家的执着打动,我悄悄地伸出了手,从后背到尾巴中间排成了一排的锯齿状的凸起貌似比较容易抓到,看上去像是玻璃或是冰一样,仿佛咔嚓一声就要断了。而实际怎样我并不知道,我好几次伸出手又缩了回去。

利维坦基本上只顾着快速逃跑。

"啊,就快了。"我焦躁不安起来,终于抓到了那个凸起物,"拜托,千万不要生气啊。"

本想折一下，可意想不到的是，那个凸起物没怎么抵抗就掉了——感觉好像拔掉了一个棱角或一根刺。

我手心里是一片形状像树叶一样的透明薄片。

它感到疼痛了吗？一定是感觉到了什么，利维坦突然提高了游速。

"不好！"

我来了一个急刹车，惴惴不安地凝视着龙的行踪，好在它没有爆炸成粉末的迹象，就那样越游越远了。

在确认过激光扫描仪的探测范围内没什么异常之后，我终于松了口气。

"太好了——"

"逍，取到了吗？"

"啊，好漂亮的玻璃冲浪板啊，给你当礼物吧。"

"谢谢！"

当我反应过来的时候，我已经在水下30米左右的浅海了。好像在追赶利维坦的过程中，我已经上浮了，久违了的太阳光把"主神"石墨烯的身体染成了蓝色。

"不管怎么说，看到一个了。"我望着海面上的波纹，暗自嘀咕着，"要是幸彦能看到就好了。"

在冲绳被称为 gurukun（冲绳方言）的二带梅鲷的大鱼群闪着银光游了过来，它们将全长15米的水下仿生机器人严严实实地包围起来，又像什么事也没发生过一样游走了。